GLAM GIRLS

L'auteur

Sarra Manning a fait des études de journalisme avant d'intégrer la revue féminine anglaise *J17*. D'abord auteur, elle a ensuite été rédactrice puis a rejoint l'équipe d'*Ellegirl*. Elle travaille aujourd'hui pour de nombreux magazines féminins et de mode : *What To Wear*, *Elle*, *Seventeen*, *Heat*. Elle a publié également d'autres livres pour adolescents.

Du même auteur, dans la même collection :

2. Glam Girls
Hadley

1. Journal d'un coup de foudre
French Kiss

2. Journal d'un coup de foudre
Larmes et paillettes

3. Journal d'un coup de foudre
Baiser volé

Guitar girl

Au cœur de ma nuit

À paraître :

3. Glam Girls
Irina (septembre 2009)

4. Glam Girls
Candy (décembre 2009)

Vous aimez les livres de la série

GLAM GIRLS

Écrivez-nous
pour nous faire partager votre enthousiasme :
Pocket Jeunesse, 12 avenue d'Italie, 75013 Paris.

Sarra Manning

GLAM GIRLS
Laura

Traduit de l'anglais par Odile Carton

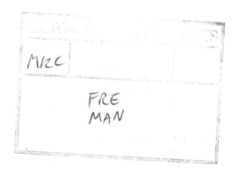

POCKET JEUNESSE

Directeur de collection :
Xavier d'Almeida

Titre original :
Fashionistas

First published in Great Britain in 2007
par Hodder Children's Books.

Loi n° 49 956 du 16 juillet 1949 sur les publications destinées
à la jeunesse : juin 2009.

Copyright © Sarra Manning, 2007.
© 2009, éditions Pocket Jeunesse, département d'Univers Poche,
pour la traduction française.

ISBN : 978-2-266-17232-5

Remerciements

J'aimerais tout particulièrement remercier Jill Wanless, une super styliste mais avant tout une personne extraordinaire. Et pas seulement pour ses parfaits conseils fashion mais aussi pour m'avoir tant aidée en me donnant des informations et en me dévoilant les secrets de l'industrie de la mode durant l'écriture de ce livre.

Et enfin, j'exprime mon éternelle gratitude à Marc Jacobs et Miuccia Prada pour m'avoir inspirée et assurée que j'étais toujours joliment accessoirisée.

LIVRE PREMIER
Laura

« You've got a beautiful face, it will take you places[1]... »

Belle and Sebastian, « Dress up in you »

---

1. « Tu as un beau visage, il t'emmènera quelque part. »

Prologue

Les projecteurs du studio dégageaient une telle chaleur qu'on se serait cru en plein Sahara. Malgré les quantités industrielles de poudre que la maquilleuse lui avait tartinées sur le visage, Laura Parker sentait qu'elle commençait à luire de transpiration. À côté d'elle, Nemi tremblait. Après l'avoir traitée de « grosse vache » devant les caméras, voilà qu'elle pressait fortement la main de Laura dans la sienne. Quelle hypocrite ! Nemi ne méritait pas de gagner. D'ailleurs, Nemi ne gagnerait pas. Elle avait des yeux globuleux, et de longues veines bizarres lui couraient sur les jambes. Pour couronner le tout, cette hystérique ne s'exprimait que par des cris perçants et croyait que l'Europe était un « pays quelque part près de la France ».

Laura essaya de se concentrer. Daisy Bloom, ex-top model aux cheveux brillantissimes transformée pour l'occasion en présentatrice de télé, se lançait dans le speech final de la soirée.

— Les jurés ont délibéré, le public a voté. Je vais bientôt vous révéler le nom de la gagnante de *Make me a model 2007*[1]. Mais, d'abord, laissez-moi vous rappeler ce que va gagner la petite veinarde : un contrat avec l'agence* internationale de mannequins Fierce Management, une séance photos pour le magazine *Skirt* avec le grand photographe Gerry Valandry, et un contrat exclusif avec Sparkle Cosmetics de cent cinquante mille livres sterling...

Bla-bla-bla... Faites-la taire, par pitié !...

La lumière aveuglante empêchait les jeunes filles de voir le public, mais Laura savait que son père et sa mère se trouvaient à leur place habituelle au bout de la troisième rangée à gauche, et que Tom occupait un siège derrière eux. Son visage devait refléter des émotions contradictoires – la honte de passer en live sur ITV et la fierté d'avoir une petite amie aussi glamour. Oh, pauvre chéri, quel dilemme...

Laura sentait qu'elle était à un tournant de sa vie, mais elle ne supportait plus d'attendre. Était-elle condamnée à prier éternellement pour que Daisy arrête de faire monter la pression et oublie la pancarte du régisseur qui disait : « ENCORE 30 SEC » ? De plus,

---

1. Mot à mot « Make me a model » : célèbre concours de mannequins en Angleterre. (*Toutes les notes de bas de page sont de la traductrice.*)

* Les mots suivis d'un astérisque sont définis dans le glossaire en fin de volume, p. 325.

Laura mourait d'envie de faire pipi et le ruban adhésif qui maintenait sa robe en place la démangeait horriblement.

— Bonne chance, chuchota Laura à Nemi.

... car tu en auras besoin lorsque tu te retrouveras à demander à tes clients s'ils veulent du ketchup avec leurs frites, sale peste, pensait-elle en réalité.

— Me voici donc face à deux ravissantes demoiselles..., poursuivit Daisy qui était venue se planter devant les concurrentes.

Elle fit une nouvelle pause pour maintenir le suspense. La tension frôlait l'insupportable.

— ... Pourtant, il n'y a qu'une photo dans ma main. L'une de ces jeunes filles est incontestablement magnifique, mais cela suffit-il pour être mannequin ? La beauté doit également être intérieure. Nemi, semaine après semaine, nous t'avons vue rayonner devant les objectifs, et puis, lors de ton passage devant le jury, nous avons découvert ton côté obscur... Le public raffole de ton look, Nemi, mais sera-ce suffisant ?

Nemi eut l'air de penser que oui. Elle se mit à pleurer au bon moment, comme elle le faisait toutes les semaines. Une larme cristalline roula doucement le long de sa joue dont la peau soyeuse couleur caramel était si télégénique – de quoi émouvoir sans faire couler son maquillage.

— Mais le public t'adore aussi, Laura. Non seulement tu n'as pas raté une seule photo, mais en plus nous avons pu apprécier ta bonne humeur et ton humour décapant. Et quand tu es tombée lors du dernier test podium*, tu as su tirer parti de la situation. Mais ta personnalité pétillante résistera-t-elle à l'univers cruel et sans pitié du mannequinat ?

Laura mourait d'envie de lui hurler : « Accouche ! » Heureusement, la raison l'emporta au dernier moment. Elle fit un suprême effort pour ouvrir des yeux de Bambi et s'empêcher de pleurer. Il fallait *absolument* qu'elle gagne. Elle le désirait tellement qu'elle sentait déjà le goût de la victoire – pareil à celui d'un énorme sundae au chocolat additionné de pépites.

Daisy resta immobile pendant cinq secondes interminables. Avant l'émission, elle avait expliqué à Laura qu'à ces moments-là elle comptait dans sa tête : « un éléphant, deux éléphants, trois éléphants... » pour respecter le timing. Enfin, l'ancien mannequin se redressa de toute la hauteur de son mètre quatre-vingts, rejetant en arrière ses boucles platine grâce auxquelles elle gagnait des sommes colossales en tournant des publicités pour un shampoing.

Puis elle tira la photo de derrière son dos.

Laura réussit à y jeter un coup d'œil furtif. Pendant un instant terrifiant, elle crut avoir aperçu sa rivale. Elle ferma les yeux et les rouvrit. Avait-elle vraiment vu Nemi ? Non. Elle s'était plutôt reconnue lors de cette dernière séance photos ridicule pour laquelle elles avaient dû s'habiller en créatures de la mer.

Laura s'était retrouvée déguisée en dauphin. Cette robe de satin gris n'était vraiment pas à son avantage et...

— Félicitations, Laura, nous allons faire de toi un mannequin ! s'exclama Daisy.

Ses mots furent noyés par les sanglots de Nemi qui avait fondu en larmes – pour de bon, cette fois.

Chapitre un

Quand Laura y repensait, le fait qu'elle ait été repérée au Trafford Centre pour participer à *Make me a model* ne devait absolument rien au hasard. Pas plus que les événements qui avaient suivi. Sans quoi elle n'en serait pas là : coincée au milieu de valises et de cartons contenant la moitié de tout ce qu'elle possédait sur terre, sur la banquette arrière de la Ford Mondeo que son père venait de garer à Camden, dans le nord de Londres.

Quelques années plus tôt, Laura s'était secrètement juré de devenir mannequin. Elle n'en avait bien sûr jamais parlé à personne : cela aurait été comme d'enfiler un tee-shirt imprimé *Je me trouve tellement belle !* Elle s'était donc contentée de cultiver son rêve. Et si elle avait passé plus d'un après-midi à TopShop[1] dans l'espoir d'être repérée par un talent scout* , elle ne

---

1. Grand magasin branché de vêtements.

s'était jamais abaissée à poser devant son père en bikini pour envoyer sa photo à des agences.

Bien qu'elle en connût le contenu par cœur, Laura défroissa la lettre de Fierce Management et lut.

Chère Laura,

Nous vous souhaitons la bienvenue chez Fierce Model Management. Recevez tous nos vœux de réussite pour votre nouvelle carrière de mannequin au sein de notre agence.

Nous sommes heureux de vous annoncer que nous avons fait les arrangements nécessaires pour votre installation dans l'un de nos appartements. Vous y cohabiterez avec trois autres jeunes mannequins fraîchement arrivés à Londres. Vous pourrez ainsi vous entraider dans vos nouvelles vies.

Votre adresse est : Appartement 3, 47 Bayham Street, Camden, Londres NW1. Ci-joint vos clés et un inventaire. Merci de le vérifier, de le signer et de le confier à votre bookeur* lors de votre rendez-vous à l'agence mardi matin à 10 heures.

Le loyer de 750 livres par mois sera prélevé sur vos honoraires.

Le contrat vous oblige à occuper ce logement jusqu'à votre dix-huitième anniversaire. Tout changement ne pourra être envisagé sans accord parental.

Nous sommes impatients de commencer avec vous une longue amitié couronnée de succès.

Cordialement,

Fierce Model Management.

Voilà. Le rêve était devenu réalité : Laura était mannequin. La lettre le prouvait.

À l'intérieur de l'appartement de Bayham Street, tout était beige, blanc et... riquiqui. Une entrée exiguë donnait sur le salon – grandes baies vitrées, gros canapé en cuir mou qui émettait toutes sortes de bruits bizarres. Un couloir étroit menait à une minuscule salle de bains, une cuisine encore plus minuscule et... quatre portes fermées auxquelles il ne manquait que la pancarte « Ne pas déranger ».

En songeant à ses trois futures colocataires, Laura sentit son estomac se nouer. Mais, après tout, pourquoi s'inquiéter ? Ces filles avaient-elles battu six mille concurrentes lors d'une compétition nationale de mannequins ? Na-an ! Et puis, quand il s'agissait de traiter avec des capricieuses expertes en jalousie, Laura était la championne du monde. En plus, être arrivée la première lui donnait certains droits. Pendant que son père déchargeait la voiture et que sa mère remplissait le frigo de boîtes Tupperware, elle entreprit de visiter le reste de l'appartement.

Deux des chambres, assez grandes, donnaient malheureusement sur la rue d'où montaient de joyeux coups de Klaxon et les bip-bip d'un passage clouté. La troisième jouxtait les toilettes... Procédant par élimination, Laura choisit la plus petite pièce, par ailleurs dotée d'un grand placard et d'une vue sur un jardin luxuriant.

— Oh, Laura ! Mais il n'y aurait même pas la place pour Colonel Miaou, là-dedans.

Sa mère se tenait dans l'embrasure de la porte, équipée de gants Mapa et de son tablier. Elle avait apporté un assortiment de produits d'entretien qu'elle comptait bien utiliser.

— Ça me va, insista Laura.

Elle s'assit au bord du lit et rebondit sur le sommier. « Cette chambre a dû, un jour, servir de placard à balais, mais la vue est jolie et c'est calme », se dit-elle.

— De toute façon, je me louerai probablement mon propre appart une fois que j'aurai touché mes premiers cachets.

— Hum, bon, ne nous emballons pas, dit sa mère.

Elle eut la bonne idée d'ôter ses gants en plastique avant de s'asseoir à côté de sa fille pour lui masser le dos, même si Laura n'avait pas besoin de se détendre. Quoique...

— Tu pourrais être un peu plus optimiste, m'man, soupira la jeune fille.

Elle maîtrisait et dosait parfaitement la note de reproche dans cette phrase, vu qu'elle avait dû la prononcer au moins une fois par jour depuis qu'elle avait remporté le concours *Make me a model*.

— Je sais que tu ne pensais pas me voir quitter la maison à dix-sept ans, mais je vais être mannequin. Je *suis* mannequin. Et c'est... juste légèrement excitant.

Sa mère ne réagit pas tout de suite. Elle se raccroche

encore à ses principes du style « Passe ton bac d'abord », songea Laura, un brin ironique.

— Eh bien, c'est une opportunité fantastique, finit par concéder sa mère. Tu peux travailler six mois et gagner de quoi payer tes frais d'inscription à l'université...

— Alors, le verre, tu le vois à moitié vide ou à moitié plein ? demanda Laura avec un grand sourire.

L'université ne figurait pas dans ses plans d'avenir. À dix-neuf ans, elle se voyait à New York avec des contrats de plusieurs millions de dollars glissés sous sa ceinture Gucci. Mais ce n'était probablement pas le moment d'évoquer ce détail.

— Je vois la moitié de quelque chose, en tout cas, conclut Mme Parker en riant.

Elle serra sa fille dans ses bras, si fort que Laura craignit qu'elle ne lui brise une côte. Juste au moment où elle pensait devoir employer les grands moyens pour se dégager de l'étreinte de sa mère, celle-ci s'écarta et, fronçant les sourcils, évalua du regard le monceau de boîtes et de caisses qui attendaient d'être déballées.

— Je vais t'aider à mettre de l'ordre dans tout ça avant que ton père ne décide de repartir à cause des bouchons.

Les adieux furent douloureux, mais brefs.

— Coupe le gaz et ferme à clé quand tu sors, recommanda Mme Parker pour la énième fois pendant que son mari la poussait dans la voiture. Je te téléphonerai tous les soirs, mais tu peux nous appeler à n'importe quel moment. Et n'oublie pas que tu auras besoin d'une carte de transport. Je t'ai imprimé toutes les informations et j'ai mis la feuille dans ton sac bleu et...

— Au revoir, ma chérie, cria son père qui démarrait déjà. Ne bois pas trop et ne deviens pas snob !

Et ils partirent. Sa mère agita la main frénétiquement par la vitre jusqu'à ce qu'un cycliste manque la lui arracher.

Laura remonta à l'appartement en traînant les pieds. Elle commençait à appréhender l'arrivée de ses trois mystérieuses colocataires. Avec un peu de chance, elles seraient plus impressionnées qu'elle. Non qu'elle ait peur – puisqu'elle comptait à présent parmi les membres officiels du Club des Gens Magnifiques, et qu'elle pouvait leur expliquer toutes les ficelles du métier : après douze semaines de *Make me a model*, elle se considérait comme une ancienne du show-biz.

Laura ne cuisinait pas. Voulant probablement éviter que la salmonelle ne lui enlève son unique enfant, Mme Parker avait laissé une liste d'instructions concernant le réchauffage des plats au micro-ondes. Plantée au milieu de la cuisine, Laura mastiquait un biscuit en attendant que l'eau boue. Elle s'immobilisa en entendant... ce qui ressemblait à un troupeau de bisons en train d'escalader les marches.

— Hello ! Il y a quelqu'un ?

Laura connaissait cette voix. Quelque chose dans cet accent traînant d'outre-Atlantique lui semblait étrangement familier. Elle inspira un grand coup et passa la tête par la porte de la cuisine.

— Salut, je suis... Oh, la vache ! Candy Darling !

C'était bien elle, en chair et en os. Debout dans le salon, la star rejeta en arrière ses extraordinaires cheveux noirs afin que Laura puisse admirer ses yeux bleus perçants et sa peau d'albâtre.

— Et toi tu es la fille qui a gagné la compèt' de mannequins...

Candy consulta le papier qu'elle tenait dans une main lourdement lestée par des bagues en plastique de toutes les couleurs.

— Laura Parker, c'est ça ? Tu es plus grande que dans l'émission.

— Mais... Je... Euh...

Candy attendit patiemment que Laura ait retrouvé son calme.

— Mais tu n'es pas mannequin, si ?

Candy prit la pose : main sur la hanche, doigt sur le menton et moue désabusée. C'était carrément bizarre de la voir se mettre en scène juste pour elle, Laura.

— Oui, je sais : je suis trop petite pour les podiums* et les séances photos avec d'autres mannequins, et, selon les critères officiels, je frôle le nanisme, mais, hé ! ça n'a aucune importance quand on est célèbre !

— D'acc… ooord, marmonna Laura qui luttait contre l'envie de paraître soudain plus petite.

En vrai, Candy était la même qu'à la télévision : mademoiselle cent mille décibels – et minuscule avec ça. Mais son arrogance suggérait que c'était le reste du monde qui était beaucoup trop grand… et surtout, qu'elle s'en fichait complètement. Les genoux discrètement fléchis pour compenser un peu leur différence de taille, Laura essayait désespérément de trouver autre chose à dire.

— C'est dingue que nous ayons toutes les deux participé à des émissions de téléréalité…, fut tout ce qu'elle réussit à bredouiller.

— *Chez les Darling* n'est pas une émission de téléréalité, corrigea la starlette d'un ton sec. L'émission a créé son propre genre, la « dramédie », entièrement fondé sur la réalité. Et maintenant, tu m'excuses, je vais choisir ma chambre.

Candy Darling. Plus connue dans les journaux sous le nom de « Media Darling », après que ses parents eurent décidé de relancer leur carrière sur le déclin en produisant toute la famille dans leur propre émission. *Chez les Darling* permettait à son père, David, et sa mère, Bette, les saints patrons du grunge et de l'emo[1] d'occuper à nouveau le devant de la scène. Leur groupe, The Careless, était apparu sur la scène artis-

---

1. L'emo, prononcer [ìmo], est un sous-genre du punk hardcore.

tique new-yorkaise au milieu des années quatre-vingt et avait influencé les plus grands groupes, de Nirvana à Deathcab, mais sans jamais rapporter d'argent. Finalement, ce furent leurs singeries délirantes en prime time dans un petit appartement de Manhattan qui leur valurent la gloire. Le père de Candy, drogué invétéré et irrécupérable, ne s'exprimait que par monosyllabes ; sa mère révélait des qualités d'élégante névrosée, aux côtés de la redoutable Conceptua, leur femme à tout faire.

Mais c'était Candy qui avait volé la vedette de l'émission. Candy et ses séances de shopping spectaculaires, ses reparties cinglantes et ses disputes hystériques avec sa mère – le tout retransmis sur le petit écran pour le plus grand plaisir des spectateurs. Elle était à l'origine de cette phrase maintes et maintes fois reprise par les adolescents : « Ma vie, mon business, mes fesses, môman », qu'elle énonça un jour après s'être fait tatouer, pour son seizième anniversaire, un tigre sur le derrière.

Laura lâcha un profond soupir en entendant Candy hurler quelque chose à propos de « ce minuscule trou à rat ». L'arrivée des bagages de la star, un ensemble de sacs et valises de style gothique, dispensa Laura d'intervenir.

Occupée à incendier les pauvres livreurs à propos d'une valise manquante, Candy ne remarqua pas une fille brune filiforme qui se glissait dans l'appartement, chargée de deux sacs bourrés à craquer. L'inconnue s'était faufilée comme un chat. Un chat sauvage aux manières de prédateur. Elle haussa un sourcil moqueur à l'intention de Laura et disparut dans la chambre la plus grande.

— Hé…, commença Laura.

Cinq secondes plus tard, Candy ordonna aux bagagistes de transporter ses affaires dans la chambre qu'elle s'était attribuée.

Laura écrasa alors ses mains sur ses oreilles : l'inévitable « Mais d'où tu sors, toi ? » résonna dans tout l'appartement. Il y eut une réponse étouffée.

— Mais c'est *ma* chambre ! Je l'avais *réservée* !

— Trop dure, la vie.

La fille-chat suivit Candy dans le salon, croisa les bras et regarda Laura d'un air mauvais.

— Toi connais cette fille, hein ? demanda-t-elle avec un fort accent d'Europe de l'Est.

Il y eut un merveilleux silence… puis Candy explosa en une de ses célèbres colères. C'était encore mieux que de regarder un thriller au cinéma en grignotant des pop-corn.

— J'Y CROIS PAS ! hurla l'actrice. Pourquoi ne suis-je entourée que d'incapables ? Pourquoi personne ne s'est-il occupé de réserver ma chambre ? C'est quoi, cette agence minable ? Il y a intérêt à ce qu'on règle le problème tout de suite, si tu ne veux pas que je te colle mon manager au train – et je peux te dire qu'à côté de lui j'ai l'air d'un lapin en peluche.

Très impressionnant. Candy ne s'arrêta pas une seule fois pour respirer. Elle conclut sa tirade en attrapant une petite valise qu'elle jeta en travers de la pièce. Une photographie en noir et blanc représentant un couple en train de se bécoter alla s'écraser par terre. Si ça continue comme ça, je peux dire au revoir à ma caution, nota Laura.

Les livreurs, après s'être jeté des regards inquiets, en profitèrent pour disparaître, Laura courut se mettre à l'abri dans la cuisine où elle décida de se préparer une tasse de thé.

— Lait, trrrois sucrrres, dit quelqu'un derrière elle.

Laura leva les yeux de la boîte de biscuits et aperçut la fille-chat appuyée contre le réfrigérateur.

Ne te fatigue surtout pas à dire s'il te plaît, songea Laura. Mais elle attrapa un autre mug. Elle établirait les règles plus tard.

— Je m'appelle Laura.

— Irrrina, gronda l'autre.

— Tu es russe ou quelque chose dans le genre ?

Il y eut un haussement d'épaules.

— Comme tu veux.

Comme tu veux toi-même, imbécile.

Laura examina la fille avec attention... Ce fut comme de recevoir un grand coup de poing dans l'estomac. Irina était la nana la plus flippante que Laura ait jamais vue dans la vraie vie. D'ailleurs, elle était plus que flippante. Il y avait chez elle quelque chose de terriblement irréel. Était-ce la teinte extraordinaire, presque argentée, de ses yeux en amande, ses pommettes obliques ou bien sa bouche fendue vers le bas, comme si la maintenir droite demandait trop d'efforts ? Sa peau tendait franchement vers le blême, mais était constellée de grosses taches de rousseur. Ses cheveux tirés en arrière ne faisaient qu'accentuer les angles aigus de son visage. Irina semblait débarquée d'une lointaine galaxie. Et, malgré son tailleur lilas et le regard condescendant avec lequel elle toisait Laura, elle en jetait comme personne.

Estomaquée, Laura se contenta de plonger les sachets de thé dans les tasses, puis de verser du lait et du sucre. Elle avait l'impression d'être en pilotage automatique. Comment Irina pouvait-elle lui adresser un regard aussi hautain alors qu'elle portait la tenue la plus ringarde du monde ?

Laura poussa un mug vers elle et lui tendit la boîte de biscuits.

Irina ondula dans sa direction et attrapa trois (*trois !*) délicieux palets gras et sucrés.

— *Spasiba*, marmonna-t-elle la bouche pleine de biscuit. Crrrevait la dalle.

— C'est du thé ? Mon Dieu, tout ceci est tellement british ! déclara Candy qui bouscula Irina pour entrer dans la cuisine. Sois un chou, prépare-m'en un.

Laura soupira et attrapa une autre tasse. Génial, Laura. Tu ne vas tout de même pas tenir le rôle de la fille bien brave qui prépare les boissons chaudes et les rafraîchissements !

— Tu t'appelles comment ? demanda Candy à Irina sur un ton agressif.

Cette dernière se contenta d'un haussement d'épaules avant d'enfourner un biscuit.

— Irina, Candy. Candy, Irina, dit Laura pour faire les présentations. Candy est...

— Toi à la télé, interrompit Irina en désignant Laura. Toi aussi. Bizarrrre.

Sur cette remarque laconique, elle sortit de la pièce avec nonchalance. Candy et Laura échangèrent des regards incrédules.

— *Nous*, on est bizarres ? s'étonna Candy.

— Eh bien, je suppose qu'elle nous prend pour des concurrentes de Celebrity Big Brother[1]. Non que je sois déjà célèbre, mais je suis tout de même passée à la télé...

Laura s'interrompit en plein milieu de sa phrase de peur d'être reprise par Candy. Le visage de cette dernière se fendit d'un grand sourire. Cela ne lui arrivait pas souvent mais lui allait bien et la rendait moins effrayante.

— Tu as assuré dans cette émission de mannequins. Vraiment, tu t'es défendue comme une pro contre toutes ces garces à talons. Avec ma mère, j'ai rejoué mille fois ta réplique à cet abruti de Noël Bidule (Candy prit une pose censée imiter Laura, les

_____

1. La plus célèbre émission de téléréalité britannique (sorte de Loft Story pour célébrités).

bras croisés, l'air outragé.) « Vous êtes un mal élevé. Je sais que votre travail consiste à émettre des critiques, mais...

« ... je ne comprends pas l'utilité de détruire notre estime de soi. Cela ne sert à rien d'autre qu'à vous faire passer pour un crétin. » Laura connaissait la tirade par cœur. Elle avait été citée dans tous les journaux. Parfois, dans la rue, d'illustres inconnus s'approchaient d'elle et la lui couinaient au visage.

— Il était vraiment mal élevé, grogna Laura. Et moi, j'aurais dû le supporter semaine après semaine, sans rien dire ? Je savais que mes photos étaient bonnes, mais lui n'arrêtait pas de rabâcher qu'être jolie ne suffit pas...

— Eh bien, ça t'a plutôt réussi... et tu as devant toi une star que les coups de gueule ont hissée au sommet.

Candy frissonna avec emphase. Elles retournèrent dans le salon.

Laura prit un moment pour réaliser qu'elle était en train de parler avec Candy Darling. Peut-être allaient-elles devenir les meilleures amies du monde et Candy l'inviterait à tourner dans l'appartement de West Village. Laissant le père Darling radoter sur la façon dont leurs chiens faisaient leurs crottes sur les tapis, elle irait danser dans des boîtes de nuit branchées avec Candy et son demi-frère (un super canon international). Et puis...

— Enfin, bref. Je ferais mieux de commencer à déballer mes affaires. Oh, là, là, si seulement Conceptua avait pu m'accompagner !

Sur ce, sa nouvelle meilleure amie disparut dans la *deuxième* plus grande chambre... et planta Laura au milieu du salon.

Dans *Make me a model*, on trouvait toujours quelqu'un à qui parler. Par ailleurs, les producteurs prévoyaient des animations, des consultations téléphoniques d'esthéticiennes, histoire d'avoir autre chose à filmer que douze filles en train de loucher sur leurs cheveux toute la journée.

Une fois qu'elle eut terminé d'examiner les siens, Laura avisa le panneau de liège que son père avait cloué au mur. Elle y disposa soigneusement quelques photos prises pendant sa dernière soirée à Manchester, avec Jen, Chandra et Cath qui adressaient de jolies grimaces à l'objectif. Elle consacra un coin spécial à Colonel Miaou, notamment la photo de lui en train de bâiller. Tom eut bien sûr aussi droit à son angle. Laura punaisa quatre portraits pris dans un Photomaton lors d'une journée passée ensemble à Blackpool, une photo d'eux enlacés, et même quelques clichés de lui en train de jouer au football – il était tellement craquant en short...

Laura n'avait eu qu'un regret en entamant sa vie de mannequin, c'était que Tom n'ait pu l'accompagner. Elle espérait que, après son bac, il intégrerait une université à Londres. Mais Tom ne jurait que par

Oxbridge[1]. Elle avait beau le cajoler, faire la moue, pleurer même parfois, il n'en démordait pas. La veille au soir, alors qu'il l'aidait à emballer ses affaires, elle avait essayé une dernière fois d'ébranler ses convictions.

— Laisse tomber, Laura, avait-il soupiré. Je suis immunisé contre les tremblements de lèvres. Ce sera Oxbridge ou rien. Point barre.

Il l'était vraiment – immunisé. La plupart du temps, elle trouvait rassurant qu'il ne se décompose pas en sa présence, contrairement à la plupart des membres de la gent masculine. Mais, cette fois, son attitude avait exaspéré Laura. Ne venaient-ils pas de passer une heure à se rouler par terre en se cognant à des valises à moitié pleines ? En général, ses baisers venaient à bout de toutes ses résistances – même s'il essayait de revenir ensuite sur ses promesses, une fois redescendu sur terre.

— Pas du tout envie que tu partes, avait-il haleté quand ils s'étaient interrompus pour reprendre leur souffle. Qu'est-ce que je vais faire sans toi ?

Il avait délicatement écarté les mèches de cheveux qui tombaient dans les yeux de Laura.

— Tant qu'il ne s'agit pas de mater les autres filles... Je suis sûre que tu trouveras à t'occuper. (Laura s'était assise, l'air songeur.) Tu sais, c'est tellement

—————

1. Désigne les deux fameuses universités d'Oxford et Cambridge.

bizarre de voir son rêve se réaliser. Ça ne devrait pas être aussi facile. Bon, d'accord, j'ai dû passer douze semaines avec des punaises dans la maison de *Make me a model* et les écouter se plaindre genre : « C'est l'horreur ! mes pores sont méga-énormes », ou « Au secours ! j'ai été en contact avec une barre de choco-lat », ou encore « Tu sais, Laura, sous cette lumière, tu es vraiment affreuse ».

Arrivée au bout de la phrase la plus longue de l'his-toire du monde, Laura s'était renfrognée en voyant le sourire moqueur de Tom. Oh, elle le connaissait bien, ce sourire. Il faisait d'ailleurs tout son charme, comme ses yeux noisette si expressifs et ses cheveux bruns mi-longs, qu'il avait malheureusement massacrés pour une coupe en brosse.

— Arrête de ricaner, petit malin. Ça me fait plisser le front, et je n'ai certainement pas gagné *Make me a model* grâce à mes rides.

— En tout cas, il se pourrait bien que ta crise en prime time t'ait un peu aidée, avait fait remarquer Tom en haussant les épaules.

Il s'était rallongé sur le tapis et avait grimacé en s'assommant sur le coin d'un vanity-case.

— Belle *et* intelligente. Il semble que ce soit la combinaison gagnante, miss Parker.

— Pfff... Ça n'a rien eu à voir avec ma victoire ! Pourquoi les gens passent-ils leur temps à me dire ça ? avait protesté Laura.

Elle avait beau adorer se disputer à propos de tout et de rien avec son petit copain, elle savait qu'ils ne faisaient que gagner du temps.

— Allez, il est temps que je termine de boucler mes bagages.

Il lui avait fallu encore une heure pour en venir à bout, et dix minutes pour convaincre Colonel Miaou de quitter le nid douillet qu'il avait choisi au milieu d'une pile de pulls dans une valise.

Plus tard, les adieux sous le porche avaient été déchirants. Elle avait fondu en larmes, agrippée à Tom qui avait dû détacher un à un ses doigts de son cou.

— Du calme, tigresse, avait-il chuchoté en lui caressant la joue une dernière fois.

Puis, avant qu'elle n'ait pu le serrer de nouveau dans ses bras, il avait filé, traversé la pelouse à toute vitesse et escaladé la grille.

— On s'appelle tous les soirs ! Et ne t'avise pas de draguer un de ces mannequins maniérés ! avait-il crié par-dessus son épaule.

Et puis il avait disparu dans le noir.

Il était dix-sept heures quarante-cinq. En toute objectivité, on était le soir, non ? Tom devait être rentré de son entraînement de foot. De plus, presque dix-neuf heures s'étaient écoulées depuis leur dernière étreinte sur les marches et les premiers symptômes de manque commençaient à se faire sentir. Laura attrapa son téléphone.

— Je déteste cet endroit, gémit-elle sans même lui laisser le temps de dire bonjour. Je vais tout simplement mourir d'ennui ! Tu ne devineras jamais qui...

— Laura ? Salut... Je peux te rappeler ? Je suis en plein dans ma dissert d'histoire et je ne voudrais pas perdre le fil de mes idées. Je t'aime !

Tom ne devait pas l'aimer tant que ça s'il la faisait passer après ses devoirs... Laura était en train de lui écrire un texto pour lui faire part de cette affligeante déduction quand elle entendit des coups bruyants à la porte, suivis de jappements.

Peut-être venait-on leur livrer des chiots...

Mais point de chiots dans le salon. Par contre, une grande fille mince et blonde serrait Candy dans ses bras en piaillant.

— Oh, là, là ! C'est trop trippant d'être ici ! J'hallucine grave de te revoir !

Visiblement, Candy hallucinait grave aussi : l'angoisse déformait son visage.

— Had... ! Je suis *hyper* contente de te voir... Lâche-moi !

Les longs membres de l'inconnue se détachèrent lentement. Laura se retrouva face à un modèle standard de jolie blonde, dotée de l'expression la plus insipide qu'elle ait jamais vue sur un visage – ce qui n'était pas peu dire, sachant qu'elle avait partagé un appartement avec onze aspirantes top models.

— Salut, dit timidement la nouvelle arrivée.

— Je suis Laura.

Une poignée de main semblait de bon ton... Les doigts qui s'étaient glissés avec précaution entre les siens paraissaient si fragiles qu'elle craignit de les écraser.

— Donc... hum... tu es aussi un nouveau mannequin ?

La fille arracha sa main avec un glapissement outré.

— Je ne suis pas seulement mannequin, siffla la blonde. Je suis, genre, actrice et chanteuse, et je participe aussi à de nombreuses œuvres caritatives. Je crois pouvoir dire en toute simplicité que je suis une artiste complète !

— Hadley, ma douce, personne ne se rappelle qui tu es en Grande-Bretagne, soupira Candy.

Laura devina que Candy soupirait beaucoup en présence d'Hadley.

— Je croyais que, justement, l'idée de venir à Londres avait pour but de relancer ta carrière...

— Hé ! Ma carrière n'a absolument pas besoin d'être *relancée*.

Hadley pivota de façon à faire pleinement profiter Candy de son expression courroucée et du majeur manucuré qu'elle tendit pour renforcer son propos.

— J'ai dû quitter L.A. pour fuir la pression constante des médias. Parce que je te signale que j'ai participé à l'émission de divertissement la plus cotée aux États-Unis pendant trois ans d'affilée – ouais ! – et que j'ai été classée cinquième au box-office en 1997 – allô ?...

— Je vais faire chauffer de l'eau, annonça Laura, sentant Hadley au bord de l'hystérie.

Mais elle s'immobilisa et la regarda attentivement. Sous son faux teint hâlé – et ces lèvres n'auraient-elles pas bénéficié d'une petite dose de collagène ? –, se cachait quelqu'un de familier. Laura lui rajouta mentalement des joues dodues, des nattes et un zozotement.

— Tu ne jouais pas dans *Hadley's House*, par hasard ? Oh, là, là ! J'adorais cette émission quand j'étais petite !

Candy leva les bras en l'air, excédée.

— Ah, non ! Ne l'encourage pas !

— Exact. Hadley, c'est *moi* !

Sur ce, Laura se retrouva écrasée contre un torse osseux et enveloppée dans un nuage de Sweet Dreams d'Anna Sui.

— C'est tellement mignon que tu sois une fan.

Avant que Laura ait eu le temps de répondre que le terme « fan » était peut-être un peu exagéré, Hadley s'écarta brutalement.

— Mais tu sais, Lauren…

— Laura…

— Je suis une fille comme les autres, souffla Hadley. Je suis comme toi. Enfin, presque comme toi. Et il est très important que l'endroit où j'habite soit, genre, un espace de réconfort. Je ne peux pas me permettre de vivre dans un lieu rempli d'ondes négatives en ce moment.

— Eh bien, alors, je ferai attention à ne pas produire de mauvaise énergie, dit Laura prudemment.

Hadley remonta les énormes lunettes de soleil qui glissaient sur son nez.

— Je veux rester incognito. Donc, s'il te plaît, ne raconte à personne que je suis là. Les paparazzis...

Elle laissa volontairement sa phrase en suspens.

— À qui voudrais-tu que je le dise ?

Candy donna une petite tape sur l'épaule de Laura.

— Elle ne dira rien à personne, Had. Bon, et maintenant, si on s'installait ? Hé, j'ai vu Kimberly et Kelly avant de partir, et elles m'ont dit...

Laura estima que ne pas les suivre serait la décision la plus sage de sa vie, ce que lui confirma le cri indigné d'Hadley.

— Comment ça : partager la salle de bains ? !

Chapitre deux

Aujourd'hui commençait officiellement sa carrière de mannequin.

Laura s'étira langoureusement et faillit tomber de son lit étroit. Il émit un craquement inquiétant quand elle s'assit en essayant de se rappeler où elle se trouvait. Sa chambre était-elle aussi petite la veille ? Elle s'y était terrée toute la soirée, n'émergeant que pour des expéditions aux toilettes et à la cuisine. Tom l'avait rappelée et elle en avait profité pour lui faire savoir ce qui arrivait aux petits copains qui raccrochaient au nez de leurs amoureuses. Ensuite elle l'avait laissé s'excuser platement avant de décider de se coucher tôt.

Dix heures de sommeil – interrompues par les voisins du dessus qui avaient décidé à trois heures du matin de changer la disposition de leurs meubles –, voilà le secret d'une fille reposée et magnifique. En tout cas, c'était ainsi qu'elle voulait que son nouveau bookeur la voie. Laura alla se planter devant son miroir. Objectivement... elle était canon ! D'ailleurs, cela la réconfortait toujours de se regarder. Ses traits étaient très harmonieux, et, malgré les restes de sommeil accrochés à ses cils, ses yeux verts brillaient. Sa peau avait retrouvé tout son éclat après l'une de ses ingrates – et malheureusement périodiques – crises d'acné. Les jurés de *Make me a model* avaient estimé qu'elle devrait perdre un peu de poids, mais, quand il s'agissait de son apparence, Laura maîtrisait toujours la situation. Et son bookeur allait devoir lui faire confiance sur ce point.

Elle décida de commencer par une bonne douche. Ensuite, elle comptait domestiquer ses cheveux en une coiffure lisse et sage. Elle s'autorisa à siffloter un petit air guilleret en marchant vers la salle de bains. Oups ! Apparemment, elle allait devoir modifier ses plans : de l'autre côté de la porte close, l'eau glougloutait et quelqu'un interprétait à pleins poumons une chanson de Kelly Clarkson. Laura supposa qu'il s'agissait d'Hadley, car elle n'imaginait ni Irina ni Candy en fans de la chanteuse sentimentale.

Laura attendit dix minutes avant de frapper doucement à la porte. Onze minutes plus tard, elle s'y attaquait à coups de poing.

— Qu'est-ce que tu fabriques ? hurla-t-elle.

Le jet de la douche s'arrêta et Laura lâcha un soupir. Le soulagement fut de courte durée : Hadley ouvrit la porte, enveloppée dans une serviette et intégralement recouverte d'une mixture verte.

— Je suis en pleine séance d'exfoliation, expliqua-t-elle. Ensuite, il faut que je m'épile et que je m'hydrate.

Et, impitoyable, elle claqua la porte au nez de Laura, furieuse.

Cette journée très spéciale n'était vraiment pas censée commencer par une toilette de chat dans l'évier de la cuisine. Laura but son café entre deux coups de gant de toilette humide, enfila à toute vitesse son nouveau pantalon noir et un caraco en dentelle blanc et sortit comme une flèche de l'appartement, son plan de Londres à la main.

Après quelques tours et détours, elle finit par découvrir Fierce Management dans une petite allée de Soho. Par miracle, elle n'avait que quinze minutes de retard.

Pas question de s'accorder plus de quelques secondes pour se détendre avant de monter dans l'ascenseur. D'ailleurs, elle n'avait pas peur. Pas vraiment. Elle allait carrément assurer. C'était Fierce qui avait de la chance, pas elle. Même sans *Make me a model*, elle aurait fini par être recrutée par une autre agence. Sa main trembla pourtant un peu quand elle la posa sur la poignée de la porte où une pancarte annonçait « Fierce Model Management » en lettres cursives roses.

L'agence occupait des locaux gigantesques. Tout y était blanc et brillant – comme dans une pub pour Mr. Propre. De loin en loin, des canapés roses coupaient le vaste espace minimaliste. Mais Laura se sentit moins impressionnée par le lieu que par ses occupants. À part une créature visiblement hystérique qui se baladait en robe de taffetas, tout le monde avait un look décontracté soigneusement étudié. Mâles, femelles et autres portaient le même uniforme androgyne : jean étroit, tee-shirt décoloré barré d'un logo rétro et baskets vintage. Et chacun était coiffé d'un casque avec micro intégré pour hurler en toute liberté.

— Ludmilla ne fait plus les maillots de bain. En tout cas pas pour ce genre de cachet...

— Vous voulez qui ? Clara B, Clara D ou Kara P ?

— Eh bien, c'est beaucoup plus provoc que sa dernière collection. On est entre l'urbain et l'imaginaire. Un peu comme si les *Mémoires d'une geisha* rencontrait les Arctic Monkeys, vous voyez ?

Laura coinça son portfolio* entre ses cuisses pour pouvoir fouiller dans son sac à la recherche du mail que lui avait envoyé une certaine...

— Je suis Heidi, dit une voix neutre derrière elle.

Empêtrée, Laura voulut se retourner. Sa pochette atterrit sur le parquet dans un claquement sec. En se penchant pour la ramasser, elle ne réussit qu'à faire tomber son sac, qui termina aux pieds d'Heidi.

Tâtonner pour récupérer des tampons éparpillés et des Bic qui fuient n'est en général pas la meilleure tactique pour faire bonne impression. Tout ce que Laura avait vu d'Heidi, jusqu'à présent, c'étaient ses tennis japonaises qui martelaient le sol avec impatience. Ça commençait mal. Quand la jeune fille se redressa et tendit une main tachée d'encre, son sourire figé n'arrangea rien.

— Salut, je suis Laura.

— Je sais.

Heidi était une de ces filles incroyablement minuscules que Laura avait vues repasser les vêtements, assister les photographes et gérer la salle de presse. À croire qu'une usine new-yorkaise fabriquait à la chaîne ces assistantes de la mode. Ses cheveux bruns et raides étaient coupés en un dégradé compliqué. Elle portait une veste jaune flashy et un jean si déchiqueté qu'il venait à coup sûr d'une boutique extrêmement chère.

La tenue de Laura aurait pu passer pour branchée à Manchester, mais, à Londres, pas du tout. Ici, au royaume des faiseurs de mode, ses vêtements renvoyaient plutôt le message : « Ma mère est ma styliste. »

Laura s'attendait à ce qu'Heidi lui montre son bureau high-tech où elles pourraient s'asseoir, faire connaissance, organiser une stratégie globale et devenir les meilleures copines du monde. Au lieu de cela, sa bookeuse indiqua d'un geste agacé l'un des canapés rose bonbon.

— Le métro, c'est vraiment dingue, s'entendit déclarer Laura. Tu as l'impression que la rame va rouler droit, et puis tout d'un coup elle bifurque et...

41

— Ouais, c'est dingue, coupa Heidi comme si elle n'en avait absolument rien à faire. Portfolio !

Elle feuilleta en véritable professionnelle les photos prises durant *Make me a model*.

— Bon, nous pouvons en utiliser trois, max, résuma-t-elle.

Laura accusait encore le coup quand elle réalisa qu'Heidi la scrutait avec un regard d'une intensité déconcertante.

— Au moins, tu as une belle peau. Et tes yeux sont super… Mais tu as vraiment besoin d'une coupe de cheveux. Et tu ne peux certainement pas aller à des rendez-vous habillée comme ça.

— Mais… Daisy et Magnus – le directeur artistique de *Make me a model* – nous ont conseillé de porter des tenues neutres, se défendit Laura avec une petite pointe d'énervement dans la voix.

Heidi la confondait-elle avec une autre ? Parce qu'elle ne la traitait vraiment pas comme la future star qu'elle était.

Heidi haussa un sourcil.

— Il s'agissait d'une émission télévisée, Laura. La moitié des trucs qu'on vous a conseillés sont périmés depuis 1987. Tu veux obtenir des contrats pour des boulots dans la mode ? Alors habille-toi comme si tu *aimais* les belles fringues.

— C'est le cas ! D'ailleurs, dans la vraie vie, je ne porterais jamais une tenue pareille.

Heidi tendit la main pour tapoter le bras de Laura mais la retira aussi sec, probablement de peur d'être contaminée par son look ringard.

— Écoute, je ne vois aucune façon de dire ça gentiment, alors je vais y aller cash, annonça Heidi. (Laura sentit son cœur s'affoler...) Tu as au moins dix kilos à perdre. Pour l'émission, ça passait encore mais, dans le monde réel, tu n'y couperas pas.

— Pas dix kilos, protesta faiblement Laura en baissant les yeux vers ses cuisses qui, en cinq secondes, semblaient avoir pris des proportions éléphantesques.

— Au moins neuf, confirma Heidi en hochant la tête. Les échantillons* font généralement du trente-six, parfois du trente-quatre, et, comme tu le sais aussi bien que moi, on a toujours l'air d'avoir cinq kilos de plus sur une photo. Apparemment, tu prends facilement du visage, et moi j'ai besoin de filles avec des pommettes... Je dis ça uniquement pour ton bien.

Tu parles ! Heidi prenait visiblement un plaisir sadique à déballer son petit baratin, et elle n'arrêtait pas de passer ses mains sur son propre corps en taille trente-six.

— J'ai un squelette lourd, dit Laura, essayant l'humour pour la rallier à sa cause.

Ce fut un échec total. Heidi continuait de fixer le ventre de la jeune fille comme si c'était la chose la plus immonde qu'elle ait jamais vue de sa vie. Laura n'était pourtant pas grosse ! Elle avait des formes. Légèrement marquées. Vraiment très légèrement.

— Tu as des kilos en trop, martela Heidi. (Elle se leva et alla chercher une pile de papiers sur un petit bureau.) Ce qui ne veut pas dire que tu doives te mettre à sauter des repas ! Bois au moins deux litres d'eau par jour, essaie d'arrêter le sucre et gave-toi de fruits et de légumes. Oh, et surtout, plus aucun glucide après dix-huit heures. Mieux : seize. Je t'ai réservé une place dans un club de gym. Concentre-toi sur les exercices de cardio et utilise les poids pour te tonifier. Plein de séries, courtes mais puissantes.

Apparemment, Heidi parlait couramment le chinois. Laura n'avait absolument rien compris à ce qu'elle venait de dire, mais elle avait bien saisi l'objectif de sa bookeuse : remettre la petite nouvelle à sa place pour qu'elle comprenne bien qui était la boss. Cette tactique aurait pu marcher si Laura ne s'était pas sentie aussi sûre d'elle.

— Alors, combien de contrats en vue ? demanda-t-elle.

— Aucun pour le moment. Enfin, tu as la séance photos pour la couv que tu as gagnée et puis la campagne pour Sparkle Cosmetics. Je les ai bookées pour la fin de la semaine prochaine et, d'ici là, je veux que tu aies perdu trois kilos.

— Trois kilos en dix jours ?

— Onze. Ça ira.

C'était encore pire que dans son cauchemar où elle se présentait à son premier boulot toute nue, avec seulement une paire d'ailes de fée accrochée dans le dos.

— Quand Ludmilla est arrivée ici, elle avait trois dents pourries et les racines des cheveux bousillées. Cela pourrait être pire, Laura, dit Heidi, probablement pour la consoler – apparemment, elle manquait un peu de tact.

Elle consulta ensuite le répertoire de son Blackberry, à la recherche du gymnase et du coiffeur capables de transformer une souillon en princesse.

En cas de grande déprime, seul le chocolat pouvait apporter à Laura un peu de réconfort. Apparemment, ce n'était plus une option envisageable. Peut-être deviendrait-elle une de ces personnes accro aux endorphines...

— OK, donc... je suppose que je ferais mieux de te laisser et d'aller au gymnase, marmonna-t-elle quand Heidi lui tendit un Post-it sur lequel elle avait gribouillé quelques numéros de téléphone.

— C'est l'idée, dit la jeune femme avec un semblant de sourire. Nous avons un compte dans celui-ci. Donne-leur ton nom et ton numéro d'immatriculation à l'agence. L'inscription sera déduite de ton salaire.

Avec tout cela, elle allait devoir travailler chez McDo pour payer son loyer.

— Compris, soupira-t-elle, maussade.

— Rappelle-toi : cardio à fond, et demande que ce soit Giuseppe qui te coiffe, sachant qu'il doit *absolument* m'appeler avant de toucher à ses ciseaux.

Heidi avait enfoncé ses doigts maigres dans le dos de Laura et la poussait vers la porte.

— Je te revois vendredi en huit avec trois kilos en moins, OK ? gazouilla-t-elle.

Et avant même que Laura ait pu dire au revoir, elle avait glissé son écouteur de portable dans son oreille et s'était mise à baragouiner en allemand.

Quelle garce prétentieuse...

Dans le miroir, Laura regardait les deux stylistes soulever des mèches molles de ses cheveux mouillés et les inspecter avec curiosité. Giuseppe, qui avait un petit bouc et ne semblait ni parler ni comprendre l'anglais, discutait au téléphone avec Heidi. Il brandissait une paire de ciseaux impressionnants.

— Je veux les garder longs, dit Laura d'une voix chevrotante. Peut-être jusqu'aux épaules ?

— Nous allons te faire un balayage blond foncé pour accentuer les reflets de tes cheveux, annonça enfin une assistante en traduisant les rafales d'italien de Giuseppe. On veut vraiment te faire une coupe sixties – à la Edie Sedgwick[1], c'est tellement tendance*. Heidi assure que tu vas perdre du poids...

La fille décida que le tact était de rigueur et se ravisa.

— C'est le plan.

---

1. Actrice et mannequin (1943-1971), elle a notamment travaillé avec Andy Warhol.

Laura lui lança un sourire forcé et attendit que l'assistante se récrie qu'elle n'avait pas besoin de perdre un gramme.

— Vous savez, ma mère a perdu quinze kilos avec le régime Atkins. Les glucides, ça craint, déclara finalement l'assistante avec emphase.

Elle aurait tout aussi bien pu la traiter de grosse vache. Laura sentit ses joues rebondies rougir comme des feux de stop quand Giuseppe se mit à la tondre. De grandes mèches de cheveux dégringolaient jusqu'au sol. Une apprentie les faisait immédiatement disparaître d'un coup de balai : rien ne devait souiller le carrelage du salon. Giuseppe avait fait pivoter le siège de Laura, si bien qu'elle ne pouvait plus assister au massacre en cours dans le miroir. Elle patienta donc sagement en feuilletant d'anciens numéros de *W* et *Vogue* où défilaient des mannequins amazones aux membres longs comme des cure-pipes et aux pommettes si proéminentes qu'elles auraient pu servir de plateaux.

Laura dut ensuite rester assise pendant une éternité, la tête recouverte de papillotes, à moitié asphyxiée par les vapeurs d'une teinture soi-disant organique. À l'odeur, on s'imaginait tout de suite assis sur un tas de fumier. Quand Giuseppe revint encadré de ses deux acolytes qui brandissaient leurs sèche-cheveux comme des chalumeaux, Laura surfait sur les cimes de l'anxiété. Elle ne pouvait toujours rien voir, mais elle *sentait* et, quand elle leva un bras pour tâter sa chevelure, elle constata qu'il n'en restait pas grand-chose.

Giuseppe repoussa sa main d'une tape.

— Ouille ! chouina-t-elle.

— On ne trrrripote pas, siffla l'artiste capillaire avec des inflexions qui ressemblaient (bizarre, bizarre !) à l'accent de Birmingham. Désorrrmais, tes cheveux m'apparrrrtiennent.

Il y eut encore un peu d'agitation, quelques ultimes retouches... Enfin, le siège de la jeune fille fut cérémonieusement tourné face à la glace. Laura garda les yeux fermés un moment. Son thé au citron menaçait de faire un come-back.

Lentement, elle souleva sa paupière droite. Puis la gauche. Non ! Ses cheveux ! Ils avaient disparu. Complètement disparu ! À leur place, elle découvrit un casque magnifique, bien lisse, doré, noisette, argenté... et de toutes les nuances intermédiaires. Une épaisse frange s'étalait, parfaitement peignée, à des kilomètres au-dessus de ses sourcils. Voilà : une coupe fantastique et osée qui lui donna l'impression d'avoir emprunté une perruque pour la journée. En dessous, mis en valeur par ses joues de hamster, son visage ressemblait à un ballon. Laura inspira un grand coup et fondit en larmes.

Chapitre trois

Ils l'avaient expulsée si précipitamment que, entre son fauteuil et la porte, ses pieds avaient à peine touché le sol. Il faut dire que les adolescentes aux joues rebondies trempées de larmes ne correspondaient pas vraiment à l'image que voulait se donner ce salon branché. Laura pleurait toujours quand elle monta dans le bus pour rentrer à Camden. La femme assise en face d'elle, horrifiée, finit par changer de place.

Au moins, Laura n'avait plus peur de ses colocataires. Elle se fichait même de savoir si elles étaient là. Elle claqua la porte d'entrée tellement fort que tout l'appartement trembla, fonça dans la salle de bains dont elle expulsa Hadley de force et s'y enferma à double tour avant de s'effondrer sur le lino.

— Cette fille est complètement tarée ! hurla Hadley.

Laura réussit péniblement à se mettre à genoux et à ramper jusqu'à la baignoire dont elle ouvrit les robinets pour se tremper les cheveux – obéissant ainsi à l'épisode post-coiffeur universel : coupe ratée + eau courante = tentative de récupération vouée à l'échec. Par-dessus ses hoquets et le vacarme de l'eau, Laura entendit quelqu'un cogner à la porte.

— Tire-toi ! piailla-t-elle. Laisse-moi tranquille !

Si pleurer faisait maigrir, Laura devait s'être déjà délestée d'un kilo et demi... et ses larmes ne semblaient pas près de se tarir. Il y eut un autre coup sur la porte.

— Hé ! Euh... j'ai oublié ton prénom, appela Candy depuis le couloir. (Laura découvrit grâce à elle qu'elle n'avait pas encore touché le fond.) Hé, Had, comment elle s'appelle déjà ?

— Tirez-vous, gémit-elle. J'ai besoin d'être seule.

— Laura ? C'est bien ça ? Laura ? Et si tu me laissais entrer ? tenta Candy en secouant la poignée de la porte. Allez, quoi... Qu'est-ce qui se passe ?

Aucune réponse n'exprimerait l'étendue du massacre. Laura continua donc de geindre après s'être bouché les oreilles.

— Tu ne peux pas rester enfermée là-dedans éternellement, poursuivit Candy. Les gens ont besoin de faire pipi. En plus, Hadley s'est fait un masque, sa peau commence à tirer et ça la démange horriblement.

— Je te préviens : si je me retrouve avec des boutons sur la figure, je te fais un procès !

Laura ne voulait pas de procès, même si elle doutait de la menace. De toute façon, son caraco était trempé et il fallait absolument qu'elle se change.

— D'accord, je vais sortir, annonça-t-elle d'une

voix tremblante. Mais vous devez fermer les yeux et me promettre de ne pas me regarder.

— On s'éloigne de la porte tout de suite, dit Candy d'une voix apaisante, comme si elle s'adressait à un cheval prêt à s'emballer. Et on ferme les yeux.

Au cas où, Laura enroula ses cheveux dans une serviette avant de tirer le verrou et d'ouvrir la porte. Elle se retrouva nez à nez avec Candy et Hadley, les yeux grands ouverts.

— Qu'est-ce que... *Sales menteuses !*

Seule solution : le repli stratégique. Mais Candy la retint par le bras, qu'elle serra comme un étau, et la tira jusque dans sa chambre. Y pénétrant pour la première fois, Laura ne put s'empêcher de noter les monceaux de tissus empilés à côté d'une grande table, au milieu de laquelle trônait une machine à coudre.

— Oh, allez, remets-toi, ma puce, dit Candy de sa voix traînante en poussant Laura sur son lit. Tu n'échapperas pas à nos commentaires. Débarrasse-moi de cette serviette !

Laura plaqua ses mains sur sa tête.

— Débarrasse-moi du public..., grogna-t-elle entre ses dents.

Irina s'était glissée dans la chambre et s'était accroupie à ses pieds.

— Yo, c'est quoi le deal ?

Hum. Voilà une phrase qui n'allait pas du tout avec son accent de l'ancien bloc communiste.

— Il n'y a pas de deal, répondit Laura d'un ton glacé.

La pire expérience capillaire de sa vie ne constituait vraiment pas un bon sujet de conversation.

— Pas besoin d'être chercheur à la NASA pour deviner que tu t'es fait massacrer, intervint Candy. Hé, on est toutes passées par là.

— Veux voirrr, marmonna Irina en faisant un geste vers la serviette.

— Touche cette serviette et tu peux dire adieu à tes doigts, gronda Laura. À toi de voir.

— Rrrespect.

Déroutée par le regard admiratif qu'Irina lui jeta à contrecœur, Laura baissa sa garde une fraction de seconde. Candy en profita pour arracher la serviette et la lancer à l'autre bout de la pièce. La guirlande d'injures qui s'échappa de la bouche de Laura aurait pu rivaliser avec toutes les grossièretés télévisées de Candy. Mais, peu impressionnée, celle-ci se contenta de repousser violemment les mains de Laura pour l'empêcher de s'en couvrir la tête ou de l'étrangler. Puis elle évalua la situation.

— Eh bien, ça pourrait être pire, finit-elle par dire. Mais pas sûr que cette coupe convienne à la forme de ton visage.

— Mieux surrrr moi, assena Irina avec le sourire suffisant de celle qui pense que tout lui va.

— C'est affreux, conclut platement Laura, tout

désir de résistance l'ayant abandonnée. Je suis monstrueuse. Mon visage semble atteint d'éléphantiasis.

— C'est probablement parce que tu as énormément pleuré, fit remarquer Candy d'une voix plus douce. La coupe est bonne et la couleur met vraiment en valeur le vert de tes yeux – enfin, quand ils ne seront plus injectés de sang...

Elle s'interrompit et lui tapota le bras. Irina afficha un air profondément ennuyé et Hadley prit soudain la parole.

— Je ne comprends toujours pas pourquoi tu t'es mise dans un tel état, déclara-t-elle.

Jusqu'ici, elle avait été trop occupée à fouiller dans l'impressionnante collection de fringues de Candy pour réaliser l'ampleur des dégâts.

— Ouais, bon, ta coupe est...

— Pourrrrrie, coupa Irina en se levant et en s'étirant de façon que Laura puisse admirer les kilomètres de ventre plat cachés sous sa chemise. Trrrès barrbant, ajouta-t-elle en marchant à grandes enjambées jusqu'à la table. Ouais, cheveux sale coupe. Rrremets-toi.

Pardon ? Le culot de cette fille laissait Laura sans voix. Tout ce qu'Irina avait fait ces dernières vingt-quatre heures, c'était balancer des remarques désobligeantes et monosyllabiques avec un accent probablement fabriqué. On découvrirait un jour qu'elle venait en fait d'un trou perdu du Hampshire. Candy semblait ne pas en revenir non plus, mais la raison de sa surprise tenait au fait d'avoir trouvé quelqu'un de plus impitoyable qu'elle.

— Bon, alors ? On l'ouvre, ce champagne ? gazouilla Hadley, complètement inconsciente de la tension qui montait dans la pièce.

Laura commençait à sentir les élancements annonciateurs d'une migraine.

— De quoi elle parle ?

— J'ai acheté des bouteilles de champ pour une tentative de réchauffement de l'atmosphère, expliqua Candy d'un ton désinvolte. C'est pour ça que je voulais que tu sortes de la salle de bains. Nous étions censées faire connaissance.

— Génial, grogna Laura – mais son manque d'enthousiasme avait des circonstances plus qu'atténuantes. Je ne me sens vraiment pas d'humeur... Tout ce que je veux, c'est trouver un truc à me mettre sur la tête jusqu'à ce que mes cheveux repoussent.

Candy s'agita. Laura se demanda si elle allait piquer une de ces crises de nerfs dont elle avait le secret. Dans *Chez les Darling*, elle devenait hystérique chaque fois que les choses ne marchaient pas comme elle l'avait décidé. En fait, Candy semblait plus préoccupée par Irina qui s'était mise à fourrager dans l'assortiment de lotions sur sa commode.

— T'as besoin d'aide ? demanda-t-elle froidement.

Irina lui lança un objet non identifié que Candy rattrapa d'une main. En d'autres circonstances, Laura aurait été très impressionnée par leur numéro.

— Du sérum capillaire... Il va nous en falloir beaucoup plus.

Elle se leva et observa Hadley, occupée à se tortiller devant le miroir.

— Prête-moi ton sèche-cheveux, Had.

Hadley arrêta d'admirer la façon dont sa jupe s'évasait sur ses cuisses toniques.

— Hein ?

— Sèche-cheveux. Gros truc noir avec un diffuseur collé au bout. Va chercher !

Candy se tourna vers Laura.

— Toi, tu t'assois sur cette chaise et tu ne bouges plus d'un poil. Et toi, la femme des cavernes, va chercher le champagne dans le frigo.

— Je pas comprrrendrrre, grogna Irina en lui lançant un regard noir.

Mais elle sortit. Le mot champagne semblait l'avoir convaincue.

— Qu'est-ce que tu vas faire ? demanda Laura, inquiète. Je crois que mes cheveux en ont assez vu pour aujourd'hui.

Candy brandit une énorme brosse qu'elle fit tournoyer entre ses doigts.

— Écoute, mon chou. J'ai passé presque toute mon enfance à suivre ma mère dans les défilés de New York et les ateliers de stylistes. Genre, sa meilleure copine, c'est Kate Moss. Alors, tu vois, je m'y connais un peu question look. Fais-moi confiance.

Laura ne lui faisait pas confiance du tout, mais elle laissa Candy sécher, lisser et arranger ses cheveux. Toutes la regardèrent opérer comme si elle s'était métamorphosée en otarie savante.

— Et voilà, déclara enfin Candy en épinglant quelques pinces brillantes au-dessus de la frange de Laura. Maintenant, ça ressemble à quelque chose.

Laura s'examina dans la glace. La différence n'était pas renversante, mais Candy avait lissé et tiré ses cheveux, si bien que – détail très important – ils semblaient plus longs. Du coup, ça donnait un carré court au niveau des oreilles, qui atténuait la rondeur de ses joues.

— Merci, dit Laura, d'un ton plat trahissant l'ingrate qu'elle était. Sérieusement, Candy, merci beaucoup. J'apprécie vraiment.

— Tant mieux, répondit la star en agitant la main avant de se jeter un coup d'œil dans la glace. Contrairement à la rumeur, je suis un être presque humain. C'est juste que je ne me montre pas sous ce jour à la télé.

— Encorrre champagne, *da* ? proposa Irina, affalée par terre.

Chapitre quatre

Après mûre réflexion, c'est-à-dire après dix minutes pour avaler le contenu d'un paquet de chips, Laura arriva à la conclusion que toute cette histoire de perte de poids était ridicule. Le look Nicole Ritchie était dépassé. De plus, au téléphone, sa mère et Tom lui avaient tous deux confirmé qu'elle était parfaite. Voici les mots exacts de son amoureux : « Tu es parfaite, Laura. Ne les laisse pas te changer. »

Il était également évident qu'Heidi en voulait au monde entier d'être bien trop naine pour envisager une carrière de top model. Ceux qui possédaient toutes les qualités devenaient des mannequins, et les autres devenaient... des bookeurs.

En attendant, Heidi avait l'air de se croire omni-potente. Elle ne s'abaissait pas à saluer Laura, et ne manifestait aucun enthousiasme en sa présence. Cela aurait sans doute risqué d'ébranler les fondements de sa domination. Quand la jeune fille arriva chez Fierce le matin de la séance photos pour Sparkle Cosmetics, Heidi se contenta de lui désigner un pèse-personne.

Laura sentit tous les poils de ses bras se hérisser.

— Allez, saute là-dessus, dit Heidi avec impatience. La voiture arrive dans cinq minutes.

— Tu veux que je monte sur cette balance ? Ici ? Devant tout le monde ? demanda Laura, incrédule. Comme à une réunion Weight Watchers ?

— Si tu as maigri comme convenu, je ne vois pas où est le problème.

Laura découvrait de nouvelles nuances de haine. Finalement, elle ôta ses baskets, essayant d'ignorer le reniflement méprisant d'Heidi, puis monta avec précaution sur l'objet diabolique. Le cœur battant à tout rompre, Laura regarda les chiffres digitaux grimper à toute vitesse avant de ralentir.

Soixante-six, soixante-cinq et demi, soixante-cinq, soixante-quatre et demi, soixante-cinq, et de nouveau soixante-quatre et demi. Laura décida de prendre le risque de respirer de nouveau.

— Ah ! Tu vois ! Je n'ai aucun kilo à perdre, jubila-t-elle. Je suis carrément dans la bonne fourchette de poids par rapport à ma taille.

— Ce n'est pas un IMC[1] acceptable pour un mannequin. Tu dépasses les soixante kilos. *Soixante kilos !*

Apparemment, il ne servirait pas à grand-chose de lui expliquer qu'elle mesurait un mètre soixante-dix-

---

1. Indice de Masse corporelle.

huit et que ses os pesaient très lourd. Sur la planète Mode, peser *à peine plus* de soixante kilos était apparemment inadmissible, même chez une jeune fille en pleine croissance.

— Toutes les femmes de ma famille ont des formes, insista-t-elle. Mes rondeurs sont génétiques.

— Pommettes. Abdos, marmonna Heidi entre ses dents. (Elle dégaina son téléphone qui s'était mis à sonner.) La voiture est là.

En dépit des critiques d'Heidi, véritable puits de négativité, la séance photos de Sparkle Cosmetics fut un jeu d'enfant pour Laura. La jolie robe d'été blanche à pois roses et noirs lui allait à merveille. La très subtile ombre à paupières bleu métallisé s'accordait merveilleusement avec le blush rose pâle sur ses joues. Et comble de l'ironie, une des stylistes fut chargée de trouver une perruque qui reproduisait exactement l'ancienne coiffure de Laura. Pendant cinq minutes, la moue dédaigneuse d'Heidi prit des proportions phénoménales. Laura estima que si elle était capable de dissimuler un sourire triomphant, elle pouvait parfaitement assurer le shooting.

L'arrivée de ses partenaires sur le plateau ébranla quelque peu son assurance. Larry, Moe et Curly[1], trois chiots labradors frétillants, risquaient carrément de lui voler la vedette.

---

1. Les trois personnages de la série comique américaine *The Three Stooges*, tournée entre 1930 et 1970.

Il y avait tellement de choses à garder sous contrôle : redresser la tête, rentrer le menton, ne pas cligner des yeux, tourner son corps légèrement sur la droite, garder les mains détendues pour éviter qu'elles ne ressemblent à des gants de catcheur... Tout ça en essayant d'empêcher les très adorables – mais aussi très exaspérantes – petites boules de poils de lécher son maquillage. Cela dit, c'était dix fois mieux que d'aller au lycée.

La séance se déroula devant un groupe de spectateurs. À la fin de chaque pellicule, William, le photographe, Heidi et le staff de Sparkle Cosmetics se rassemblaient autour d'un ordinateur pour regarder les photos, pendant que Laura faisait son possible pour empêcher Larry – ou bien était-ce Curly ? – de mâchouiller sa robe.

Pour la dernière pellicule, Laura dut s'allonger par terre pendant que les chiots gambadaient joyeusement autour d'elle. William grimpa sur une échelle de façon à la mitrailler en hauteur, pendant qu'elle faisait la moue et écarquillait les yeux.

— Super, super. Détends un peu ta lèvre inférieure. Et baisse l'épaule gauche, ouais, comme ça, parfait. Hé ! Fais gaffe ! Un des crapauds essaie de se faire la malle. Bien, parfait, j'adore – c'est dans la boîte !

Avec un long soupir de soulagement, la jeune fille lâcha les chiots. Ils se mirent à sauter autour d'elle avec des aboiements excités, puis partirent comme des flèches vers le buffet. Laura se rendit compte que son propre estomac criait famine. De fait, le poulet aigre-doux du Wok d'Or de la veille au soir n'était plus qu'un lointain souvenir. Elle emboîta donc tranquillement le pas aux chiots pour voir s'il restait quelque chose à manger. Mais, alors qu'elle raclait joyeusement le fond d'un bol de salade de pâtes, Heidi surgit derrière elle tel un mauvais génie.

— Qu'est-ce que tu fais ? siffla-t-elle en pointant le plat d'un doigt accusateur. Tu comptes vraiment avaler ça ?

— Je n'ai rien mangé de la journée, protesta Laura. C'est de la salade. C'est sain.

— C'est bourré de glucides ! s'offusqua Heidi comme s'il s'agissait de crack et que Laura lui annonçait qu'elle se préparait pour une semaine d'orgie avec Pete Doherty. On en a déjà parlé.

— Tu m'as dit : pas de glucides après seize heures. Il est quinze heures cinquante-cinq, donc il me reste cinq minutes. Et puis, de toute façon, je ne crois pas avoir besoin de perdre du poids, protesta sèchement Laura.

Bon… ce n'était peut-être pas la chose la plus maligne à dire à celle qui devait diriger sa carrière. La faim la rendait irritable.

— Écoute, je mangerai aussi de la salade sans pâtes et une pomme, ajouta-t-elle pour amadouer Miss Revêche.

— Comme tu voudras, conclut Heidi d'une voix blanche. C'est ton tour de taille, pas le mien.

— Bon, et tu es satisfaite de la séance ? demanda Laura, principalement dans le but de changer de sujet, mais aussi parce qu'un compliment, même minime, aurait été le bienvenu.

Qui l'eût cru ? Heidi esquissa un sourire.

— Tu n'as pas mal travaillé, admit-elle. Un peu trop « mignonnette » à mon goût, mais très professionnelle. Le staff de Sparkle a été vraiment impressionné. Je te conseille de rester concentrée jusqu'à la séance photos pour la couverture de *Skirt*, la semaine prochaine. Le photographe est quelqu'un d'un peu... difficile. (Heidi plissa les yeux d'un air pensif.) Tout ira bien si tu flirtes un brin avec lui. Il est tellement pervers...

Les instructeurs de *Make me a model* n'avaient jamais abordé le chapitre des « photographes vicieux ».

— D'ac-coooord, souffla Laura, perplexe. Gros vicelard. C'est noté.

— Et ne mange pas avant de t'être changée. Si tu salis cette robe, tu devras la rembourser.

Sur cette ultime touche, très encourageante, Heidi disparut, laissant Laura se débrouiller pour rentrer chez elle.

Chapitre cinq

Le studio où avait lieu la séance photos pour la couverture du magazine *Skirt* se trouvait sous l'arche d'un pont de chemin de fer. Laura y fut introduite sans cérémonie. Heidi était en rendez-vous quasiment toute la journée, mais avait promis de passer plus tard (ô joie !). Laura avait appris que, dans l'industrie de la mode, on n'avait pas de réunions, mais des rendez-vous. Elle ignorait tout de ces mystérieux rendez-vous, mais elle soupçonnait qu'il s'agissait de s'asseoir devant un café et de pérorer sur les dernières tendances en matière de longueurs de jupes.

C'est en tout cas ce que faisaient la plupart des gens sur le plateau. Des beatniks aux cheveux gras, portant des jeans vieillis et des pulls ringards étaient affalés dans des vieux canapés défoncés en cuir marron. Ceux-ci meublaient à peu près tous les studios, tout comme la longue table basse recouverte de piles de magazines de mode japonais. On les vendait probablement en lot à prix discount.

— Salut, je suis Laura. J'ai gagné *Make me a model* et je suis votre cover girl du jour.

Elle avait voulu se présenter d'une voix désinvolte, mais elle ne put émettre qu'un gargouillement étranglé.

— Marta, cracha une fille anguleuse. Ta directrice artistique du jour.

La réplique provoqua quelques ricanements. Pensaient-ils que Laura était trop débile pour se rendre compte qu'on se moquait d'elle ? Intérieurement, Laura se hérissa, mais ne dit mot. Après tout, il ne s'agissait que de six heures dans toute sa vie. Pas bien grave. De toute façon, elle avait signé un contrat avec *Skirt* et ces petits malins ne pouvaient rien y faire.

— Va te faire maquiller, grogna quelqu'un en pointant une alcôve illuminée où deux filles suspendaient des vêtements sur une tringle, à côté d'un comptoir recouvert de cosmétiques. Nous sommes encore en train de préparer.

Personne n'avait vraiment l'air de préparer quoi que ce soit, à part un mec barbu qui roulait un joint avec une précision d'expert. Encore une fois, Laura préféra ne pas discuter.

— Mon Dieu, je déteste bosser avec la gagnante d'un concours, entendit-elle soupirer dans son dos quand elle s'éloigna.

Par bonheur, la styliste et la maquilleuse se montrèrent adorables, même si elles ne s'exprimaient que par des chuchotements effrayés.

— Ne t'inquiète pas, n'arrêtaient-elles pas de dire

(ce qui, du coup inquiétait beaucoup Laura). Les séances photos de *Skirt* se passent toujours comme ça. C'est un magazine qui fait à fond dans la provoc.

Laura avait appris assez vite que « faire à fond dans la provoc », dans le jargon *fashion*, signifiait qu'elle allait être affublée de vêtements importables et d'un maquillage peu flatteur et que les gens se comporteraient extrêmement mal avec elle. Elle décrocha le gros lot très exactement onze minutes plus tard. Alors qu'elle se tenait debout en sous-vêtements pendant qu'on lui présentait les vêtements, le type qu'elle avait vu se rouler un pétard s'approcha tranquillement et se mit à l'examiner.

— Ses nichons sont énormes, aboya-t-il soudain – même si ce n'était pas ses oignons et qu'en plus elle avait mis son soutien-gorge réducteur de poitrine de chez Marks & Spencer. Va falloir me bander tout ça. On prépare la couverture d'un magazine de mode, pas la page trois du *Sun*[1].

Laura couvrit les appendices offensants de ses avant-bras en priant pour que son slip ne remonte pas sur ses fesses. L'homme tournait lentement autour d'elle.

— Elle est trop grosse… C'est pas vrai ! J'en ai pour des heures à faire des retouches.

---

1. Quotidien britannique le plus vendu au monde, célèbre pour sa page trois, exposant une ou plusieurs jeunes femmes au torse dénudé.

Et puis… *il lui donna une tape sur le derrière* !

Mortifiée, Laura se figea, submergée par une avalanche d'émotions contradictoires – choc, outrage, honte… Mais, oh, non ! il n'avait pas terminé. Il se tenait à présent face à elle et lui soufflait sa fumée puante au visage. Elle avait pourtant toujours cru que fumer de l'herbe adoucissait l'humeur…

— Tu as déjà envisagé de poser nue ? lui demanda-t-il en la reluquant d'un œil lubrique.

— J'ai dix-sept ans !

— Je suis presque certain que je pourrais t'avoir la couverture de *Barely Legal*, poursuivit-il d'un ton nonchalant. Peut-être qu'on pourra en discuter plus tard.

Retenir le « beuaaaaaark » qui lui monta aux lèvres fut un réel exploit pour Laura.

— Vous devrez en parler à ma bookeuse, gémit-elle. Heidi, chez Fierce.

— Cette garce rachitique ! ricana-t-il. Je ne la toucherais même pas avec des gants, mon chou. Bon, je ferais mieux d'y aller. Il faut que je prépare un plus gros objectif. C'est le seul moyen pour que tu tiennes sur la photo.

— C'est *lui*, le photographe ? siffla Laura une fois qu'il fut parti. Oh, mon Dieu, il mériterait de figurer dans le Registre des délinquants sexuels[1]…

---

1. En Angleterre, le Sex Offenders'Register rassemble les noms et adresses de tous les individus ayant été condamnés pour abus sexuel.

— Gerry est un génie, l'informa la styliste à voix basse. C'est peut-être un vieux pervers, mais il bosse souvent pour *Vogue* Russie. Tu as vraiment de la chance.

C'était une façon de voir les choses...

Laura tituba enfin sur le plateau, perchée sur des talons dangereusement hauts et sanglée dans une robe qui la démangeait terriblement. On la lui avait agrafée dans le dos car la fermeture ne voulait pas remonter. En voyant ses cheveux lissés en arrière et son maquillage digne de *La Guerre du feu*, Gerry claqua des doigts.

— Jésus, Marie, Joseph, souffla-t-il. Comment voulez-vous que je travaille avec ça... ?

Laura reçut des instructions très précises : défense de sourire, de faire la moue ou d'arquer les sourcils – donc rien de ce en quoi elle excellait. Elle devait juste fixer l'objectif d'un air maussade, comme si elle voulait arracher l'appareil de son trépied et le briser en mille morceaux. Ce ne fut pas trop difficile, parce que c'était exactement ce qu'elle avait envie de faire. L'assistant de Gerry la mitraillait. Apparemment, le travail d'un photographe célèbre consistait uniquement à balancer des obscénités aux mannequins.

Le temps de quatre tenues, Gerry s'était demandé à voix haute si Laura était vierge, ce qu'elle aimait au lit et avec qui elle avait dû coucher pour gagner *Make me a model*.

— Peut-être devrait-on se contenter de la prendre en sous-vêtements, spéculait Gerry. Est-ce qu'on a un soutien-gorge dans lequel elle rentrerait ? Peut-être une culotte de grand-mère ? Marta, tu peux appeler ta mémé ?

Occupée à retenir ses larmes, Laura ne regardait plus l'appareil. Il fallait aussi interdire à sa lèvre inférieure, agitée de tremblements frénétiques, de pleurer. Deux tenues restaient à photographier, et Laura partit se changer en vacillant. En voyant le ruban adhésif enroulé autour de ses seins, elle essaya de ne pas penser à ce qui arriverait à ses tétons quand on le lui arracherait.

La jeune fille s'effondra sur un tabouret et essaya de faire le vide. Elle n'avait toujours pas réussi à se calmer quand Heidi fit son entrée. Ce jour-là, sa bookeuse portait différentes nuances de gris – travaillant à fond la métaphore du nuage qui annonce la tempête.

Heidi prit une minute pour assimiler l'étrange spectacle : en petite culotte couleur chair, les seins bandés de Chatterton, Laura avait enroulé ses bras autour de son corps pour le protéger tant bien que mal des photographes indiscrets.

— Si seulement on pouvait te faire descendre à la taille trente-six...

Mais Laura se fichait bien de son poids.

— Heidi, gémit-elle. C'est... Si tu savais ce qu'il m'a dit !

La bookeuse haussa les épaules.

— Je t'avais prévenue : c'est un pervers. Mais aussi un génie de la photo.

— Ce n'est même pas lui qui les prend !

Heidi soupira comme chaque fois que Laura se comportait comme une bouseuse indigne d'intégrer la planète Mode.

— Il supervise André. C'est pareil.

La styliste brandissait déjà la tenue numéro cinq : en gros, une combinaison moulante couleur bronze d'où pendaient des lames métalliques.

— Enlève ta culotte, dit-elle gaiement à Laura.

Cela ressemblait à ce rêve où elle se retrouvait toute nue en pleine cour de récré. Mais en cent mille fois pire.

— Pas question…, protesta Laura, au bord des larmes.

— Ne sois pas stupide. Enlève-la, ordonna Heidi qui examinait ses ongles avec la plus grande attention. Attends de voir les défilés. Il faut se déshabiller en coulisses devant tout le monde. Si on prend du retard à cause de toi, tu devras payer les heures supplémentaires de location du studio.

— Pouvez-vous au moins vous retourner ? Et l'une de vous peut-elle vérifier que personne n'arrive, s'il vous plaît ? *S'il-vous-plaît ?*

Même devant Tom, elle n'avait jamais retiré que le haut… Heidi se détourna brusquement, visiblement excédée. Laura sauta du tabouret et arracha sa culotte. Ensuite elle passa ses jambes dans la combinaison moulante et l'enfila. Horrible.

— C'est bon, vous pouvez vous retourner, ron-chonna-t-elle. Mais je vous préviens : vous allez le regretter.

Elle avait l'air de postuler pour une séance de lipo-succion. Les mailles du collant moulaient tendrement chaque bourrelet et bosse, chaque courbe et rondeur.

— Le design de Fourbe ne fait pas de cadeaux, dit la styliste compatissante. Peut-être qu'André pourra se contenter d'une seule pellicule.

— Mais je suis carrément *monstrueuse*, gémit Laura au cas où elles n'auraient pas saisi toute l'horreur de la situation.

Ah ! Pourquoi avait-il fallu qu'elle ouvre la bou-che ? Heidi la traîna sur le plateau en lui ressortant son baratin sur le fait qu'être mannequin ne consistait pas simplement à jouer avec des chiots et un tube de gloss et que Laura allait finir par poser pour des cata-logues de vente par correspondance si elle ne se ren-dait pas digne de la haute couture*. Et que Laura ne devait jamais, JAMAIS, dire du mal d'un designer, d'un photographe, ni même du type qui passait livrer des pellicules.

Ouais, OK, Heidi marquait un point, mais ce n'était pas elle qui avait dû s'asseoir à califourchon sur une chaise et lever les jambes pendant que Gerry lui disait qu'elle les avait « sûrement plus écartées la nuit pré-cédente ».

Le supplice dura encore une heure. Laura voulait bien être pendue s'ils obtenaient une photo correcte pour leur couverture. De toute façon, cela l'importait moins que l'état de ses tétons.

Heidi s'enfuit à un autre rendez-vous après avoir bien fait comprendre à Laura qu'elle était une Nouvelle Tête* sur laquelle elle misait beaucoup. Quand la jeune fille retrouva enfin ses vêtements, elle s'émerveilla de rentrer dans son jean, et ce, sans se contorsionner ni se blesser. Elle avait fini de se rhabiller quand elle remarqua Gerry debout devant la porte, une cigarette coincée entre les lèvres.

— Merci de m'avoir photographiée, dit-elle d'un ton guindé. (Comment allait-elle s'échapper s'il bloquait l'unique sortie ?) Ce fut une expérience... très instructive.

— Est-ce une manière polie de me dire que je suis un pauvre type ? demanda-t-il avec un grand sourire. On me le dit souvent. Sais pas pourquoi.

Laura secoua la tête. La situation était délicate. Elle ne pouvait pas se permettre de lui dire d'aller se faire voir, étant donné qu'il avait réussi à convaincre la moitié de Londres de son génie. Mais, quand même, il n'était pas question non plus qu'elle le flatte.

— Eh bien, ce fut un vrai défi, mais je suppose qu'il faudra que je m'y fasse.

— À mon avis, tu as besoin de te détendre, suggéra-t-il en s'écartant de la porte pour venir vers elle. Pas très malin de débarquer sur un plateau avec une tronche de six pieds de long. Pas la meilleure façon d'impressionner.

— Exact, approuva prudemment Laura. Je veillerai à être plus enjouée la prochaine fois.

— Tu vois, je pourrais te recommander à tout un tas de gens, si j'estimais que tu en valais la peine, ajouta Gerry.

Il s'immobilisa si près de Laura qu'elle sentit son haleine fétide sur son visage.

— Si tu me grattes le dos, je te gratterai le tien...

Mais ce n'était pas le dos de la jeune fille qui l'intéressait : sa grosse paluche venait d'attraper sa fesse gauche. Laura plongea son regard dans les yeux du photographe, à la recherche d'une étincelle d'humanité. Finalement, elle recula d'un pas pour se mettre hors de sa portée, tout en se forçant à sourire.

— C'est très gentil de votre part, hum, Gerry, marmonna-t-elle entre ses dents.

D'accord, elle n'avait pas l'air tout à fait convaincue, mais il ne fit pas mine de protester. Une main sur son épaule, elle lui donna le baiser fashion standard : « mwah mwah ». Puis, avant qu'il ait le temps de descendre en piqué pour transformer ces adieux en quelque chose de plus lingual, elle fit un saut en arrière.

— J'ai un rendez-vous et je ne peux vraiment pas arriver en retard.

— Oh, reviens là, poupée ! appela-t-il d'un ton enjôleur.

Mais Laura se contenta de lui adresser un signe de la main avant de filer à la vitesse de la lumière. Elle savait, comme elle savait que le soleil se lève à l'est, que l'herbe est verte et qu'Hadley est incapable de se servir d'une bouilloire, que rembarrer un photographe vicieux mais puissant n'était pas le meilleur moyen pour avancer dans ce métier.

Elle ressassait encore les événements humiliants de la journée quand elle arriva à l'appartement. Elle trouva Irina, de retour d'un voyage à Tokyo, vautrée sur le canapé. Ce n'était vraiment pas juste : Laura n'était toujours pas sortie de la zone 1 du métro londonien et Irina partait au Japon...

Laura attendit que sa coloc lui raconte un peu son voyage. Ou lui dise tout simplement *quelque chose* – mais Irina continua de fixer la télé sans ciller.

— Alors ? C'était comment, le Japon ? finit-elle par demander, déconcertée, en se laissant tomber sur le canapé, un Snickers à la main.

Elle avait vraiment besoin de se réconforter, et rien ne se mettrait entre elle et le chocolat.

— Japonais, murmura Irina en se penchant un peu plus vers l'écran pour ne surtout pas manquer une seconde de l'excitante émission de Derek Acorah[1], apparemment sur la piste d'un ectoplasme[2]. Bouffe dégueu, thé verrrt.

Laura avait le choix entre Irina et son placard. Elle

---

1. Personnalité de la télévision anglaise ayant gagné sa notoriété grâce à ses prétendues qualités de médium.
2. Substance psychophysique paranormale qui serait générée dans le monde physique par un fantôme.

décida d'insister un peu auprès de la Russe qui, en plus, semblait avoir ajouté quelques mots à son vocabulaire.

— Tu ne devais pas rentrer dimanche ? lui demanda-t-elle.

Irina soupira et croisa les bras. Elle avait enfin compris que Laura cherchait à avoir une vraie conversation avec elle.

— J'ai été bookée pourrr *Vogue* Japon, ensuite pourrr un défilé. Genrrre... on s'en cogne, tu vois ?

— Mais tu n'avais jamais fait de défilé !

Laura ne put cacher sa jalousie et sa frustration. Comment, avec son look de Martienne, Irina avait-elle déjà décroché des tonnes de contrats, alors qu'elle-même n'avait eu que deux boulots pour lesquels elle avait d'abord dû battre onze autres filles ?

— Suffit de marrrcher comme si tu as avalé un balai, *da* ? (Irina ricana à sa propre blague.) Pas bien difficile.

Mouais. Il avait fallu huit semaines à Laura pour être capable de parader sur le podium sans tomber, et perchée sur des talons de seulement huit centimètres.

— Eh bien, moi, aujourd'hui, j'ai eu ma séance photos pour la couverture du magazine *Skirt*.

— *Da* ?

Irina attrapa la télécommande et monta le son de la télé.

— Le photographe était un sale porc sexiste qui n'a pas arrêté de me dire que j'étais grosse. Après, il a essayé de me peloter, genre : « Si tu es gentille avec moi, je serai bon prince et oooooh je travaille pour *Vogue* Russie. » Les fringues étaient abominables, ils m'ont bandé les seins – la honte totale – et...

— Gerrrry, grogna Irina. Tu parrrles de Gerrrry...

— Comment connais-tu Gerry ? demanda Laura, incrédule.

— D'un castrrring à Moscou...

— Tu veux dire un casting* ...

— Comme tu veux. Il est marrrant, développa Irina. On fume des joints ensemble, et ensuite il me booke trrrois séances photos.

Laura la dévisagea avec attention. Était-ce une blague ? Comment savoir, avec Irina ?

— Tu plaisantes, n'est-ce pas ?

— Gerrrry, répéta Irina d'un ton emphatique. Tu la ferrrmes, maintenant.

— Mais est-ce qu'il t'a fait des avances ? Il t'a aidée ? En quel honneur ? Oh, mon Dieu, Irina, tu n'as pas... Noooon... *tu n'as pas* ?

Le visage d'Irina afficha son expression numéro deux : le sourire moqueur.

— À ton avis ?

— Pas pos-si-ble ! bafouilla Laura.

— *Niet*, clarifia Irina. No-on. Il essaie, je dis va te fairrre voirrr et c'est cool. Rrrespect, tu vois ?

Pour la millionième fois de la journée, le visage de Laura vira au rouge, submergé par la honte.

— Bien sûr. Je suis désolée, s'excusa-t-elle.

Laura s'interrompit. À la télé, quelqu'un avait crié à vous glacer le sang. Une forme irréelle traversa l'écran.

— Et toi ?

— Mmm, moi quoi ? marmonna Laura, à présent captivée par l'émission.

— Tu as couché ?

— Tu plaisantes !

Laura se sentit outragée en trois centièmes de seconde. Puis ses épaules s'affaissèrent.

— Cela dit, j'ai eu l'impression d'avoir sa main collée aux fesses pendant une grande partie de la journée.

Ce souvenir la fit bondir. Il fallait absolument qu'elle prenne une douche, qu'elle récure chaque centimètre carré de peau que Gerry avait pu tripoter.

— Prrrochaine fois, coup de pied entrrre les jambes, conseilla Irina en étirant les siennes à l'endroit que Laura venait de libérer de façon qu'elle ne puisse plus se rasseoir. Et prréparre thé maintenant que toi debout.

Chapitre six

Dans le film que se projetait Laura sur sa très glamour carrière de top model ultracélèbre, quelques scènes revenaient systématiquement.

D'abord, lors d'une soirée branchée dans un loft new-yorkais, un célèbre couturier la repérait au milieu de la foule et déclarait sur-le-champ qu'elle serait sa muse. Il créait même un sac à main à son nom. Ce rêve l'avait fait tenir pendant les cours d'histoire les plus ennuyeux.

Ensuite il y avait des défilés triomphaux sur tous les podiums de la planète. Un scientifique (attention : un scientifique vraiment mignon) analysait sa démarche et faisait entrer Laura dans l'histoire de la mode comme le premier mannequin capable d'un déhanchement de 167 degrés. Elle faisait alors assurer ses hanches pour quinze millions de livres.

Dans le film, sa vie était un tourbillon de fêtes, avec du champagne et des admirateurs... De temps en temps, elle allait poser devant un objectif pour pouvoir payer les crédits de ses penthouses.

Mais la réalité n'avait rien à voir. Absolument rien.

Pour commencer, il n'y avait pas eu une seule fête depuis qu'elle était à Londres. Enfin, aucune à laquelle elle avait été invitée. Candy semblait organiser ses journées en fonction d'ouvertures de boîtes de nuit, de vernissages divers et de soirées de lancement de téléphones portables. Hadley sortait avec son petit copain, George, un ancien enfant star, également acteur dans *Hadley's House*. À présent, son nom apparaissait en troisième position au générique d'une série télévisée pourrie, dans laquelle il jouait un ancien enfant star qui avait fui l'Angleterre pour trouver la fortune et la gloire (tu parles d'un répertoire varié)...

Même Irina lâchait parfois la zapette de la télé et son paquet géant de Doritos pour se rendre à des soirées branchées et prétentieuses – de préférence dans les quartiers louches de Londres, et toujours accompagnée de sa bande de clones slaves défoncés. Laura n'en entendait parler que le lendemain par l'intermédiaire d'autres mannequins croisés à un casting.

Ah, les castings... Il n'en avait jamais été question dans les épisodes de sa série « Ma vie de mannequin », avec Laura Parker dans le rôle principal. Pourtant, les castings, ou « casse-toi » comme elle les appelait désormais, étaient devenus son lot quotidien.

En cherchant bien, Laura pouvait reconnaître quelques avantages à cette nouvelle vie. Le métro de Londres n'avait plus de secret pour elle. Elle connaissait jusqu'à la différence entre *via* Charing Cross et *via* Bank. En plus, avec toutes ces heures passées à arpenter les trottoirs, elle avait dû brûler des graisses... Malheureusement, les castings avaient aussi des aspects glauques et démoralisants. Après un périple épuisant jusqu'à un studio miteux – toujours au troisième étage, minimum, d'un immeuble sans ascenseur –, Laura s'effondrait contre un mur collant au milieu d'une foule de filles qui se connaissaient toutes. Les discussions de couloir donnaient : « Il faut âb-solument qu'on prenne un verre ensemble la prochaine fois que nous sommes toutes les deux à Paris », ou : « Mon agent* ne me laisse pas travailler à moins de 750 livres par jour. » Pour finir, quelqu'un criait son nom et elle se retrouvait face à un(e) photographe/styliste/rédacteur(trice), enfin bref à un quelconque professionnel de la mode, qui feuilletait son portfolio à toute vitesse et faisait claquer son chewing-gum avant de grogner : « Merci. » Parfois, pour changer un peu, on lui demandait d'enfiler ses talons hauts et de marcher dans la pièce. Mais ça ne se terminait jamais bien.

Le pire – « pire » étant un terme tout relatif à ce stade –, c'était quand ils ne prenaient même pas la peine d'ouvrir son book et se contentaient de la regarder rapidement de la tête aux pieds avant de ricaner :

« Alors c'est toi la fille qui a rembarré Noël Ripley dans cette compétition ? Tu étais vraiment drôle... » Laura ne pouvait se permettre de leur répliquer : « Non, j'ai gagné parce que j'étais plus jolie que les autres. » Elle devait se contenter de rester plantée comme une mariée abandonnée le jour de ses noces, incapable de trouver un truc vaguement drôle à répondre.

De toute façon, elle n'avait aucunement l'intention de raconter ses débuts on ne peut moins glamour dans le monde de la Mode. Heureusement, sa mère se préoccupait seulement de savoir si elle petit-déjeunait et se couvrait bien pour sortir ; quant à Jen, Chandra et Cath, il était très facile de détourner leur attention avec des infos sur les fringues d'Hadley ou les coups de fil de Candy. Tom, par contre, ne se laissait pas duper si facilement.

— Tout va très bien, gazouillait Laura lors de leurs conversations téléphoniques du soir. Ça gaze...

Après une pause un peu tendue, Tom demandait :
— Tu as l'air bizarre. Tu es sûre que ça va ?

... Laura ne gagnerait même pas un porte-clés au concours de La Petite Copine de l'Année : cela faisait une semaine qu'elle trouvait beaucoup plus pratique de lui envoyer le même texto : TROP SPEED. T'APPL + TARD. BIZZZZ.

Au moins, pendant cette traversée du désert, passait-elle beaucoup de temps à faire du sport – marcher une demi-heure sur le tapis roulant du gymnase avait certainement annulé le muffin au chocolat et la pizza quatre fromages de la veille. Et elle sautait le petit déjeuner, pour se donner bonne conscience.

En grimpant les escaliers du bâtiment de FCP Media (Heidi lui avait formellement interdit d'utiliser les ascenseurs), Laura tâta ses cuisses, persuadée qu'elles devenaient plus sveltes à chaque marche. Finalement, à court d'oxygène et au bord de l'évanouissement, elle préféra se concentrer sur sa respiration.

Après tant d'échecs, les go and see* se succédaient dans un brouillard de locaux minimalistes et de gens branchés, tout en noir et en froncements de sourcils. Pourtant, aujourd'hui, Laura devait admettre qu'elle était légèrement excitée : elle avait rendez-vous avec la rédactrice de mode de *Polka Dot*, magazine qu'elle lisait assidûment depuis trois ans. Elle adorait la diversité de leurs articles, qui allaient de « Découpez et teignez vos corsages » à « Dix bonnes raisons de ne pas sortir avec Seth Cohen[1] ». En plus, entre ses pages s'ébattaient des filles joyeuses avec les dents du bonheur et des taches de rousseur, qui se pendaient aux arbres ou dansaient dans leurs chambres. Le genre de photos que, avant, elle découpait et affichait sur son mur... « Avant », c'est-à-dire quand elle pensait

---

1. Personnage de la série Newport Beach.

que devenir mannequin était Fun – si, si, avec un F majuscule...

Arrivée au septième étage, Laura suivit les pancartes et les battements sourds d'un morceau de Goldfrapp, et se trouva devant la porte, ouverte, de *Polka Dot*. Les bureaux en open space ressemblaient à une chambre de fille très en désordre : des fringues, des CD et des objets roses non identifiés recouvraient le moindre centimètre carré de surface libre. Et leurs occupants souriaient, wouah !

Devenue experte pour dénicher le département Mode, Laura marcha d'un pas résolu vers le fond, là où les piles de vêtements atteignaient des proportions critiques. Elle extirpait son portfolio de son sac quand elle sentit un picotement désagréable lui chatouiller la nuque. Allait-on la remercier avant même de l'avoir vue ?

Laura se retourna et se retrouva nez à nez avec une fille magnifique aux cheveux blond platine et aux grands yeux bleus. Elle s'apprêtait probablement à dire à Laura de déguerpir parce qu'elle avait déjà obtenu le job.

— Oh, salut. Tu es Laura de *Make me a model* ! s'exclama-t-elle avec un fort accent de Newcastle. Tu es chez Fierce, c'est ça ?

— Ouais. Et toi ?

C'était la question habituelle entre mannequins. On enchaînait en général rapidement sur : « C'était quoi, ton dernier boulot ? »

La fille cligna des yeux.

— *Polka Dot*, répondit-elle, amusée. Je suis Alison, rédactrice adjointe.

Laura sentit son visage se décomposer...

— Je croyais que tu étais mannequin, désolée.

Alison lui prit son portfolio des mains.

— C'est le plus beau compliment qu'on m'ait fait cette semaine, dit-elle avec un grand sourire. Je ne pourrais jamais être mannequin. J'aime trop les kebabs. Ooooh, j'aime bien celle-là. Je me souviens que Nemi essayait de t'énerver en dansant pendant que tu te faisais maquiller. Quelle peste, celle-là !

Laura attendit l'inévitable « tu semblais beaucoup plus pêchue dans l'émission », mais il ne vint pas.

— Nous avons été verts d'apprendre que *Skirt* avait obtenu une séance photos avec toi. Nous, on nous l'a refusée, dit Alison en sortant un composit* glissé au dos du book. J'aimerais vraiment prendre quelques Polaroid de toi et... Oh, là, là ! Il faut absolument que tu rencontres la rédactrice en chef. C'est ta plus grande fan. Nous avons organisé une fête pizzas-bières... Hé, suis-moi... Ouais, donc, on a organisé cette soirée pour le dernier épisode de *Make me a model*, et elle a demandé à tout le monde de voter pour toi.

Laura suivait Alison sans en croire ses oreilles. Elle s'arrêta net en apercevant une jeune femme dodue qui, en équilibre précaire sur des chaussures roses à talons, s'accrochait à une autre fille pour ne pas tomber.

— Vous pensez que j'arriverai à marcher avec ça ? demandait-elle. Je crois qu'il sera plus prudent de prendre un taxi...

— Kat, tu ne devineras jamais qui je t'amène !

Alison roula des yeux vers Laura tandis que Kat fixait ses souliers roses avec respect, comme s'ils étaient les plus merveilleux de toute l'histoire de la chaussure.

— Je ne sais pas. Adam Brody ? Ce serait top. Oh, mon Dieu ! Toi ! Laura de *Make me a model* ! couina Kat.

Elle se débarrassa de ses escarpins à coups de pied – sans le moindre égard pour leur délicate structure – et bondit sur Laura pour l'enlacer.

— Je t'a-dore !

— Voici Kat, notre rédactrice, annonça Alison, bien que ce ne fût pas vraiment nécessaire. Fan inconditionnelle.

— Parfaitement ! approuva Kat en s'écartant de Laura pour mieux lui sourire.

Elle était petite et appétissante. Moulé dans une robe noire, son corps rond et blanc forçait sur les coutures. Contre toute attente, l'effet était très réussi.

— Oh, mon Dieu, on t'aime ! Alison t'a raconté la fête ?

Laura hocha la tête en essayant désespérément de trouver quelque chose de cool à dire.

— Sympa, les *shoes*...

Pathétique. Pourtant, Kat continuait de la regarder comme si elle voulait la manger toute crue.

— Nous préparons un roman-photo sur les manteaux d'hiver, expliqua Kat tandis qu'Allison glissait une pellicule dans un appareil photo. À Whistler. Tu sais faire du snowboard ?

— Eh bien, non... Mais je tombe d'un skate avec beaucoup de classe, si ça peut aider, lâcha Laura.

Qu'est-ce qu'elle pouvait sortir comme bêtises, parfois... Mais Kat applaudit, ravie.

— Oh ! Excellent ! On dira aux filles de tomber en snow et de se rouler dans la neige. Ce sera beaucoup plus énergique !

— Je vais voir si Simon est dispo, marmonna Alison. Il est super pour ces photos en mouvement et on pourra peut-être même en tirer aussi une beauty story*. (Elle fit un signe à Laura.) Tu peux aller te mettre près de la porte et me faire un grand sourire ? Pense à Nemi quand elle n'a... pas gagné !

La remarque fut tellement inattendue que Laura éclata de rire. Au même instant, Alison pointa l'objectif sur elle. Laura crut qu'elle allait se faire assassiner pour avoir fermé les yeux, mais Alison se contenta de prendre quelques photos de plus, sous le regard approbateur de Kat.

— Laura serait fantastique dans le manteau vert émeraude que je veux utiliser pour la première photo, s'exclama la rédactrice.

Une assistante, qui, accroupie par terre, était occupée à démêler un énorme tas de bijoux, se redressa et alla chercher illico le manteau qu'elle tendit à Laura. En l'enfilant, la jeune fille sentit le tissu résister au niveau de ses épaules. Trop petit ! Elle se tortilla discrètement, saisit les revers dans un mouvement qu'elle espéra nonchalant et sourit au petit groupe assemblé devant elle.

— La couleur est parfaite sur toi, dit Alison en brandissant de nouveau son appareil. Est-ce que tu peux le fermer ?

Laura vint à bout du premier bouton et tira sur le manteau récalcitrant avant de s'attaquer au deuxième. Malheureusement, sa poitrine généreuse l'empêcha d'aller plus loin.

— Ça ne me va pas…, commença-t-elle.

Mais sa phrase se perdit dans un craquement terrifiant. Dans son dos, la couture avait cédé brutalement. Le bruit sembla se prolonger encore et encore. Et encore. Et encore. Laura savait que, dans cinquante ans, le souvenir de ce moment la ferait se réveiller en sursaut, trempée de sueur, au beau milieu de la nuit.

Mais il fallait déjà survivre à ce moment atroce : la *graisse de son dos* venait de faire exploser un manteau devant trois personnes qui s'efforçaient de faire comme si rien ne s'était passé.

Pouvait-on mourir de honte ? Apparemment non.

— Je. Suis. Désolée.

Pas évident de parler les mâchoires serrées.

Kat agita les mains.

— Ne t'inquiète pas, dit-elle gaiement. Les échantillons que nous recevons sont toujours ridiculement étroits.

Laura ôta précautionneusement le vêtement maudit, se forçant à avoir l'air calme et détendue – intérieurement, elle gisait par terre, en larmes.

— Je suis *vraiment* en train de perdre du poids, s'excusa-t-elle, impuissante.

Kat lui saisit la main, l'empêchant de s'enfuir précipitamment.

— Je te raccompagne, dit la rédactrice.

Laura aurait préféré qu'elle s'abstienne. Sa compassion était bien plus difficile à assumer que tous les regards inexpressifs et les rejets brutaux qu'elle collectionnait ces derniers temps.

Kat poussa la jeune fille vers la sortie. Peut-être se rendit-elle compte que Laura était à un reniflement de la dépression nerveuse, car elle lâcha sa main après l'avoir pressée une dernière fois.

— Tu sais pourquoi je t'ai préférée à toutes les filles de l'émission ?

— Parce que j'ai envoyé bouler un membre du jury et que je n'ai laissé personne me marcher sur les pieds, récita Laura. Je parie que, en chair (grasse) et en os (lourds), je suis une grosse déception…

— Eh bien, effectivement, il y a eu de ça, concéda Kat, dont les lèvres écarlates dessinaient un sourire amusé. Mais je suis quelqu'un d'assez superficiel, et je t'ai aussi trouvée magnifique. Ton côté rafraîchissant et authentique t'a fait gagner la sympathie des spectateurs. Ta beauté est de celles qui laissent au public la possibilité de s'identifier, de se projeter – dans un moment de suprême optimisme, je te l'accorde.

— Vous dites ça pour me consoler, protesta Laura en essayant d'ignorer, sous ses paupières, le premier picotement annonciateur du déluge.

Qu'est-ce qui lui prenait de répondre comme ça aux gens ? Heidi allait la tuer – après l'avoir torturée pour lui faire payer l'histoire du manteau.

— Absolument pas. Et j'aimerais vraiment t'avoir pour le mag. Peut-être qu'on pourrait faire une interview sur ce que tu es devenue depuis la fin de l'émission ? (Kat s'échauffait.) Tu pourrais nous raconter le monde glamour et excitant...

Elle laissa sa phrase en suspens. D'une part parce que Laura entamait une interprétation vivante du *Cri* d'Edvard Munch, d'autre part parce qu'elle savait que Laura savait qu'elle savait qu'il n'y avait rien de glamour ni d'excitant dans la vie d'un mannequin débutant – à moins de vous appeler Candy ou Hadley, ou même Irina... probablement repartie pour Tokyo, en train d'exiger qu'on lui serve du ketchup avec ses tempuras.

— Écoutez, merci pour tout, marmonna Laura en lui serrant la main. Je voulais aussi que vous sachiez que *Polka Dot* est mon magazine préféré et que je pense que vous êtes une rédactrice de mode géniale. Je ne dis absolument pas ça pour vous lécher les bottes, mais... Mon Dieu, je vais me taire, maintenant, et disparaître pour de bon.

Kat lâcha un rire ressemblant à s'y méprendre au gargouillement d'une baignoire qui se vide et la serra de nouveau dans ses bras.

Chapitre sept

Laura déambulait le long de la Tamise, zigzaguant entre les nombreux joggeurs et touristes qui avaient envahi le quai. De temps en temps, elle levait les yeux vers les toits de Londres qui se découpaient au loin entre les platanes. Elle était très occupée à ignorer la sonnerie de son téléphone. Heidi avait essayé de la joindre sept fois en une heure.

L'imposant bâtiment en brique rouge de la Tate Modern apparut et Laura soupira. Elle n'y était venue qu'une seule fois, à l'occasion d'une sortie scolaire. Elle avait passé la journée à fantasmer sur Tom. Dans le bus, au retour, Tom s'était assis à côté d'elle sans crier gare et lui avait déclaré qu'elle était la plus belle fille qu'il ait jamais rencontrée. Puis il lui avait demandé ce qu'elle faisait le week-end suivant...

Laura suffoqua en réalisant combien elle mourait d'envie de le voir.

— Tu me manques tellement ! soupira-t-elle dès qu'il eut décroché. Je suis devant la Tate Modern et ça me rappelle le jour où tu m'as proposé de sortir avec toi...

— Hé, Laura... Tu te sens bien ? demanda Tom d'une voix inquiète.

En effet, la voix de Laura tremblait aussi fort que le sac en plastique qui virevoltait devant elle dans la brise.

— Non, admit-elle d'une toute petite voix. Je veux rentrer à la maison.

— Eh bien, rentre, répondit-il simplement.

C'était sa spécialité : simplifier les problèmes.

— Va à la gare, achète un billet et saute dans le train.

— Je ne peux pas.

— Tu as trouvé un boulot ? C'est fantastique ! Pourquoi n'as-tu rien dit ?

— Comme si ça risquait de m'arriver un jour, railla-t-elle. Non, je n'ai pas trouvé de boulot... parce que je suis trop grosse ! Pourquoi ne m'as-tu jamais dit que je ressemblais à une baleine ?

— Tu n'es pas grosse, protesta-t-il immédiatement – il n'avait pas eu besoin d'y réfléchir, ce qui était assez rassurant. Qu'est-ce qui te prend ?

— Tu ne peux pas comprendre, gémit-elle. Tu ne te rends pas compte de ce que je vis.

Elle n'avait jamais été aussi geignarde, même enfermée avec onze harpies dans le studio de *Make me a model*. Pendant que ses concurrentes appelaient leurs petits copains en pleurant, elle amusait Tom en lui

rapportant tous les coups bas et anecdotes de la journée.

— Eh bien, non... Mais figure-toi que je ne
m'éclate pas spécialement non plus, contre-attaqua
Tom. J'ai des tonnes de devoirs et un paquet de dos-
siers à préparer pour les universités. En plus, mon
père s'est mis en tête de me faire faire des études de
droit... Et tu n'es plus là quand j'ai besoin de parler !
Pire : quand tu daignes me téléphoner, tu m'inquiètes
plus que tu ne me rassures.

— N'importe quoi !

Ça n'arrivait pas souvent, mais elle détestait quand
ils se disputaient comme ça. Sans qu'elle l'ait vu venir,
ils avaient rallumé la mèche. En plus, au lieu de désa-
morcer la bombe, la voilà qui beuglait au téléphone
comme une marchande de poisson.

— Tu pourrais au moins faire semblant de t'intéresser à ce que je suis en train de traverser. Je me
retrouve à gérer tout un tas de trucs d'adulte...

— On te paie pour sourire devant un appareil
photo, Laura. Tu n'es pas en train de chercher un
remède contre le cancer...

— Oh, excuse-moi ! Pourrais-tu essayer d'avoir l'air
encore plus condescendant ? Ça m'aide vraiment !

— Arrête ! hurla-t-il soudain (et il hurlait pour de
bon – à faire frémir les tympans de Laura). Tu dis-
parais pendant des jours, et tout à coup tu m'appelles
pour me piquer une crise. Je n'ai pas besoin de ça !

— Bon… *très bien* ! siffla-t-elle en guise de repartie.

— Très bien – que dalle ! Appelle-moi quand tu seras de meilleure humeur, aboya Tom.

Et il eut le culot de raccrocher.

Laura eut besoin de quarante-cinq minutes pour se calmer. Elle les passa principalement à traîner dans la boutique de la Tate. Elle devait être drôlement déprimée si même l'achat d'un joli calepin ne suffisait pas à lui remonter le moral.

Tom n'était pas du genre à revenir sur ce qu'il disait. D'ailleurs, ç'aurait été à elle de le supplier de lui pardonner son comportement de gamine capricieuse. Pourtant, quand son portable se mit à sonner, Laura n'eut pas besoin de consulter son écran pour savoir qu'il l'appelait pour s'excuser.

— Je suis désolée, brailla-t-elle. J'ai été nulle…

— Laura. (Seule Heidi était capable de faire passer autant de réprobation dans un mot.) Ça fait deux heures que j'essaie de te joindre.

— Mon portable était tout au fond de mon sac. (Au moins, pendant ces deux mois à Londres, Laura avait-elle appris à mentir en permanence.) Je ne l'ai pas entendu sonner ou…

Heidi la coupa net.

— J'ai parlé avec Alison de *Polka Dot*.

— Oh.

Heidi lâcha un aboiement bref en guise de rire.

— « Oh » résume parfaitement la situation. Tu n'as pas décroché le contrat.

— Ouais, euh, à ce sujet...

— Tu as déchiré le manteau, je sais.

La caissière commençait à la fixer d'un sale œil. Laura sortit de la boutique en traînant les pieds. Elle s'assit dehors, sur une marche, le portable coincé entre son épaule et sa joue.

— C'était vraiment un tout petit manteau.

— C'était la taille standard des échantillons, corrigea Heidi, exaspérée. Combien de fois allons-nous avoir cette conversation ?

— Mais elles m'ont adorée, et la rédactrice était trop cool, et...

— Les gens ne te bookent pas simplement parce qu'ils t'apprécient. Tu es censée rentrer dans les fringues. (Heidi haussa la voix.) Je t'attends à l'agence. Il faut qu'on parle.

Laura savait que l'invitation d'Heidi ne consistait pas en un rendez-vous amical autour d'une tasse de thé et de petits gâteaux. En fait, la « petite discussion » en question sonnait plus comme un « peloton d'exécution ».

— Hum, je suppose que je pourrais passer demain, finit-elle par dire en entendant le bip du double appel. Je dois te laisser, Heidi.

Elle ne voulait surtout pas faire attendre Tom.

— Tout de suite, répliqua Heidi d'un ton sec. Rapplique immédiatement. Ted t'attend.

Ted était le grand manitou de l'agence, le supérieur d'Heidi... et le bookeur d'Irina. Eh oui, la Zarbi du

Mannequinat n'avait passé que deux semaines parmi les Nouvelles Têtes avant d'être dirigée vers des prés où l'herbe est plus verte. Les choses se présentaient vraiment mal pour la petite bouseuse de Manchester.

— Tu es sûre que ça ne peut pas attendre demain ? tenta une dernière fois Laura.

Même au téléphone, Heidi restait la reine des garces.

Laura avait l'impression de pénétrer dans le couloir de la mort. *Dead woman walking...* Enfin, pour faire moins dramatique, disons que cet ultimatum ressemblait à une convocation chez le dirlo. Mais elle n'allait plus à l'école. Elle était une adulte – autant qu'il est possible de l'être à sept mois de la majorité. Ni Heidi ni même le fameux Ted n'étaient ses patrons. Techniquement, elle travaillait en free-lance. Et, techniquement, elle ne se dirigeait d'ailleurs absolument pas vers l'agence. Peut-être le brouillard qui s'était formé autour d'elle l'empêchait-il de voir où elle allait ? À moins que ce ne soit la faute de ses jambes ? Elles grimpaient dans le bus en direction de Camden et de cet appartement pourri qu'elle était obligée de partager avec trois filles stupides qui enchaînaient les boulots stupides et pourris et qui se prenaient pour des stars alors qu'en fait elles étaient les filles les plus stupides et les plus pourries que les catwalks* de la Terre aient jamais portées.

— J'y crois pas ! Qu'est-ce que ça fait là ? siffla Laura.

Elle venait de trébucher sur un sac d'ordures en entrant dans l'appartement. Elle le saisit et fonça au salon. Bingo ! Les trois petits cochons étaient confortablement vautrés sur le canapé. L'un d'eux allait quand même devoir s'occuper de la poubelle !

— Cette chose doit *descendre dans la rue* !

Nif-Nif, Naf-Naf et Nouf-Nouf dévisageaient Laura comme si elle venait de faire pipi au milieu du tapis. Du coup, au cas où elles n'auraient pas compris le message, elle jeta le sac poubelle à leurs pieds. Hadley et Candy le considérèrent d'un œil perplexe, puis se consultèrent du regard avant de décider que ce n'était pas leur problème. Installée dans le canapé à regarder Fashion Channel – sûrement à l'affût de tuyaux pour l'aider dans sa conquête du monde –, Irina fut la seule à daigner réagir.

— Tu fais thé, *da* ?

Laura ouvrit puis referma la bouche comme un poisson rouge. Ensuite, elle émit un long hurlement de rage qui se transforma en grondement sourd. Elle serra les poings qu'elle se retint d'écraser violemment sur le visage anguleux d'Irina.

— *Niet* ! Je fais pas thé ! grinça-t-elle. Je ne sers pas les gens. Je ne suis pas ici pour nettoyer vos saletés, sortir la poubelle et vous servir des boissons chaudes. Ça fait deux mois que tu es là, il serait temps que tu apprennes à dire s'il te plaît et merci.

De toute évidence, une arme de destruction massive n'aurait pas suffi à entamer l'ego démesuré d'Irina ;

elle répondit par l'un de ses inévitables haussements d'épaules et se renfonça dans le canapé.

— Comme tu veux, soupira-t-elle.

— Dure journée ? demanda Candy en reposant la lime à ongles qui accaparait jusqu'alors toute son attention. Tu sembles un peu excitée.

— Je ne suis pas excitée, répondit Laura d'un ton coupant. Je suis on ne peut plus *loin* d'un état d'excitation. J'en ai juste ras le bol d'être la seule à tout faire ici. Par exemple : l'une d'entre vous sait-elle où est rangé l'aspirateur ?

— Bien sûr, protesta Candy – ce qui ne voulait pas forcément dire qu'elle s'en était déjà servie. Il est dans le placard à l'entrée de la cuisine.

— Ah, ouais, ce machin, gazouilla Hadley. Je me demandais à quoi ça servait.

— Vous me dégoûtez ! Je déteste cet endroit. Je le hais. Et vous pouvez bien croupir dans votre crasse parce que je rentre chez moi et… et… et j'espère que vous ne décrocherez plus jamais aucun contrat !

Quelque part au milieu de sa tirade, la colère laissa place à un gros coup de déprime. Laura se retrouva les bras ballants au milieu du salon. Ses trois colocataires l'envoyèrent au diable de toute la puissance de leurs regards noirs réunis.

— Eh bien, compte sur nous, chérie, dit Candy de sa voix traînante. Et je te conseille de retravailler ton petit numéro d'hystérique, parce que, pour l'instant, ça reste un peu gnangnan sur les bords.

— Je suis sûre que je trouverai des idées en regardant ton émission, répliqua Laura.

Sur ces bonnes paroles, elle partit comme une tornade... et faillit percuter le portemanteau.

Le pire, c'est qu'elle ne pouvait même pas se réconforter en mangeant : son régime commençait maintenant. Elle allait rentrer à Manchester et n'avalerait rien pendant une semaine. Ensuite elle reviendrait à Londres mince et prête à booker, et Ted et Heidi pourraient bien s'étouffer dans leurs portables en répondant à tous les coups de fil des clients qui voudraient l'engager.

Voilà le plan. Dans l'immédiat, Laura allait devoir se contenter d'appeler sa mère et de lui aboyer les instructions concernant son arrivée le lendemain après-midi à Manchester Picadilly ; et elle allait bien se garder d'appeler Tom, dans la mesure où leur relation tendue ne survivrait pas à deux crises d'hystérie dans la même journée.

Chapitre huit

Ah, Manchester, Manchester, morne plaine ! Laura traîna sa valise le long du quai sous les trombes d'eau vomies par un ciel sans couleur. Elle balaya du regard la foule assemblée sous l'auvent et n'eut aucun mal à repérer son père avec son imper rouge ringard. Le gène de la mode avait dû sauter une génération...

Laura le salua d'un coup de valise dans les genoux et enfouit ses mains dans les poches de sa veste. La laine imbibée dégageait une odeur du genre Eau de chez Chien Mouillé.

— J'espère que tu n'es pas garé trop loin, grogna-t-elle.

— Bonjour toi-même, souffla son père en l'examinant d'un air curieux. Tout va bien ? Ta mère m'a dit que tu avais l'air assez énervée hier au téléphone.

Mon Dieu ! Cela faisait à peine cinq minutes qu'elle était à Manchester et elle avait déjà l'impression de comparaître devant l'Inquisition.

— Tout va très bien, répondit-elle, morose, en accélérant le pas.

Elle dut bien vite ralentir. Un torrent de voyageurs se déversait sans interruption dans le hall.

— Fichue heure de pointe, râla son père derrière elle. Ça va être la jungle pour rentrer.

M. Parker n'insista pas sur l'humeur de sa fille. D'ailleurs, il faisait toujours preuve de discrétion. Laura ne pouvait malheureusement pas en dire autant de sa mère... Celle-ci les attendait en piaffant sur le pas de la porte. Derrière elle, un faible miaulement se fit entendre. Un fumet savoureux et aillé s'échappant de la cuisine vint chatouiller les narines de Laura, impatiente de se réfugier dans ce foyer douillet et chaleureux. Mais Mme Parker, les bras croisés, continuait de bloquer le passage, en dépit des allures de serpillière de son mari et de sa fille.

— Mon Dieu, tu as l'air d'aussi mauvais poil qu'hier ! s'exclama-t-elle. Et pas dans ton assiette. Tu ne couverais pas quelque chose ? C'est pour ça que tu rentres ? Je savais bien qu'il y avait de l'humidité dans cet appartement.

Laura ouvrit la bouche pour protester, mais son père la devança.

— Pour l'amour de Dieu, Wendy ! Il pleut *des cordes* ! Aurais-tu l'amabilité de t'écarter et de nous laisser nous mettre à l'abri ?

Une fois à l'intérieur, Laura put enfin ôter sa veste.

— J'ai le temps de me doucher avant le dîner ? demanda-t-elle en pressant ses mains sur son jean trempé. À moins que tu aies envie que j'attrape une pneumonie...

— Je vous dispense d'employer ce ton avec moi, mademoiselle. Il faudra que nous ayons Une Discussion après le dîner, lança Mme Parker à Laura qui grimpait déjà l'escalier quatre à quatre.

Sa mère était la seule femme au monde à pouvoir parler en mettant les majuscules. Laura trouvait ça tout aussi extraordinaire que terrifiant.

Fraîchement douchée, vêtue de son confortable pyjama Hello Kitty et d'un pull de son père, Laura s'assit à sa place habituelle à la table de la salle à manger. En général, ils prenaient leurs repas à la cuisine, mais le retour de la fille prodigue méritait apparemment une ambiance solennelle et la porcelaine de Chine.

L'estomac de Laura laissa échapper des petits cris d'extase quand sa mère déposa sur la table un pain à l'ail maison. Elle fit son possible pour l'ignorer, bien qu'elle n'ait rien mangé de la journée à part un yaourt nature à zéro pour cent trouvé au fond du frigo de Camden avant de partir.

— Je t'ai préparé ton plat préféré : des spaghettis bolognaise, avec les pâtes fraîches aux œufs que tu adores, annonça sa mère – dans le rôle du démon tentateur. J'ai envoyé ton père chez Tesco[1] tout spécialement.

— Et il pleuvait déjà à ce moment-là, ajouta son père – apparemment, il avait fait lui aussi trempette dans la potion machiavélique. Et si je servais les spaghettis ?

Ils ne goberont jamais une allergie soudaine au blé, songea Laura en observant avec anxiété son père verser une énorme quantité de pâtes dans son assiette.

— Y aurait-il de la salade ? demanda-t-elle au moment où sa mère s'asseyait.

— Pourquoi veux-tu de la salade ? Il y a des légumes dans la sauce bolognaise, répondit cette dernière d'un ton acide.

Critiquer sa cuisine était un véritable crime de lèse-majesté.

— J'ai envie d'un peu de verdure, expliqua Laura en attrapant son assiette à laquelle elle jeta un regard sinistre. Qu'est-ce qu'il y a comme légumes, là-dedans ?

— Les mêmes que les cinq cents dernières fois que j'ai préparé ce plat, railla Mme Parker. Des carottes, des champignons, des tomates, du persil frais, de l'ail... Hum... Il est possible que j'aie utilisé un peu de basilic. Veux-tu que j'aille vérifier ?

— Ne te fâche pas...

---

1. Grande surface.

— Elle ne se fâche pas, intervint son père parce qu'il fallait toujours qu'ils fonctionnent en équipe. Prends donc du pain à l'ail.

Laura inspira une bonne goulée d'air – dommage qu'elle ne puisse inspirer son dîner en même temps.

— Écoute, je ne prends plus de glucides après... jamais. Je n'en mange plus.

— Je te demande pardon ? demanda sa mère, incrédule.

— Mon corps a un mal fou à les assimiler... Ne me regarde pas comme ça. Je ne suis pas en train de faire un de ces stupides régimes, et je suis à des années-lumière de l'anorexie. J'ai seulement besoin de perdre un peu de poids.

Il y eut un moment de silence, durant lequel sa mère descendit une bonne moitié de son verre de pinot noir.

— Pour être mannequin, il y a différentes règles et standards... Ça ne te dira rien, mais ma structure osseuse est massive, et les photos grossissent la silhouette. Je ne mangerai ni les pâtes ni le pain à l'ail. Fin de la discussion.

— Ce n'est *absolument* pas la fin de la discussion ! cria sa mère en reposant bruyamment son verre sur la table. (Elle devait être drôlement énervée, parce qu'elle rata le sous-verre.) Je suis sûre que la privation de nourriture explique en partie ton humeur massacrante. Je me fiche de ce que tu fabriques à Londres :

quand tu es dans cette maison, tu manges ce que tu as dans ton assiette, et tu as intérêt à trouver ça bon !

— Obéis à ta mère, eut la bonté d'ajouter son père. Tu n'as que la peau sur les os.

Ouais, c'est ça, rêve ! Si regarder Irina se gaver de frites tous les soirs était difficile, repousser son assiette de spaghettis frôlait l'exploit. Pourtant, sans bien savoir comment, Laura tint bon. L'enjeu était trop important.

— Je n'y toucherai pas. Je mangerai la sauce et quelques tomates s'il en reste, mais pas de glucides.

— Tu ne sortiras pas de table tant que tu n'auras pas fini ce qu'il y a dans ton assiette, insista sa mère en avalant difficilement une fourchettée de pâtes, comme si elles avaient été généreusement arrosées d'arsenic. Et merci d'avoir gâché notre repas.

Laura regarda sa mère droit dans les yeux, puis décolla ostensiblement un bout de spaghetti d'un champignon qu'elle enfourna dans sa bouche.

— Tu vas me forcer à manger ?

— Laura, ça devient ridicule, fit remarquer son père. Oublie le pain, mais mange au moins les pâtes.

— Pourquoi faut-il toujours que tu lui cèdes ? protesta Mme Parker d'un ton sec.

— Mais je ne lui cède pas. J'aimerais seulement passer un repas agréable et éviter l'indigestion.

Laura avait profité de l'aparté de ses parents pour reprendre de l'assurance. Elle ne céderait pas.

— Je ne toucherai pas aux pâtes. Mais la sauce est délicieuse !

La sauce était *vraiment* délicieuse... mais pas très nourrissante. Laura pressa la paume de sa main contre son estomac qui en réclamait encore. Comme il serait facile d'enrouler ces spaghettis gras et luisant de sauce autour de sa fourchette et de les glisser au fond de sa gorge ! Miam ! Oh, allez, elle pourrait toujours aller courir plus longtemps le lendemain...

C'est alors qu'une petite voix sinistre ressemblant fort à celle d'Heidi s'insinua dans sa tête. « Elle ne rentre dans aucun vêtement. Elle ne décroche pas de contrat. Elle est trop grosse pour être mannequin. De toute façon, elle est trop grosse pour être bonne à quoi que ce soit. »

Suivant les conseils prodigués par un CD d'hypnose qu'elle avait acheté avant de monter dans le train, Laura s'efforça de se visualiser plus mince et plus heureuse, parcourant un podium avec une nonchalance affectée lors de la semaine de la mode à Milan. Elle s'imagina vêtue d'un minuscule nuage de mousseline de soie blanche, tout en jambes et en pommettes...

— Tu veux goûter mon thé vert ? proposa-t-elle dans l'espoir de faire la paix. Je te promets que ça n'est pas aussi mauvais que ça en a l'air.

— Non, merci, répondit sa mère d'un ton acerbe. Ton père et moi allons manger du tiramisu, malgré sa haute teneur en calories. Pendant ce temps, tu peux commencer à laver la vaisselle.

— Parfait, annonça Laura en repoussant sa chaise.

— Parfait, répéta sa mère en écho.

Découragée, elle reversa le contenu de sa propre assiette dans le plat de service.

— Ensuite, tu es autorisée à disparaître.

C'était étrange de retrouver sa chambre. Bien qu'elle fût au moins dix fois plus vaste que son placard londonien, Laura avait l'impression d'être devenue trop grande pour elle. Elle s'allongea sur son lit, inhalant voluptueusement l'odeur d'adoucissant que dégageaient ses draps, loin de la lessive bon marché qu'elle utilisait à Londres... Puis elle se perdit dans la contemplation des photos punaisées sur son mur. Il y en avait une qu'elle adorait : trois filles hilares dévalaient à bicyclette une rue pavée. Le cliché capturait si bien le moment qu'on pouvait presque sentir la brise emmêler leurs cheveux tandis que leurs vélos prenaient de la vitesse. Laura aurait voulu être l'une de ces filles. C'était pour ce genre de photo qu'elle voulait poser. Et renoncer à une assiette de pâtes en valait carrément la peine.

Mais il lui restait une tâche très déplaisante à accomplir avant la fin de la journée. Elle dégaina son portable et pressa « 1 ». Le téléphone sonna, sonna... En ce jeudi soir, Tom était sûrement en train de faire ses devoirs ou de regarder la télévision. De toute façon, quelle que fût son activité, il aurait dû décrocher avant que le répondeur se mette en route. « Salut, c'est Tom. Laissez un message. Non, vraiment, s'il vous plaît, laissez un message. Ne raccrochez pas sans rien dire parce que c'est vraiment gonflant. »

« C'est moi, grogna-t-elle en se pelotonnant sur son lit. De meilleure humeur. Ça m'a pris du temps, je sais. Bon, pas sûre d'être requinquée à cent pour cent, mais en tout cas je suis cent pour cent désolée. Bref. Si tu penses pouvoir me reparler un jour, je suis de retour à Manchester pour une semaine, et j'aimerais beaucoup te voir. On pourrait peut-être aller danser samedi soir ?... » Elle fit une pause. Son message semblait légèrement décousu et désespéré. « Écoute, appelle-moi et on verra tout ça ensemble. Je t'aime. »

Elle posa son portable sur un oreiller à côté d'elle, prête à décrocher dès que la sonnerie retentirait. Cinq minutes plus tard, toujours rien. Pathétique. Il était vingt et une heures trente, et elle se tournait les pouces dans sa chambre, sans sa télé qui était restée à Londres. Ses parents ne voulaient plus lui parler, son petit copain était aux abonnés absents et son avenir ne tenait plus qu'à un fil. Quelle chienne de vie... Une vérité qui aurait déjà dû être consignée quelque part dans les textes officiels, avec tampon, signature et tout le tintouin. Laura parcourait ses étagères du regard à la recherche d'un roman à l'eau de rose quand on frappa un coup hésitant à sa porte.

— C'est bon, dit-elle. Tu peux entrer. Je ne suis pas en train de me faire vomir.

— Personne n'a envisagé un seul instant que tu puisses le faire, dit son père en ouvrant la porte.

Il resta sur le seuil, dansant nerveusement d'un pied sur l'autre. Depuis qu'elle avait repeint à la bombe les murs de sa chambre en argenté, il évitait de pénétrer dans son sanctuaire. Cela heurtait sa sensibilité de bricoleur maniaque.

— Ça te dirait de descendre ?

— En quel honneur ? « Remontage de bretelles II, le Retour » ? demanda-t-elle furieuse en arrachant un livre d'une étagère.

Elle le remit à sa place en réalisant qu'il s'agissait des *Grandes Espérances* de Dickens.

— Ta mère et moi pensions regarder un DVD et profiter de ton agréable compagnie. À vrai dire, l'un ou l'autre, ce serait déjà bien.

— Très drôle.

Le ton de Laura avait perdu de sa dureté. Elle se leva et s'étira, fatiguée.

— Quel DVD ? Pas encore *Orgueil et Préjugés...*

Son père haussa les épaules.

— Un film avec Johnny Depp, je crois. Ta mère a insisté sur ce point.

— Bon, ben, je crois qu'il n'y a rien d'autre à faire, de toute façon.

Quand Laura se glissa vers la porte, son père l'attira vers lui et l'embrassa sur le haut du crâne.

— Quelle enfant stupide ! dit-il d'un ton bourru.

Tellement stupide ! Je m'étonne que tu arrives à t'habiller toute seule le matin...

Visiblement, Mme Parker partageait le point de vue de son mari : Laura la trouva assise toute raide sur le canapé, les lèvres pincées. Elle s'écarta quand même pour lui faire une place et désigna une assiette sur la table basse.

— Je t'ai préparé de quoi grignoter, dit-elle d'un ton glacial. Tu peux toujours chercher, tu ne trouveras pas un seul glucide.

Sa mère était tellement énervante parfois. Par exemple, elle se débrouillait toujours pour qu'il soit impossible de rester fâché contre elle. Le temps de terminer des tranches de fromage, une pomme et un verre de lait demi-écrémé, la tête de Laura reposait sur l'épaule de sa mère et elles se tenaient par la main.

Chapitre neuf

Tom daigna la rappeler le lendemain soir à vingt et une heures et sept minutes exactement. Non pas qu'elle soit restée collée à son portable à compter les minutes, mais. Euh...

— Oh ! Tu as enfin retrouvé ton téléphone ! l'accueillit-elle sèchement.

Oubliant ses bonnes intentions, elle lui parlait déjà comme une peste.

Tom soupira.

— J'avais oublié mon portable dans mon casier, et j'ai enchaîné directement avec mon entraînement de foot après les cours. Mais si j'avais su que tu avais hâte de m'entendre, je t'aurais appelée en plein cours de littérature, lui répondit-il du tac au tac.

Laura se mordit la lèvre pour retenir une repartie assassine.

— Enfin, bref. Je suis à Manchester pour quelques jours, poursuivit-elle, décidée à suspendre les hostilités. Tu as envie de me voir ?

Autre soupir.

— Bien sûr que oui, mais... Dis-moi, Laura. Tu n'aurais pas subi un lavage de cerveau pendant ton séjour à Londres ?

— Mais non, voyons ! Tu... (*Les faits, concentre-toi sur les faits, Laura.*) On ne pourrait pas arrêter avec les reproches et penser plutôt aux bons moments qui nous attendent ? Qu'est-ce qu'il y a de prévu, ce week-end ?

— Rien de spécial. Hum, je crois que demain soir Johnny organise une fête au club de golf pour ses dix-huit ans.

Tom semblait distant. S'il avait prévu de s'y rendre avec une autre fille, genre, par exemple, cette truie de Marina Holloway, Laura lui arracherait la tête.

— Pas la peine non plus de se précipiter. Ça fait cinq minutes que tu es là.

— Je suis rentrée il y a vingt-quatre heures, corrigea Laura. Peut-être qu'on pourrait rassembler la bande et aller dîner quelque part avant la fête.

— Ouais, pourquoi pas...

— Ça te tuerait d'exprimer un tout petit peu d'enthousiasme ? Et même – soyons fous – tu pourrais peut-être aller jusqu'à faire semblant d'être content que je sois là ? J'ai carrément l'impression que ma présence te dérange.

Pendant une seconde, elle envisagea de raccrocher – mais seulement pendant une seconde, parce que ça n'aurait fait qu'aggraver la situation déjà mal engagée.

— Écoute, je suis désolée de m'être mal comportée les dernières fois qu'on s'est parlé. Tu sais comment je peux être quand je ne suis pas d'humeur...

Tom répliqua.

— Eh bien, en fait, non. Je ne t'avais jamais vue de sale humeur, même pendant *Make me a model*. Mais ces derniers temps...

— ... Je n'ai pas arrêté de faire les montagnes russes à Hystéroland, compléta Laura. Je sais que j'ai été un peu schizo, mais... Attends, quelqu'un sonne à la porte. (Elle passa la tête dans le couloir.) Maman ! On sonne ! M'maaaaaaan ! (Elle descendit les escaliers.) Je ne sais pas comment mes vieux ont survécu sans moi, marmonna-t-elle. Écoute : je suis désolée, vraiment, vraiment désolée. Je ne sais plus sur quel ton le dire.

— Je crois que j'ai compris l'idée, dit Tom pendant qu'elle se battait avec le verrou.

En ouvrant la porte, Laura découvrit Tom, debout sur le perron, le portable collé à l'oreille.

— Il fallait que je fasse durer la conversation pour que nous puissions vivre ce moment incroyablement romantique. On se croirait dans un film, non ?

— Un film vraiment ringard alors, se moqua Laura en éteignant son portable pour pouvoir se jeter dans ses bras. J'ai cru que tu voulais rompre, espèce de crétin !

Se promenant dans les parages après une dure journée passée à ne rien faire, Colonel Miaou assista invo-

112

lontairement à cet exubérant étalage d'affection. Laura sentit le mouvement désapprobateur de sa queue quand il frôla ses jambes.

Mais c'était tellement bon de se blottir contre Tom ! À présent, elle se sentait vraiment de retour chez elle. Son amoureux l'attrapa par ce qui lui restait de cheveux et plongea sur elle pour lui planter une rangée de baisers dans le cou. Il n'était pas le seul à avoir les mains et la bouche baladeuses. Tout en lui caressant le dos, Laura avait plaqué ses lèvres sur sa clavicule. Sa chaude odeur de garçon lui avait tellement manqué...

— Montons, chuchota-t-elle. On sera plus tranquilles.

— Parents ? demanda Tom en passant son bras autour de sa taille.

— Plongés dans *Desperate Housewives*, porte fermée.

Ils traversèrent le hall à toute vitesse, collés comme des siamois.

Quinze bonnes minutes passèrent avant que l'un des deux reprenne la parole : il fallut bien qu'ils se séparent le temps d'arracher leurs tee-shirts. Tom fixait Laura, hypnotisé, pendant qu'elle enlevait son haut.

— Je craignais que tu ne sois devenue inaccessible, distante... J'avais peur de ne plus oser te toucher, souffla-t-il. J'aime bien ta coiffure.

Il était bien le seul, mis à part Giuseppe et Heidi.

— Merci beaucoup, mais ne te fatigue pas : j'ai parfaitement conscience de ne ressembler à rien, plaisanta Laura. Et tu ne dois jamais, *jamais* avoir peur de me toucher.

— Vrai ?

Il semblait si peu sûr de lui à cet instant... Avec les ombres que dessinait la lampe sur son visage, il avait l'air plus jeune, plus vulnérable. Laura l'attira dans la lumière, pour que le petit garçon laisse place au Tom qu'elle connaissait. Hum, lequel lui adressait un sourire carrément sensuel.

— Alors, comme ça, tu veux que je te touche ? demanda-t-il. Comme c'est intéressant !

— Oh, laisse tomber le numéro de Casanova, dit-elle en laissant courir ses doigts sur son visage. Mon Dieu, tu m'as tellement manqué. C'est pour ça que je ne t'ai pas beaucoup appelé. Pour éviter que le manque ne soit trop insupportable.

Et ce n'était pas un mensonge *total*. Juste la moitié d'un.

Tom baissa la tête, essayant de dissimuler son contentement.

— T'sais, j'crois que nous avons une bonne demi-heure avant que lady Parker réalise que je suis dans ta chambre en train de dévergonder sa fille unique.

Laura fit mine de regarder sa montre.

— Une demi-heure ? C'est tout ? Ben, tu ferais bien de t'y mettre, mon vieux...

Ça aussi, ça lui avait manqué : ces moments où ils s'accrochaient l'un à l'autre, jambes emmêlées, bouches attendries par les baisers et les mots doux chuchotés. Ça lui avait manqué d'être sa petite amie, tout simplement.

Oui, elle avait couru se réfugier chez ses parents plutôt que d'aller se faire sermonner sur ses bourrelets et ses tendances « hulkesques » à déchirer des manteaux. Et alors ? Elle n'allait pas gâcher une seconde de plus à se préoccuper de son poids, d'Heidi ou de contrats inexistants. Elle allait vivre un peu plus dans le présent, et ce dès le lendemain soir en allant traîner avec ses potes, boire, danser et se blottir dans les bras de son copain. Elle retrouverait ses angoisses bien assez tôt. Pas question de gâcher ce moment avec Tom. « Tu es tellement naïve », se serait moquée Candy. Même Hadley aurait mis son grain de sel en lui expliquant que seul le Botox peut venir à bout des fronts plissés. « Et seulement temporairement, chérie. »

Son propre visage lui semblait étrange. Étranger. Elle souriait pour la première fois depuis des semaines.

— Pourquoi as-tu arrêté de m'embrasser ? demanda-t-elle à Tom d'un ton enjoué. Embrasse-moi tout de suite !

— Qu'est-ce qui te rend si gaie ?

Laura passa ses bras autour du cou de son amoureux.

— Rien. Tout. Hé, je ne t'ai pas demandé de m'embrasser ?

Chapitre dix

Laura arriva la dernière. Même avant d'être une pseudo-célébrité, elle avait toujours eu le chic pour arriver en retard partout. Elle s'assurait ainsi des entrées triomphales. Tom avait fini par renoncer à passer la chercher quand ils sortaient ensemble, fatigué de l'attendre. Mais si Laura décidait de faire poireauter les gens, il fallait bien justifier le suspense.

Ce soir-là, cela avait été facile. Et pas de doute : sa tenue était vraiment *fashion*. Elle portait une tunique en broderie anglaise dénichée dans un stand de Portobello Market[1], par-dessus un collant noir sans pieds et des ballerines argentées. Elle avait même improvisé une large ceinture avec un des rubans de soie des cadeaux de chez Sparkle. Si elle ne s'était pas juré de ne plus penser à vous savez quoi jusqu'à nouvel ordre, elle aurait considéré sa tenue comme carrément tendance, voire convenable pour un go and see.

---

1. Grand marché qui se tient à Londres.

Laura suivit le serveur à travers le restaurant bondé – en fait, un simple bar à burgers. Elle découvrit sa bande blottie dans une alcôve. Jen et Paul semblaient toujours inséparables ; Chris était raide dingue de Chandra qui continuait à ne se rendre compte de rien ; quant à Cath et Dave, ils se chamaillaient, bien sûr, comme toujours.

Laura s'immobilisa pour leur laisser le temps de la voir, puis elle prit la pose, l'air de rien – la main sur la hanche, le visage tourné très légèrement sur la gauche.

— Salut, les amis. Alors, je vous ai manqué ?

Apparemment oui, car, une seconde plus tard, elle étouffait entre les bras de ses trois copines.

— C'est *quoi*, ces fringues ? suffoqua Cath quand elle eut fini de s'extasier sur la coiffure de Laura. Ça fait un peu lolita gothique.

Laura réajusta sa ceinture.

— Je suis dans la tendance de la collec printemps-été de Miu Miu.

— Hein ?

Oh, mon Dieu ! Elle parlait couramment le jargon fashion ! Tous ces « directionnels* », « tendance » et « très Marc Jacobs » s'étaient enfin frayé un chemin jusqu'à ses neurones !

— Je veux dire, je crois que ça va être hyper à la mode cet été, et sûrement très pratique pour danser.

Jen hocha lentement la tête avant de baisser un regard dubitatif vers son jean taille basse et son caraco.

— Je parie qu'à Londres tout le monde est toujours bien sapé...

— Pas tant que ça. Enfin, Candy et Hadley si, mais Irina – elle est russe –, elle porte tout le temps des tailleurs rose pâle et des collants en laine. Vous voyez le genre. Quand je l'accompagne à des rendez-vous, j'entends les stylistes dire qu'elle cultive un look provoc. N'importe quoi.

— J'espère que cette soirée sera assez glamour pour toi, la taquina Chandra.

Laura hésita. Avait-elle agacé son amie ?

— Vous savez, je n'ai pas changé, finit-elle par répondre.

— J'espère bien, ricana Cath. Fais-nous confiance, si tu commençais à jouer les divas, on serait les premiers à te le dire. Et on n'aurait plus qu'à mettre aux enchères la vidéo de toi en train de chanter « Pretty Fly For a White Guy » au karaoké.

— Mais je ne vous ai jamais cédé les droits de diffusion*, fit mine de protester Laura en portant la main à son front dans un geste faussement dramatique. Mes avocats vous poursuivront en justice !

Cath ricana de nouveau.

— C'est c'la, oui. Écoute, je meurs de faim, alors assieds-toi, qu'on puisse commander.

Laura se glissa sur la banquette à côté de Tom et regarda autour d'elle histoire de vérifier que rien n'avait changé durant son absence. C'est à cet instant qu'elle remarqua un garçon et une fille, tous deux blonds aux yeux bleus, qui s'étaient probablement assis à leur table par erreur. Sauf qu'ils semblaient extrêmement à l'aise avec ses cinq meilleurs amis...

— C'est qui, les deux albinos ? siffla-t-elle à l'oreille de Tom. Pourquoi personne ne m'a parlé d'eux ? Ils ont l'air d'avoir servi de cobayes pour une expérience de clonage au pays des Aryens...

— On devrait peut-être éviter le vin et te commander un verre de lait ? chuchota Tom.

Il se pencha en avant et se racla la gorge.

— Cassie, James, je vous présente Laura, ma copine. Laura, je te présente Cassie et James. On les a rencontrés au concert de Camera Obscura le mois dernier.

— Quelle crise de rire ! s'exclama Jen. La tringle s'est effondrée dans les vestiaires et nous avons dû faire des fouilles pour retrouver nos manteaux. Cassie portait exactement la même veste que moi – tu sais, la verte de chez New Look – et je l'ai confondue avec la mienne. Du coup, elle a dû me courir après dans St Anne's Square pour la récupérer.

— Oh, salut. Hum, sympa, la veste.

Laura ne savait jamais quoi dire quand elle rencontrait des gens pour la première fois. Dans ce genre de situation, Candy minaudait avec un « mignonnes, tes chaussures », mais là, Laura ne pouvait pas voir leurs pieds sous la table.

— Alors c'est toi, la fameuse Laura ? s'enquit Cassie.

Elle passa ses doigts dans ses cheveux blonds et brillants de petite fille riche, l'air de dire : tu es peut-être mannequin, mais je suis bien plus jolie que toi (ce qui n'était même pas le cas).

— On t'a vue dans cette émission...

— Enchanté, grogna son petit copain avant de se tourner de nouveau vers Dan pour reprendre une conversation palpitante sur le football.

— Cassie travaille dans une boutique a-do-ra-ble et elle n'arrête pas de nous faire des prix, dit Chandra en agitant le menu. On commande ? Les serveurs commencent à être débordés.

Cassie était peut-être la fille à connaître pour profiter de rabais dans une boutique « a-do-ra-ble », mais Laura sentait qu'il s'agissait aussi d'une garce de première. Heureusement qu'elle était maquée. Cela évitait à Laura de se faire du souci à propos de Tom. Enfin, pas à propos de Tom, mais à propos du fait qu'il se trouve à proximité d'une fille comme Cassie – car, sous ses cheveux blonds et son fard à paupières de midinette, se cachait une véritable prédatrice.

— Et ça fait combien de temps que vous sortez ensemble, tous les deux ? demanda Laura d'une voix douce.

C'était une question assez inoffensive. Aucune raison pour que tout le monde se mette à ricaner.

— Beuuuuark ! Cassie et James sont frère et sœur ! Ils sont jumeaux, espèce de tordue ! réussit à postillonner Jen, à deux doigts de pleurer de rire.

— Quelle buse, minauda Laura.

Elle se pressa contre Tom, histoire de lui faire savoir qu'il pouvait arrêter de rire quand il voulait. Cassie sourit faiblement, comme si elle avait l'habitude.

— Pas grave, soupira-t-elle en redressant son couteau et sa fourchette. Ça arrive tout le temps. Pas vrai, Tom ?

Tom gloussa de nouveau sans donner la moindre explication. L'esprit de Laura brassait à toute vitesse un éventail de possibilités, toutes plus atroces les unes que les autres, jusqu'à ce que Cath, qui avait dû capter son malaise, fasse diversion.

— Et si on commandait avant que je ne me mette à attaquer la nappe ? gémit-elle.

Pendant les dix minutes suivantes, ils s'agitèrent autour des menus pour savoir combien d'assiettes de frites il faudrait commander. Laura put enfin se remettre à respirer. Elle fit signe à Tom de remplir son verre de vin.

— Tout va bien ? lui demanda-t-il en laissant courir son doigt sur le dos de la main de Laura. Cet endroit est assez branché pour toi ?

Elle se força à sourire.

— Qu'est-ce que tu crois que je fabrique à Londres ? Je passe toutes mes soirées à me battre avec Irina pour la télécommande, ou à me disputer avec Hadley pour accéder à la salle de bains. Je suis bien mieux ici, crois-moi.

La main dans celle de Tom, Laura écouta Chandra et Jen pouffer en décrivant les bonnets de bain à fleurs rétro qu'elles s'étaient achetés. Dan jetait des olives en l'air et essayait de les rattraper dans sa bouche. Soudain, elle prit conscience de la chaleur que dégageaient ses joues probablement écarlates – cela devait avoir un rapport avec le vin qui clapotait dans son estomac vide et la forêt de bougies sur la table.

Elle flottait dans cet état de béatitude quand elle réalisa que le serveur se tenait debout à côté d'elle, le calepin à la main.

— Une salade César, s'il vous plaît. Mais en plat principal, et sans vinaigrette. Oh !... et sans croûtons.

— Mon Dieu, Laura est devenue complètement anorexique, annonça Chandra à la cantonade une fois que le serveur eut disparu.

Elle avait bu deux verres de vin et ne tenait absolument pas l'alcool. Dans une heure, elle serait en train de vomir sur quelqu'un.

— Je ne suis pas devenue anorexique, protesta Laura d'un ton glacial. Je fais juste attention à ce que je mange.

— Ça t'ennuie si on mange des frites sous ton nez ? demanda Jen.

— Ne dis pas de bêtises, bafouilla Laura.

Et puis la question jaillit sans qu'elle ait le temps de la déguiser :

— Vous me trouvez grosse ?

— Non, tu es mince, souffla Cath – mais avec sa taille quarante-quatre, elle ne pouvait pas vraiment dire autre chose. Et toujours aussi magnifique.

— Ouais, Laura est mince, mais pas autant que les stars, fit remarquer Chandra qui pouvait toujours courir pour que Laura lui refile des fringues de créateurs le jour où ses placards déborderaient.

Être mince comme les stars, ça voulait dire avoir à peu près sept kilos de moins qu'une personne normale.

— Exactement, renchérit Laura. Il n'est pas question que je me transforme en sucre d'orge, mais il faut que je puisse rentrer dans les tailles trente-six ou même trente-quatre des vêtements utilisés pour les séances photos.

— Qui peut rentrer dans du trente-quatre ? demanda Tom, les yeux légèrement baissés parce qu'il se mêlait à une discussion typiquement féminine.

— Jacinta par exemple, mais sa mère est philippine, alors ça ne compte pas vraiment – et Posh[1] fait genre... du zéro !

— Mais tu manges sainement, n'est-ce pas ? demanda Jen en s'emparant d'un morceau de pain d'une façon qui se voulut provocante. Tu ne vis pas que de Coca light et de cigarettes ?

Laura s'appuya contre Tom. Seul le poids rassurant de sa main sur sa cuisse l'empêcha de sombrer.

— Ne sois pas stupide, Jen.

---

1. Victoria Beckham.

— Tous les mannequins doivent faire attention à ce qu'ils mangent, intervint Cassie.

Laura fut extrêmement surprise qu'elle vienne à son secours.

— J'ai une copine à New York dont la sœur est mannequin, et elle est *beaucoup* plus mince que toi.

Ah, d'accord... Incapable de moucher cette peste, Laura l'inscrivit mentalement en tête de sa liste d'ennemis.

Le temps que leurs plats arrivent, la soirée avait repris un cours normal. Laura avait beau essayer de ne pas se la jouer top model, ses amis ne cessaient de lui poser des questions. Après moult révélations sur Candy et Hadley, elle confia à une Chandra aux yeux exorbités que seulement la moitié des scandales paraissaient dans la presse people. Puis ils en arrivèrent à sa brillante carrière.

Après avoir brodé sur la séance photos pour Sparkle (les chiots provoquant les exclamations de rigueur), Laura n'eut plus grand-chose à dire. Elle ne pouvait s'étendre sur les horreurs de la couverture de *Skirt* et dut se creuser les méninges pour pouvoir continuer de les captiver. Même Cassie semblait plus intéressée par Laura que par son burger végétarien.

Pour éviter de raconter n'importe quoi, elle décida d'échanger les rôles. C'est ainsi qu'elle s'attribua les nombreux boulots d'Irina. De toute façon, ses amis n'étaient abonnés ni à *Vogue* Japon ni à *Da*, le fameux magazine de mode russe.

— Je ne crois pas qu'on puisse vraiment parler de barrière de langage, expliqua Laura, lancée à fond dans son sujet. Tous les photographes disent « J'adore, j'adore, fais-moi des grands yeux, génial. » Je crois qu'ils emploient juste un jargon universel.

— Tu peux garder les fringues ? demanda Jen, la bouche pleine de frites. Ta robe, elle vient d'un desi-gner ?

Laura s'autorisa un gloussement blasé. Si le man-nequinat ne marchait pas pour elle, elle pourrait sérieusement songer à une carrière d'actrice.

— En fait, c'est du vintage, avoua-t-elle modeste-ment. Non, tu ne peux pas les garder. Les créateurs les prêtent, c'est tout. Mais parfois tu peux les acheter à prix réduit. Ça n'en représente pas moins chaque fois une petite fortune.

— Ouais, mais dans pas longtemps, avec tous les jobs que tu enchaînes, tu pourras te permettre de te les offrir.

Tom n'avait jamais eu l'air aussi fier d'elle. Pas même le jour où elle avait fait semblant de compren-dre la règle du hors-jeu au foot.

— On dirait bien que tu vas rester à Londres à la fin de l'année.

— On verra, répondit prudemment Laura.

Ouh, là, là ! Elle allait en avoir des explications à donner s'ils la viraient parce qu'elle déchirait d'autres vêtements.

— Tu as donc été en Russie et au Japon ? demanda Cassie. Moi, j'ai toujours rêvé d'aller à Tokyo.

Pour quiconque, la question semblait parfaitement innocente, mais Laura la voyait venir.

— Tu n'es pas obligée de voyager pour poser pour des magazines étrangers, expliqua-t-elle d'un ton patient qui suggérait que Cassie, en vraie béotienne, ne pouvait pas connaître les ficelles de l'industrie. Londres est une des capitales mondiales de la mode. Beaucoup de gens y viennent pour leurs séances photos.

— Oh, c'est juste que...

Ferme-la. Juste... ferme-la.

— Ce n'est pas encore officiel, mais je vais probablement aller à New York dans un mois, improvisa Laura.

Les paroles sortaient de sa bouche naturellement.

— Il y a plein de clients là-bas qui souhaitent me rencontrer. Enfin, bref. Je n'en peux plus de m'entendre parler, j'imagine que c'est pareil pour vous. Redites-moi donc combien je vous ai manqué !

Si seulement elle arrivait à montrer ne serait-ce qu'un centième de cette assurance (ou bien était-ce du culot ?) quand elle allait à des go and see...

La main de Laura trembla légèrement quand elle attrapa son verre. Elle en vida le contenu d'un trait.

— Tu es sûre que ça va ? lui chuchota Tom à l'oreille. Tu as l'air à cran depuis le début de la soirée.

— Je dois encore m'habituer à être le centre de l'attention.

— Mais tu adores ça ! Tu as toujours adoré ça, la taquina Tom en lui pinçant le bout du nez bien qu'elle lui ait déjà dit un million de fois que ce geste l'exaspérait au plus haut point. Mon petit top model...

— Je suis presque aussi grande que toi, lui rappelat-elle en sortant son porte-monnaie de son sac à main.

Le serveur venait de poser l'addition sur la table. Cassie n'avait pas intérêt à suggérer que Laura les invite tous maintenant qu'elle gagnait hyper bien sa vie.

Heureusement, il y avait un dieu et, selon toute apparence, il lui avait pardonné d'être passée outre le commandement interdisant le mensonge : Cassie fit le trajet jusqu'au club de golf, où avait lieu la grande fête d'anniversaire de Johnny, dans un taxi différent.

Laura ne portait pas le héros de la fête dans son cœur : il avait osé la traiter de girafe lors d'une sortie scolaire au zoo. D'accord, c'était il y a sept ans, mais elle mesurait *toujours* treize centimètres de plus que lui.

Il y eut un soupir de consternation général quand ils entendirent les basses tonitruantes qui les guidèrent jusqu'à la salle de réception. Laura aurait préféré mourir plutôt qu'on lui organise une fête aussi minable pour ses dix-huit ans. Quelques banderoles et des ballons maigrichons pendaient à des points stratégiques de la pièce. Sur une table, on avait disposé des montagnes de sandwichs mous et des pichets de sirop d'orange. D'accord, il y avait un bar, mais le type costaud avec un pull à col en V rose qui s'en occupait jouait régulièrement au golf avec son père. Elle ne pourrait donc pas noyer ses déboires dans l'alcool. Un désastre... Sans parler des invités : des hordes de morveux shootés au sucre couraient autour de *vraies* personnes âgées qui s'agitaient vaguement sur la piste de danse.

— Bon, ben, c'est de la balle ici, souffla Tom, abattu.

Il jeta un coup d'œil derrière lui, mais les autres avaient déjà disparu. Ils avaient probablement filé jusqu'au troisième trou du parcours pour se fumer une cigarette en douce.

— Tu crois qu'on a encore le temps de rattraper nos taxis ?

— C'est affreux... J'ose à peine garder les yeux ouverts, chouina Laura. Cette femme porte une jupe si courte que j'aperçois sa culotte. Achève-moi, je t'en supplie.

— On trouve Johnny, on lui balance sa boîte de chocolats et on se casse, décida Tom.

Il ne perdait jamais ses objectifs de vue, même en cas de crise.

— Cinq minutes. Dix max.

Laura lui attrapa la main et entremêla ses doigts aux siens pour qu'aucun gamin hystérique ne puisse les séparer. L'air décidé, Tom fonça droit vers le bar en l'entraînant derrière lui à travers la piste de danse. Plein d'espoir, il agita la boîte de chocolats cabossée achetée en route dans une station-service.

— Il est où, Johnny ? demanda-t-il au groupe d'hommes accoudés au comptoir, le regard perdu dans leurs pintes de bière brune.

Il aurait été facile de les confondre : ils étaient tous trapus et complètement ivres. L'un d'eux agita le bras vers une porte ouverte sur la gauche.

— Il est avec ses potes, grogna-t-il.

Laura fit la grimace en décollant ses ballerines du sol poisseux. Suivant l'indication du pochetron, ils découvrirent une sorte d'antichambre où avaient été installées une platine et d'énormes baffles qui crachaient du drill'n'bass. L'endroit idéal pour devenir sourd. Complètement imbibées d'alcool, les filles les plus moches de son ancienne école dansaient comme dans une vidéo des Pussycat Dolls. Décidément, Laura n'avait jamais vu autant de petites culottes.

— Il est là-bas, dit-elle en pointant du doigt le coin opposé de la salle. L'insaisissable Johnny était en train de descendre une bière cul sec, encouragé par les beuglements de ses amis néandertaliens.

— Comment avons-nous pu croire que cette fête serait cool ? Ce mec a toujours été un crétin...

Tom haussa les épaules et l'attrapa par le coude pour l'éloigner d'une fille sur le point de se démettre la hanche tant elle se tortillait...

— Johnny a des côtés sympas. Seulement, avec ses amis, il se sent obligé de faire le malin.

— Mouais…

Laura resta en retrait, laissant à Tom le soin d'aller trouver le héros de la fête. Celui-ci l'accueillit par une étreinte d'ours accompagnée de grandes tapes viriles dans le dos.

— Tom ! Mon pote ! s'exclama-t-il.

Il aperçut Laura par-dessus son épaule. Celle-ci lui jeta un regard légèrement moins assassin que prévu. Hé ! Elle réussit même à lever un bras et à agiter mollement la main.

— Laura ! Ramène ton petit derrière par ici !

Bon, au moins il ne l'avait pas insultée. Laura les rejoignit en traînant les pieds, mais garda ses distances : s'il renversait de la bière sur sa tunique blanche, elle serait obligée de le masscrer, anniversaire ou pas.

— Joyeux anniversaire, Johnny, récita-t-elle consciencieusement en sortant une carte de son sac. On l'a écrite dans la voiture… ce n'est peut-être pas hyper lisible.

Johnny tint l'enveloppe en l'air comme s'il s'agissait d'une relique sacrée.

— Tu m'as acheté une carte ? souffla-t-il. Fallait pas…

Laura et Tom échangèrent un regard. Combien de pintes avait-il bues ?

— J'espère que tu passes une soirée agréable, poursuivit-elle poliment.

Maudites soient les bonnes manières inculquées aux enfants.

— Alors, tu peux voter, maintenant. Youpi !

En fait elle eut envie de faire « beeeuark ! ». Car ce fut son tour d'être écrasée entre ses bras humides de transpiration.

— Je n'arrive pas à croire que tu sois venue, Laura.

Johnny semblait au bord des larmes. En général, ce n'était pas le genre de réaction qu'elle provoquait chez lui. Tom ne fut d'aucun secours car il était occupé à fouiller dans une bassine en plastique remplie de glace à la recherche de *deux* bouteilles de bière.

— Eh bien, je ne pouvais pas manquer ton anniversaire, dit-elle en se dégageant doucement. Nous nous connaissons depuis la primaire !

Johnny frotta son gros nez et lui lança un regard lubrique.

— Tu as amené quelques-unes de tes copines mannequins ?

Voilà qui expliquait l'intérêt soudain porté à Laura.

— Malheureusement, non. Je les ai suppliées de venir, mais elles avaient des obligations à Londres, expliqua-t-elle en attrapant la bière que Tom lui tendit avec un froncement de sourcils. J'ai bien peur qu'il n'y ait que moi.

Le sujet étant clos, l'intérêt de Johnny faiblit. Ils n'avaient plus grand-chose à se dire, à moins qu'elle ne remette sur le tapis l'histoire de la girafe ou la fois où il s'était fait pipi dessus pendant une répétition du spectacle de Noël – il avait essayé de dissimuler la flaque sous le berceau du petit Jésus.

— Sympa de te voir, marmonna Johnny, plus très inspiré.

— Ouais, toi aussi, dit Laura gentiment. Profite bien de ton anniversaire.

Du coin de l'œil, elle aperçut Cath et Jen à l'autre bout de la salle et se faufila vers elles.

— Beurk, Johnny vient de me serrer dans ses bras, grogna-t-elle. Il va falloir que je me désinfecte en arrivant à la maison.

— Il boit comme un trou, fit remarquer Cath.

Les trois filles échangèrent des sourires complices.

— Nos séances de ragots m'ont énormément manqué…, dit Laura. Mais il faut que j'aille faire pipi.

— Tu veux dire que même les top models continuent d'aller au petit coin ? Oh, encore un mythe qui s'effondre, lui lança Jen.

Laura envisagea de la rembarrer, mais la bière et le vin faisaient gargouiller son estomac quasiment vide : trouver les toilettes était devenu la priorité. Elle se plaça au bout de la queue qui serpentait depuis la porte des Dames jusque dans le couloir.

Dix insupportables minutes plus tard, son tour arriva. Gigoter frénétiquement en contractant tous ses muscles pelviens fut la seule technique efficace pour se retenir de... bof, c'était bien trop horrible à envisager.

En entendant le bruit de la chasse d'eau et le grincement du verrou, Laura se précipita sur la porte. Mais, soudain, Chandra et Cassie la dépassèrent comme des flèches en la bousculant.

— Hé, stop ! Il y a une queue ! protesta Laura.

Il aurait fallu qu'elles soient bigleuses pour ne pas la voir.

— Et c'est mon tour.

Les deux filles se retournèrent au même moment, tel un monstre bicéphale.

— Je vais exploser, Laur', dit Chandra d'un ton agressif. On en a pour une seconde.

Peut-être aurait-elle laissé tomber si elle n'avait pas été plus pressée qu'elles.

— Écoutez, ça fait des heures que j'attends, les autres aussi...

Une petite fille se tenait dans l'embrasure de la porte.

— J'ai fait aussi vite que j'ai pu, protesta-t-elle.

— ... donc il va falloir que vous patientiez comme tout le monde, continua Laura.

Son envie la rendait impitoyable.

— Quelle bonne amie tu fais, cracha Chandra en se redressant.

Quand elle était énervée, Chandra basculait du côté obscur de la Force.

— Je ne vois pas le rapport, protesta Laura en s'efforçant de garder son calme.

Ç'aurait été tellement réconfortant que l'une des filles derrière elle intervienne au nom de la solidarité féminine… mais aucune ne moufta. Laura fit un pas vers la cabine pas très nette mais tant convoitée. Cassie lui barra l'entrée de son bras tendu.

— Je sais très bien ce que tu penses, dit-elle avec un sourire moqueur. Tu t'imagines que, parce que tu as remporté ce concours de mannequins pourri, tu vaux plus que les autres.

— Pas du tout, répliqua Laura en fusillant Chandra du regard, histoire qu'elle sache à qui elle avait affaire.

Chandra n'eut pas l'air de s'en émouvoir le moins du monde.

— Si. C'est exactement ça. Et ça a toujours été comme ça. Tu es d'ailleurs bien la seule à te trouver spéciale. Même Tom…

— Même Tom quoi ?

Jamais elle n'aurait cru que la situation pouvait dégénérer. Et pourtant, une simple allusion venait de l'amener au bord du gouffre. Cassie et Chandra échangèrent un regard. Un regard méchant, plein de sous-entendus. Si elle n'avait pas eu à se concentrer sur sa vessie, Laura aurait eu des sueurs froides. Elle fit un autre pas en avant, remerciant le ciel de mesurer un mètre soixante-dix-huit et de pouvoir se pencher, menaçante, au-dessus de Cassie et Chandra.

— Tom quoi ? répéta-t-elle dans un grondement sourd.

Cassie ne se laissa pas impressionner.

— Comme Chandra le disait, il n'avait pas l'air de te trouver si spéciale l'autre soir quand nous étions ensemble.

Laura n'eut pas le temps d'encaisser le coup. Ses oreilles sifflaient toujours quand Cassie enchaîna.

— Et tu étais la truie de l'émission – et je vais aux toilettes avec Chandra – et j'espère que quand nous sortirons tu te seras fait pipi dessus.

Sa grosse paluche s'écrasa sur l'épaule de Laura et l'envoya valdinguer contre le lavabo. La porte se referma sur les deux filles.

Je ne pleurerai pas, se dit Laura en massant sa hanche meurtrie. Elle essaya d'éviter les regards des autres filles qui, comme par miracle, avaient toutes retrouvé leur langue et chuchotaient des variations sur le thème « vous avez entendu ce qu'elles viennent de dire ? ».

Le pire, dans tout ça, c'est qu'elle avait toujours besoin d'aller aux toilettes, et qu'elle allait devoir rester plantée là à transpirer sa bière et son vin, avec la perspective d'une seconde confrontation avec les deux harpies. Elle ne serait pas non plus étonnée qu'elles souillent consciencieusement la cuvette.

La chasse d'eau retentit de nouveau. Cassie et Chandra sortirent tranquillement et lui tinrent ostensiblement la porte grande ouverte.

— Après vous, Votre Majesté, gloussa Cassie en prenant soin de bousculer Laura quand celle-ci se précipita à l'intérieur. Tu vois, tu as besoin d'aller aux toilettes comme tout le monde. En attendant, je me demande bien où est passé Tom...

Ce n'était pas si grave. Vraiment. Elle pouvait parfaitement se passer de Chandra, et Cassie mentait. Cassie *devait* mentir. Tom ne lui aurait jamais fait ça. Jen et Cath lui en auraient parlé. Ce serait juste une bonne histoire à raconter à Candy dès son retour à Londres, décida Laura tout en recouvrant soigneusement la lunette de feuilles de papier toilette (à elles deux, ces sorcières devaient avoir un tas de maladies honteuses). Après ces préparatifs, il lui fallut quelques secondes pour arriver à se détendre suffisamment pour régler enfin le problème en attente.

Par bonheur, Cassie et Chandra ne l'attendaient pas à la sortie pour un deuxième round. Laura ignora les regards curieux qu'on lui lançait toujours et se lava les mains. Penchée sur le lavabo, elle se jeta un coup d'œil rapide dans la glace – elle était rouge, elle avait la bouche tremblante... Elle se dépêcha de se frayer un chemin à travers la file d'attente et se précipita dans le couloir. Quelqu'un allait devoir lui donner des explications.

Elle en avait vu d'autres.

Mais alors, pourquoi les larmes dévalaient-elles ses joues plus vite que si elle avait épluché un kilo d'oignons ?

Son corps fut parcouru de frissons quand elle repensa à la bousculade, aux injures et à l'expression de haine de Cassie. Et Chandra ? Elle ne perdait rien pour attendre. Laura vivait à Londres, mais elle connaissait suffisamment de personnes toutes disposées à lui rendre service et s'assurer que la dernière année de lycée de cette traîtresse ressemble à l'enfer sur terre.

Laura essuya soigneusement les traces de mascara sous ses yeux avant de traverser la piste de danse pour rejoindre Jen et Cath, qu'elle aperçut appuyées contre une énorme enceinte. Pas la peine de s'énerver. Il était évident que Cassie, cette fille bourrée de défauts, s'amusait à voler les petits copains des autres.

— Qu'est-ce que c'est que cette histoire ! hurla-t-elle.

Mouais, dans le genre calme, elle avait des progrès à faire.

— Qu'est-ce qui vous prend de traîner avec cette chienne en chaleur ?

— Oh, tu veux dire...

— Combien de chiennes en chaleur connaissons-nous ? cria Jen par-dessus la musique. Ne t'inquiète pas, on a gardé un œil sur elle, ajouta-t-elle d'un air sombre en regardant par-dessus son épaule, comme si elle s'attendait que Cassie se matérialise derrière elles dans un nuage de paillettes. J'ai remis les pendules à l'heure.

Ça ne sentait pas bon. Ça sentait même très mauvais.

— Ah ouais ? Et je peux savoir de quelles pendules tu parles ?

Laura serra les dents. Il n'y avait pas trente-six réponses possibles.

— Tom, répondirent ses amies en chœur.

— Quoi, Tom ? Qu'est-ce qu'il a fait ?

— C'est une pauvre victime innocente. Cassie a cru que Tom était à sa disposition puisque sa petite copine vivait à Londres. Tu le connais, Laura. Il ne sait pas dire non.

— C'est pas vrai ! Je vais le *tuer* !

Les petites tapes dans le dos de Cath ne firent qu'empirer les choses. Elle ne supportait rien à cinq secondes de l'explosion de rage meurtrière. Par chance, aucun outil ne traînait dans le coin.

— C'est un inconscient, expliqua Jen sagement. Il ne pense qu'à cinq choses : toi, le football, son permis de conduire, Oxbridge et encore le foot. Il n'est absolument pas habitué aux voleuses de mecs.

— Ouais, il est tellement naïf qu'il ne se rendait même pas compte de son petit jeu.

— Quel petit jeu ? !

La voix de Laura grimpa si haut dans les aigus qu'il lui sembla sentir quelque chose claquer au fond de sa gorge.

— Quel petit jeu ? ! !

— Tu sais... petit jeu, quoi.

Si Jen n'abandonnait pas son langage crypté, elle allait découvrir le sens du mot carnage.

— Celui de la garce, de la piqueuse de mecs. Et que je regarde tes lèvres quand tu me parles...

— Et que je te touche le bras..., ajouta Cath.

— Oh ! Une fois elle lui a même donné une tape sur les fesses, mais il y avait vraiment du monde et je ne crois pas qu'il ait remarqué.

Jen adressa un sourire forcé à Laura, comme s'il était naturel que Tom se fasse peloter sans s'en rendre compte. Si quelqu'un avait des droits sur le postérieur de Tom, c'était Laura.

Elle prit une longue inspiration, espérant retrouver son calme, mais ce fut aussi efficace que de cracher sur un incendie de forêt pour l'éteindre.

— Je savais bien que quelque chose clochait, explosa-t-elle. Je le savais !

Sauf qu'en fait elle ne s'en était absolument pas doutée. Elle avait été bien trop occupée à se regarder le nombril et à se lamenter sur l'aspect gélatineux de diverses parties de son corps. Comment pouvait-il ne pas avoir senti que Cassie lui touchait le derrière ? Ce n'était pas comme s'il possédait un revêtement en Teflon. Y avait-il eu des baisers ?

— Vous les avez vus s'embrasser ? J'hallucine ! Dès que j'ai vu cette fille, j'ai su qu'elle allait nous attirer des ennuis.

Laura tapa du pied – la situation le méritait vraiment.

— Mais tu es un mannequin, protesta Jen en passant un bras moite autour des épaules de Laura. Ce n'est pas vraiment une concurrente pour toi. Pourrait-on parler d'autre chose ou se remettre à danser ?

— Y a-t-il eu échange de baisers ? !

Pourquoi se répétait-elle ? Et pourquoi Jen et Cath se regardaient-elles comme ça ? Elle en avait tellement marre que les gens échangent des regards entendus quand elle posait une question...

— Oh, mon Dieu ! Il y a eu roulage de pelles !

Cath lui tapotait de nouveau le bras machinalement.

— Écoute, Laura. N'en fais pas toute une histoire, dit-elle visiblement proche de l'exaspération. Il y a peut-être eu quelques bisous, mais je me suis fait un devoir d'avoir une discussion amicale avec Cassie. Les mots « arrière, sale traînée ! » ont été prononcés assez clairement. Alors, laisse tomber.

Mais Laura ne pouvait pas laisser tomber.

— Pourquoi ne m'avez-vous rien dit ? demanda-t-elle.

La musique était trop forte et les gens commençaient à dévisager les trois filles – bien que la conversation soit visiblement privée. Elle attrapa ses deux amies par le poignet et les traîna dans le couloir.

— Ta réaction est tout à fait excessive, se plaignit Jen en se frottant l'avant-bras avec un air de reproche. Nous contrôlions parfaitement la situation. Il n'y avait aucune raison de t'inquiéter.

— Ce n'était pas à vous d'en décider, insista Laura, furieuse. Vous auriez *dû* m'appeler.

— Ouais, on aurait dû, approuva Cath – une légère approbation de sa part était la bienvenue, même si elle sonnait complètement faux. Mais après ça il aurait fallu que tu nous rappelles, et on ne peut pas dire que tu nous aies submergées de nouvelles depuis ton départ.

Laura regarda Cath comme si une méduse lui sortait d'une narine.

— Je rappelle les gens, se défendit-elle. En général... J'ai été *super* occupée !

(Super occupée... à ne rien faire.)

— Ouais, comme tu veux, soupira Jen avec un haussement d'épaules. Bref, tu n'étais pas là, et Cath et moi n'avons pas jugé utile de te mêler à ça.

Laura songea à taper du pied de nouveau, mais choisit finalement de serrer les poings de toutes ses forces.

— Mais *ça* me concernait *moi* !

— Et quand est-ce que *ça* ne te concerne *pas* ? explosa soudain Cath en faisant quelques pas furieux jusqu'à se retrouver presque nez à nez avec Laura. C'est toujours toi-toi-toi ! Tu ne nous as pas posé une seule question de toute la soirée. Alors excuse-nous de ne pas avoir voulu te voir péter les plombs à propos d'une histoire que nous avions parfaitement gérée.

Elles avaient toutes trop bu. Les visages de Jen et Cath étaient rouges et furibonds. Laura était hors d'elle. Il semblait qu'elle n'était plus le centre de toutes les attentions.

Laura n'avait jamais pensé que tout tournait autour d'elle. Mais il lui arrivait des *trucs*, c'est-à-dire autre chose que les vieilles histoires du lycée, les devoirs, la soirée du samedi que Cath et Jen attendaient chaque semaine avec impatience. Elle avait peut-être du mal à lancer sa carrière, mais elle était quand même mannequin. Elle restait la belle de la bande et ses « amies » ne le supportaient tout simplement pas.

— Ça a dû vous faire plaisir que je dégage de la scène, siffla Laura.

La soirée était décidément pleine de mauvaises surprises, et le fait que ses deux meilleures amies et le monde entier se soient très bien passés d'elle n'était pas le plus difficile à digérer.

— Je comprends pourquoi vous ne m'avez rien dit : vous creviez d'envie de me voir tomber de mon piédestal.

— Oh, crois-moi, tu n'as jamais été sur un piédestal, intervint Jen d'un ton coupant. Nous avons toujours veillé sur toi, mais je me demande bien pourquoi vu que tu apparais aujourd'hui encore plus égocentrique qu'avant – ce qui n'est pas peu dire !

— Pas égocentrique, se dépêcha de corriger Cath devant l'air ahuri de Laura. Tu es juste pourrie gâtée, voilà tout. Et, franchement, c'est avec Tom que tu devrais avoir cette conversation, pas avec nous.

Laura n'en pouvait plus d'écouter les gens lui balancer ses soi-disant défauts à la figure. Heidi lui avait infligé ce supplice pendant deux mois, et voilà que ses meilleures copines la démolissaient en direct. Laura n'osait imaginer ce qu'elles disaient sur elle derrière son dos.

— Je comprends mieux pourquoi Cassie est votre meilleure amie... Je suis tellement insupportable, renifla-t-elle.

Le dédain qu'elle aurait souhaité exprimer fut noyé dans un gémissement plaintif.

— Allez, à plus ou à jamais, je m'en tape.

Et elle s'enfuit.

— Arrête ton cinéma !

Cath l'appela mais Laura ne se donna même pas la peine de se retourner. Elle poussa les portes coupe-feu et s'effondra dehors, sur les marches.

Les genoux remontés sous son menton, les bras autour de ses jambes, elle espérait avoir l'air plongée dans ses pensées plutôt qu'au bord de la crise de larmes. Un peu plus loin sur la pelouse, des gamins faisaient tourner un joint, les yeux braqués sur elle. À Londres, personne ne la connaissait, mais ici, chez elle, elle était la fille qui avait réussi. Celle qui était partie.

Elle se tamponna les yeux avec le bord de sa tunique et considéra sans émotion les traînées de mascara qui souillaient la dentelle blanche jusqu'alors impeccable.

Tout était sens dessus dessous, et elle ne savait plus comment remettre les choses en ordre.

— Laura ! Te voilà !

Elle leva ses yeux brillant de larmes retenues. Tom. Pas de doute que Cassie devait sembler bien plus appétissante qu'elle à cet instant.

— Hé ? Qu'est-ce qui ne va pas ? demanda-t-il d'une voix douce.

Il s'accroupit près d'elle et prit ses mains glacées dans les siennes.

— Tu pleures ?

Laura évita son regard confus – qu'il commençait d'ailleurs à lui adresser un peu trop systématiquement.

— Il paraît...

Laura s'étrangla. Comment venir à bout de cette phrase ? Si elle la finissait, toute cette histoire deviendrait réelle.

— Il paraît que quoi ?

Du dos de la main, elle s'essuya les yeux avec fureur et hoqueta :

— Je me suis disputée avec Jen et Cath.

Il prit un air méfiant. Son regard partait dans toutes les directions, mais sans jamais se poser sur Laura.

— Ah, ouais ? À propos de quoi ?

— Des trucs, dit-elle pour se donner du temps. Cassie...

Laura s'interrompit, attendant de voir s'il mordrait à l'hameçon. Il ne fit pas qu'y mordre. Il battit l'air de ses bras, comme s'il était soudain ferré au sol. Puis il se gratta la nuque, et posa sur elle des yeux exorbités.

— Mais elles avaient promis de ne rien dire !

Cette conversation ne prenait absolument pas la tournure espérée.

— Bon. Qu'est-ce qui se passe ?

— Qui t'a dit qu'il se passait quelque chose ? lui renvoya-t-il.

Bizarre : Laura n'avait plus du tout envie de pleurer. Elle le regarda bien en face, sans la moindre envie de pleurer et le cœur battant à cent à l'heure.

— Qu'est-ce qui se passe, Tom ? répéta-t-elle.

À la façon dont il hésita, elle sut ce qu'il allait dire avant même qu'il eût ouvert la bouche. Il cherchait sûrement une façon de la ménager. Apparemment, il ne trouva pas.

— Cassie et moi, dit-il. On s'est embrassés.

Pendant un long moment, elle se contenta de fixer le visage paniqué de Tom. Paniqué parce qu'il avait fait quelque chose d'innommable. À *elle*. Trompée. Trahie. Détruite. Des mots horribles et affreux qui exprimaient à peine comment il venait de lui déchirer le cœur.

Il attendit qu'elle dise quelque chose, mais elle ne parvint qu'à lui adresser un sourire éblouissant.

— Tu sais, tu aurais pu tout nier. Je t'aurais cru.

— Mais il ne s'est rien passé. Pas vraiment, coassa Tom.

Laura apprécia qu'il essaie de lui prendre la main, car cela lui donna l'occasion de lui taper sur les doigts. De lui faire mal.

— Tu veux bien me laisser t'expliquer ?

Laura se leva – un véritable exploit.

— Il n'y a rien à expliquer. À ton avis, de qui l'ai-je appris ? De Cassie, évidemment. Félicitations, Tom. Pour qui aime les sales vipères (toi, sans doute), c'est une perle.

Dans la catégorie « meilleures tirades assassines », elle s'en sortait plutôt bien, ce que lui confirma le visage décomposé de Tom. Quand il s'avança vers elle dans la lumière du porche, elle vit qu'il avait des larmes plein les yeux.

— Tu ne comprends pas…, commença-t-il.

Mais il fut interrompu par la petite bande de fumeurs d'herbe qui s'étaient approchés d'un pas nonchalant.

— Hé, Tom ! Laura ! lança l'un d'eux. Vous êtes en train de vous disputer ou quoi ?

— Nous ne nous disputons pas, dit Laura d'une voix douce en regardant Tom qui se détendit d'un coup… Nous sommes en train de rompre !

Tout s'accéléra. Les instants qui suivirent passèrent comme sous les flashes d'un stroboscope. La main de Tom sur son bras qu'elle dégagea avec violence. L'expression perplexe de Cath et Jen quand elles la virent venir chercher son sac et repartir comme une flèche. Et même la tentative de Chandra de l'intercepter au moment où elle fonçait vers la porte – la traîtresse renonça en croisant le regard fou de Laura.

Le temps ne reprit son cours normal qu'une fois Laura dehors, plantée au milieu de la rue déserte qui plongeait vers la ville.

La jeune fille fouilla dans son sac à main et en tira son portable. Alléluia : ce fut son père qui décrocha. Il écouta en silence tandis qu'elle le suppliait en bafouillant de venir la chercher.

— Attends-moi à l'entrée du club.

Dix minutes plus tard, sa voiture pilait devant elle. Il avait dû écraser le champignon sur tout le trajet. Malgré la chaleur à l'intérieur du véhicule, Laura ne put s'empêcher de frissonner.

— Tu ferais bien de t'arranger un peu, souffla son père. Sinon ta mère va vouloir savoir ce qui s'est passé.

Laura alluma la veilleuse et jeta un coup d'œil affligé à son visage bouffi. Elle mouilla un mouchoir en papier de sa salive et entreprit d'essuyer les traces noires sur ses joues, avant d'y appliquer un peu de fond de teint.

— Tu veux en parler ?

C'était mignon de sa part. Elle sentit sa panique à l'idée de devoir prodiguer des conseils face à une crise de samedi soir qui le dépasserait sûrement. Laura secoua la tête et attrapa son téléphone dont la sonnerie venait de retentir joyeusement. Le nom de Tom barrait l'écran. Elle éteignit le portable.

— À la maison, si quelqu'un appelle, dites que je suis allée me coucher, marmonna-t-elle.

Puis elle ferma les yeux pour lui faire savoir qu'elle ne souhaitait plus parler. Si seulement sa mère pouvait se montrer aussi discrète... Mais à peine Laura eut-elle mis un pied dans la maison que celle-ci la bombarda de questions.

— Tu t'es disputée avec Tom ? Ou bien une des filles ? Le téléphone n'a pas arrêté de sonner. On dirait que tu as pleuré. Tu as pleuré ? Dis-moi ce qui ne va pas. Tu étais de si bonne humeur quand tu es partie... Je ne comprends pas ce qui a pu se passer en si peu de temps. Je vais nous préparer une tasse de thé et tu vas tout me raconter, enchaîna-t-elle sans même faire de pause pour respirer.

Parfois, Laura se demandait si sa mère n'avait pas travaillé dans les services secrets. Cela aurait expliqué son aisance à mener un interrogatoire.

— Je n'ai pas envie de thé, protesta-t-elle, la voix brisée de sanglots. J'ai juste besoin d'aller me coucher.

— Alors peut-être un chocolat chaud ? Avec des Chamallows... J'ai fait un cake aux fruits aujourd'hui...

Elle ne renonçait jamais. Laura se contenta d'agiter mollement la main, ce qui aurait pu signifier « oui », « non », ou « ferme-la », et sortit lentement de la cuisine à reculons.

Il ne s'agissait pas seulement de fuir les questions de sa mère. Elle luttait vraiment contre une puissante vague de fatigue. Elle ôta ses vêtements et se laissa tomber sur son lit. Elle ne voulait plus penser à Tom et Cassie, ni se demander pourquoi Tom se retrouvait tout à coup lié par un « et » à un prénom de fille qui n'était pas le sien. Et encore moins à ce qui lui avait pris de revenir chez elle. Elle s'enfouit donc sous sa couette et se jeta dans les bras de Morphée.

Chapitre onze

... Quatorze heures d'un sommeil qui aurait pu encore durer sans les coups insistants frappés à la porte de sa chambre. Un battement de paupières plus tard, sa mère apparut, chargée d'un plateau de petit déjeuner.

Le merveilleux pays des songes ne pouvait rivaliser avec l'odeur du bacon grillé et du café frais. Laura s'assit dans son lit et fronça les sourcils.

— Je croyais que je n'avais le droit de petit-déjeuner dans mon lit que le jour de mon anniversaire..., fit-elle remarquer en bâillant.

Au moment où elle s'apprêtait à ignorer la petite voix qui lui susurrait que les tranches de bacon ne figuraient dans aucun régime connu, elle réalisa a) qu'ils baignaient dans la graisse et b) qu'elle voulait être mannequin plus que tout – et plus que jamais.

C'était peut-être la première fois dans l'histoire de l'humanité qu'un sandwich au bacon provoquait une révélation aussi renversante. Mais ce fut une évidence. Elle n'avait plus rien : Tom était sorti de sa vie (puisqu'il avait choisi d'échanger sa salive avec cette traînée) ; ses amies n'étaient plus ses amies ; elle avait manqué trop de cours pour pouvoir retourner au lycée sans redoubler une année. Être jolie était tout ce qui lui restait. Il fallait absolument que cette histoire de top model marche, parce que sa vie en dépendait *vraiment*.

Laura sentit son menton trembler et les larmes jaillir de ses yeux.

— Oh, ma chérie, souffla sa mère en s'asseyant à côté d'elle. Raconte-moi ce qui ne va pas.

— J'ai rompu avec Tom. (Elle n'allait jamais s'habituer à le dire.) Il a fricoté avec cette sale truie...

— Laura !

— D'accord... cette peste prétentieuse et il... il... Comment a-t-il pu me faire çaaaaa ?

— Avale ton petit déjeuner.

Sa mère usa de l'arme la plus décisive de son arsenal : la caresse dans les cheveux.

— Tu te sentiras mieux l'estomac plein. Honnêtement, Laura, tu es ravissante. Qui a bien pu te mettre en tête de perdre du poids ?

— Sais-tu combien de calories il y a dans une seule tranche de bacon ?

Elle-même n'en avait aucune idée, mais ce devait être énorme.

— Maman, je repars à Londres aujourd'hui. J'ai des séances photos dans très peu de temps, je dois m'y préparer.

Les mensonges débités aux parents pour qu'ils vous lâchent la grappe ne comptent pas en réalité. Il fallut quand même passer trois heures de plus à supplier, menacer, promettre, avant de pouvoir monter dans le train. Laura espérait que sa relation avec sa mère était assez solide pour supporter cette tension passagère – sur le quai de la gare, elle n'avait pas eu droit à un baiser, juste à un brusque : « Ferme ton manteau. On dirait qu'il va pleuvoir. »

Si elle pouvait encaisser la désapprobation de sa mère, celle d'Heidi serait une autre paire de manches. Laura avait son numéro de portable, à utiliser uniquement en cas d'urgence. Heidi avait été très claire sur ce point. Mais remettre sa carrière sur les rails en était un, non ?

Il y a plus accueillant que les toilettes d'un train express régional pour se relancer sur la scène de la mode (remarque en passant : pourquoi certaines personnes s'estimaient-elles dispensées de tirer la chasse ?), mais Laura n'avait pas d'autre option.

— Salut, Heidi, c'est Laura, dit-elle d'un ton aussi désinvolte qu'elle put. Excuse-moi de t'appeler un dimanche…

— Tu me dois quelques explications. Ta petite fugue ne m'a absolument pas impressionnée.

Oh, *zut*. Sa bookeuse était toujours aussi charmante...

— Je comptais t'appeler de mon portable mais, hum, il est cassé. Ma mère a eu un problème. J'ai dû rentrer chez moi précipitamment...

— Tu comptes revenir un jour à Londres ? Il y a intérêt.

Heidi semblait catégorique. C'était plutôt bon signe, non ?

— Il faut que nous ayons une petite conversation.

— Je pensais qu'on pourrait discuter au téléphone, suggéra Laura d'une voix plaintive. Tu sais, je suis vraiment décidée à devenir mannequin. Je voulais juste que...

— On ne va pas se lancer dans cette discussion maintenant, Laura. Ted et moi voulons te voir demain matin. Présente-toi à l'agence à huit heures et demie. Crois-moi, ça ne m'enchante pas de devoir me lever à une heure pareille. Je te conseille d'être ponctuelle.

— Vous n'allez pas me virer, n'est-ce pas ?

La question lui échappa dans un gémissement angoissé.

— Oh, mon Dieu, si c'est oui... je vous en supplie, ne le faites pas.

— Tout ça peut parfaitement attendre demain, déclara Heidi d'un ton ferme. Figure-toi que j'ai une vie sociale et que, là, j'aimerais bien en profiter.

Il était évident que, quoi qu'ils aient à lui dire, Ted et Heidi tenaient absolument à la voir en direct s'effondrer devant eux.

— D'accord... Alors, à demain, bafouilla Laura.

Où était passée sa désinvolture ? En fait de retour glorieux à la capitale pour y réclamer sa couronne, ce voyage ressemblait plus à une marche forcée, et l'espoir de réaliser le rêve de sa vie n'avait jamais paru aussi mince.

Chapitre douze

Après une nuit blanche dans un lit qu'aucune baguette magique n'avait agrandi en son absence, Laura se leva à six heures. Tout plutôt que rester à regarder les ombres s'allonger sur les murs en ruminant à propos de Tom.

À première vue, aucune de ses colocataires ne s'était approchée d'un supermarché pendant son escapade à Manchester. Laura découvrit par miracle une barre Gerblé au fond d'un placard et s'assit dans le canapé pour la grignoter. Mais elle ne faisait que reculer devant l'inévitable. L'heure avait sonné. Celle d'extirper son portable de son sac à main et de le consulter pour la première fois depuis samedi soir. Il revint à la vie dans une explosion de bip-bip, de clignotements et de vibrations : elle avait vingt-trois messages vocaux, quarante-sept textos et quatre-vingts appels en absence.

Dans ses messages, Tom commençait par demander avec frénésie où elle était passée, puis il la suppliait d'une voix passionnée de le laisser s'expliquer. Plus tard dans la soirée, il vibrait d'une colère sourde : tout était la faute de Laura. Elle était partie à Londres, elle ne l'appelait jamais et, quand elle daignait enfin le faire, c'était pour se comporter comme une gamine capricieuse. Finalement, il l'avait en quelque sorte jeté dans les bras de Cassie. Le dimanche après-midi, il était d'humeur plus conciliante : « Nous avons tous les deux agi comme des crétins. Appelle-moi, Laura, parce que ce silence ne mène à rien. » Le dimanche soir, il avait eu son compte : « Tu pourrais au moins avoir le courage de me parler, Laura. Mais regarder les choses en face n'a jamais été ton fort, hein ? »

Entre les revirements de Tom, Jen et Cath essayaient de justifier leur attitude. « On ne pensait pas que tu l'apprendrais. Du coup, pourquoi te faire du mal en t'infligeant les détails de l'histoire ? Et pour info : tu n'es pas *si* égocentrique que ça. » Cath parla tellement longtemps que le message fut coupé, mais elle en laissa un autre, bien décidée à sauver sa peau.

Oh, et il y avait aussi un message de Candy qui voulait savoir comment fonctionnait le mixeur. Si elle n'avait pas été occupée à pleurer discrètement pour ne pas réveiller ses coloc, Laura en aurait peut-être ri.

Mis à part une absence notable de voyelles, les textos répétaient dans l'ensemble les messages vocaux. Laura était en train de les faire défiler quand elle entendit une porte grincer. La jeune fille glissa son portable sous les coussins du canapé et essaya de prendre un air dégagé. La silhouette d'Hadley se découpa dans l'embrasure de la porte du salon.

Découvrir que même Mademoiselle California Ultrabright avait une tête terrible le matin, avec options yeux bouffis et marques d'oreiller, fut extrêmement réconfortant. D'ailleurs, elle avait même l'air de souffrir d'une terrible gueule de bois, ce que confirma son coassement : « De l'eau ! »

Hadley n'alla même pas jusqu'à la bouteille d'eau minérale dans le frigo : elle attrapa une tasse et la remplit directement au robinet. Laura s'appliqua à grignoter sa barre de céréales et à retenir les larmes qui menaçaient mais, ô joie, Had était d'humeur communicative.

— Je suis complètement déshydratée, annonça-t-elle en se laissant tomber dans un fauteuil. Les margaritas de Candy sont mortelles.

Laura les avait entendues trinquer jusqu'à deux heures du matin environ. Elle hocha donc la tête sans beaucoup de compassion, le regard fixé sur une minuscule tache blanche à la cheville d'Hadley, là où son autobronzant n'avait pas pris.

— Comment se fait-il que tu sois debout de si bonne heure ? Tu as une séance photos ? Veinarde. (La pire des cuites ne suffisait pas à faire taire Hadley.) Moi, je n'arrive même pas à me faire arrêter. Je m'échine à troubler l'ordre public en transpirant l'alcool et... rien !

— Hadley... pourquoi voudrais-tu te faire *arrêter* ?

Laura dut reconnaître que la bêtise intersidérale d'Hadley pouvait être fort distrayante.

— T'sais... Les journaux... Mon attaché de presse essaie de me vendre aux magazines people comme la nouvelle enfant rebelle. Sauf qu'il emploie une autre expression intello...

— « *Enfant terrible*[1] », suggéra Laura. (Une ombre de sourire se dessina sur ses lèvres.) Tu devrais probablement retourner te coucher : quelques heures de sommeil supplémentaires ne te feront pas de mal.

Hadley grimaça. Sans maquillage et pas coiffée, elle était loin de sa version glamour.

— Je risque de devoir aller vomir dans une minute, confessa-t-elle en repliant ses jambes sous elle. Enfin, bref... Dis donc, tu n'étais pas en train de pleurer, par hasard ?

La réponse de Laura fut automatique.

— Bien sûr que non !

— Moi, je pleure tout le temps. (L'abus de tequila lui avait vraiment délié la langue.) Mais je m'enferme dans la salle de bains pour que vous ne m'entendiez pas.

— Et qu'est-ce qui te rend si triste ? demanda Laura avec curiosité.

Elle n'aurait jamais pensé qu'Hadley puisse ressentir de telles émotions. Hadley agita la main.

---

1. En français dans le texte original.

— Les trucs habituels, je suppose. Par exemple, L.A. me manque, et aussi M. Chow-Chow – c'est mon chihuahua. Ma mère s'en occupe, mais elle n'a pas de cœur. Et puis je repense à l'époque où j'étais célèbre. Une série portait mon nom ! Aujourd'hui, tout le monde croit que j'ai fait une overdose à une soirée *Playboy*. George m'a montré l'article sur difamer.com.

Laura ne trouva pas grand-chose de réconfortant à dire.

— Colonel Miaou me manque, admit-elle. Mon chat. Et mes amis aussi, parfois.

(Pas à cet instant, d'accord, mais en général, ils lui manquaient.)

— Ouais. J'adore ton petit pêle-mêle, fit remarquer Hadley. Tous ces anniversaires... Tu sais, quand j'étais petite, je n'ai jamais eu de vraie fête. Je veux dire avec un gâteau et des cadeaux que les gens auraient choisis pour moi. J'avais plutôt droit à une séance photos ; ma mère ouvrait une liste chez Saks pour, genre, des colliers en diamants. Moi, je voulais toujours le fêter chez McDo et ça la mettait en rogne.

Laura pouvait se rappeler toutes les fêtes que ses parents lui avaient organisées et le temps qu'y avait consacré sa mère, de la confection du gâteau aux trois chocolats au choix des cadeaux pour les pochettes surprises.

— Des colliers en diamants, c'est plutôt sympa, dit-elle, réconfortante.

— C'est pas comme si j'avais pu les garder, bâilla Hadley. Enfin, bref. Je trouve ça cool que tu aies affiché des photos de tes potes dans ta chambre. Peut-être que je pourrais trouver une photo de M. Chow-Chow sur Internet.

Laura devait vraiment partir. Cinq minutes de plus et elle serait en retard. Or, à présent, Laura ne sanglotait plus seulement sur sa pauvre existence : elle se sentait également triste pour Hadley, qui montrait tous les symptômes d'une carence en câlins.

— J'ai rompu avec mon mec, s'entendit-elle confesser. Il m'a trompée. Mes amies étaient au courant mais elles ne m'ont rien dit. C'est pour ça que je pleure.

Tout excitée, Hadley se pencha en avant.

— Oh, mon Dieu, c'est dégueulasse, souffla-t-elle. (Son visage s'assombrit.) Si j'avais un petit copain et qu'il me traitait comme ça, je raconterais à E ! News qu'il a un problème de drogue. (Elle réfléchit un instant.) Enfin, j'ai un petit copain, bien sûr – George. Et je suis sûre qu'il n'a jamais couché avec une autre fille derrière mon dos.

Jusqu'à présent, Laura avait eu des doutes sur George : elle était à présent convaincue qu'il était homo.

— Je ne crois pas que ça intéresserait beaucoup E ! News de savoir que Tom consomme des substances illicites, songea-t-elle tout haut. Par contre, son entraîneur de foot, peut-être. Mais ça attendra : j'ai les yeux gonflés, un énorme bleu au menton et je suis attendue chez Fierce pour me faire remonter les bretelles...

Hadley, qui lui avait déjà consacré une attention soutenue pendant plusieurs minutes, décrochait déjà.

— Ça craint, bâilla-t-elle. Allez, j'retourne au pieu.

— Et moi, je ferais mieux de partir, dit Laura en se levant. Bois encore un peu d'eau, comme ça tu te sentiras moins mal en te réveillant tout à l'heure.

Hadley se pressait déjà hors de la pièce.

— Mouais..., grogna-t-elle.

Laura vérifia qu'elle avait toutes ses affaires et quitta l'appartement.

— Hé, Laura ! Attends !

Hadley débaula derrière elle dans l'escalier. Avec son pyjama débardeur-short, elle avait davantage le look d'*Alerte à Malibu* que celui de Camden City. Laura se retourna juste à temps pour la recevoir dans ses bras.

— J'ai oublié de te souhaiter bonne chance, souffla la Californienne. Je suis tellement moi-moi-moi parfois.

Laura ne put s'empêcher de hurler : les mains d'Hadley étaient froides comme des glaçons.

— Tu es gelée, fit-elle remarquer. Retourne à l'intérieur.

Hadley lui tendit deux canettes de Coca light.

— Elles sont super glacées.

— OK... d'accord.

Laura commençait à se demander si Hadley n'avait pas avalé quelques pilules hallucinogènes la veille, en plus des margaritas.

— Hum, merci. Je les boirai en rentrant.

Hadley gloussa.

— Mais non, andouille. Ce n'est pas pour boire ! Tu les mets sur tes yeux pour qu'ils dégonflent. Ma maquilleuse pour *Hadley's House* ne jurait que par ça.

— C'est adorable, Had.

Et Laura était sincère, même si elle se voyait mal debout dans le métro avec deux canettes sur ses paupières.

— Merci. Bon, ben, à plus.

Hadley lui adressa un signe fatigué de la main et remonta les marches en traînant les pieds.

Chez Fierce, Heidi l'attendait devant les grandes portes coulissantes, avec un air renfrogné.

— Me voilà, annonça Laura – ce qui n'était pas vraiment nécessaire, mais cela lui donna l'occasion de feindre la bonne humeur.

Heidi lui fourra quelque chose dans la main.

— Enfile ça et rejoins-nous dans la salle de conférence.

« Ça » était un bikini noir. Il était évident qu'ils voulaient parler affaires, et que la faire monter sur la balance ne leur semblait pas assez humiliant.

Au moins, ses jambes semblaient plus longues et plus minces avec les talons. Laura rentra le ventre et essaya de faire une entrée nonchalante et stylée dans la salle de conférence.

— Ah, Laura ! Nous nous rencontrons enfin, s'exclama le fameux Ted.

Qui l'eût cru ? Il parlait avec un accent chic de Manchester qui aurait pu rendre Laura nostalgique si elle ne s'était pas concentrée sur les muscles de son ventre. Il portait un polo noir, des lunettes d'intello et une moue dédaigneuse. « *Quelle surprise !*[1] »

— Va jusqu'au miroir, et dis-moi ce que tu vois.

La jeune fille obéit. Le mur du fond de la salle de conférence consistait en une glace gigantesque éclairée par la lumière du soleil que de grandes baies vitrées laissaient généreusement entrer. Si Laura adorait se pavaner devant un miroir, elle ne le faisait jamais en maillot de bain, et encore moins avec un éclairage aussi peu flatteur. Elle oscilla légèrement et constata avec horreur que les plis de son ventre tremblotaient. Pire : des poignées d'amour dépassaient de la culotte de son maillot. Elle se retourna, tendit le cou et grimaça à la vue des légères traces de cellulite qui sillonnaient l'arrière de ses cuisses. Elle avait clairement grossi.

Comment était-ce possible ? Facile : bien qu'elle ait banni les glucides pendant trois jours et marché d'un pas vif sur un tapis roulant quand l'envie l'en avait

----
1. En français dans le texte.

prise (c'est-à-dire pas très souvent), elle n'avait pas fait le moindre effort pour perdre du poids.

— Reviens, Laura, ordonna Ted.

Quand elle arriva devant lui, il planta son index dans son ventre. Ensuite, il scruta ses hanches et lâcha un « hum ». Essayant de ne pas se sentir concernée, Laura fixait le grain de beauté qui ornait l'épaule de Kate Moss sur le portrait* en noir et blanc accroché au mur derrière Ted.

— Ça ne sert à rien de mesurer quoi que ce soit. C'est assez évident. Elle est naturellement ronde, mais nous avons affaire à du gras de bébé ! diagnostiqua Ted d'un ton triomphant. Ça devrait être assez facile à perdre.

— Mais j'ai fait de l'exercice, se défendit Laura d'une voix plaintive. Presque tous les jours...

L'air pétrifié, Heidi fixait le ventre de Laura comme s'il était directement responsable de tous les malheurs du monde, y compris du réchauffement de la planète.

— Ouais, j'ai discuté avec Gustave, ton entraîneur. Selon lui, te faire monter sur le tapis roulant relève de l'exploit, sans parler de te faire transpirer un peu. Je croyais pourtant avoir été claire sur ce point.

Laura s'étrangla. Quelle injustice ! Les coachs ne devaient-ils pas prêter serment, comme les médecins avec Hippocrate ? Le mot « confidentialité » ne voulait-il rien dire pour Gustave ?

— J'ai essayé, insista-t-elle. Vraiment. J'ai sauté des repas et, à part me mettre les doigts au fond de la gorge, que voulez-vous que je fasse de plus ?

L'expression habituelle de Ted « je-suis-le-bookeur-en-chef-mais-aussi-un-mec-marrant » disparut de son visage en une seconde.

— Ce genre de chose arrive peut-être dans d'autres agences, mais pas chez Fierce, aboya-t-il. Tu m'as bien compris, Laura ?

Même son ventre s'empourpra.

— Oui, murmura-t-elle.

Chaque fois qu'elle ouvrait la bouche, soit elle mentait, soit elle rendait la situation encore plus horrible qu'elle n'était.

— Je suis désolée.

Ted lui adressa un sourire chaleureux – qu'elle ne méritait vraiment pas.

— Alors, ma douce, dis-moi : tu en es où avec le chocolat ?

La tentation de nier tout contact avec le chocolat, les chips et autres beignets gras lui chatouillait le bout de la langue. Mais Ted pinçait déjà les lèvres d'une manière qui signifiait très clairement : « Attention, petite. N'espère pas pipeauter le roi du pipeau. »

— Euh, peut-être deux ou trois barres par jour, admit Laura à contrecœur.

— Si tu t'en tiens à trois repas sains quotidiens, quelques en-cas et du sport, tu perdras du poids, insista Heidi.

Facile à dire pour elle. Elle était de ces femmes qui fréquentent les rayons enfants pour trouver des vêtements à leur taille.

— Si c'est ce que tu veux, si c'est vraiment, vraiment ce que tu veux, il va te falloir faire des sacrifices. Les KitKat ou une carrière de mannequin – il faut choisir, Laura. Tu ne peux pas avoir les deux.

Ne plus *jamais* manger de chocolat ? Laura en avait déjà le tournis.

— Je peux le faire, s'entendit-elle dire d'un ton ferme qui la surprit elle-même. Je vais perdre du poids. Et j'irai transpirer au gymnase, c'est promis.

— Tu serais super pour les maillots et les dessous, déclara Ted d'un ton songeur.

Laura sentit son visage se chiffonner, comme si on venait de la forcer à boire cul sec une pinte de lait caillé. Elle n'était ni Gisele Bündchen ni Heidi Klum. En sous-vêtements, les seins pigeonnants, elle terminerait dans des magazines masculins. Si elle devait être mannequin, et rien n'était moins sûr à cet instant, elle voulait porter des vêtements magnifiques pour des photos qu'elle serait fière d'inclure dans son book.

— Je veux faire de la haute couture, supplia-t-elle.

Elle ignora l'expression sceptique d'Heidi et se concentra sur les hochements de tête encourageants de Ted.

— Je sais que je peux y arriver si vous me donnez une seconde chance.

Sa motivation ne reposait pas seulement sur la perspective terrifiante de rentrer discrètement à Manchester, avec « échec lamentable » tatoué sur son front, tandis que Cassie et Chandra, ainsi que Jen et Cath probablement, feraient la queue pour venir se moquer d'elle. Absolument pas. À l'heure où elle risquait d'être privée de son rêve, Laura éprouvait la même certitude qu'à l'époque où elle passait tous ses samedis à traîner au Trafford Centre en espérant se faire repérer. Elle *voulait* être top model – la prochaine Kate Moss, une muse, une inspiratrice. Si elle pouvait enfin décrocher un contrat, elle travaillerait devant l'objectif comme aucun mannequin avant elle.

— Tu es sûre que c'est ce que tu veux, Laura ? demanda Ted d'une voix douce. Parce que tu n'as pas l'air aussi motivée que bien des filles. Irina, par exemple : elle est insatiable.

Effectivement, Irina était insatiable… et particulièrement de tout ce qui se trouvait dans le frigo et portait une étiquette « Laura ».

— Ne me parlez pas de satiété, dit tristement Laura.

Ted lâcha un petit rire avant de se gratter le menton avec son stylo.

— Si tu pouvais montrer un peu plus de cette insolence aux auditions, je suis sûr que la mousson succéderait à cette période de sécheresse. Tu vois, tout est dans la pose, dans la façon de te tenir, dit Ted en désignant d'un geste Kate Moss et ses lèvres boudeuses sur le mur. Kate était trop petite, mais elle a redéfini l'attitude. Irina a une mâchoire proéminente, mais elle sait la camoufler face à l'appareil photo. Tous les mannequins ont des défauts. Celles qui réussissent sont celles qui parviennent à les sublimer.

Peut-être – peut-être – pourrait-elle s'entraîner devant son miroir et trouver les poses qui lui donnaient l'air plus mince, et si on la photographiait de trois quarts plutôt que...

— Bon, voilà pour la question du poids...

La voix de Ted sortit Laura de sa rêverie – où elle portait une robe noire Louis Vuitton dont la coupe austère montrait ses formes, mais pas trop car elle se tenait légèrement de profil.

Elle leva le menton pour suggérer que le message avait été reçu cinq sur cinq, pendant qu'ils discutaient de sa nouvelle stratégie et lui conseillaient de faire plus d'abdos.

— Vraiment, chérie, même si tu avais déjà perdu dix kilos, je ne t'accorderais pas plus d'un mois pour te ressaisir.

Décidément, Ted n'était pas du genre à prendre des gants. Il profita de ce que Laura était en état de choc pour poursuivre.

— Je ne m'attends pas à ce que tu décroches une couverture de *Vogue* ou une campagne à un million et demi de livres, mais je veux que tu te tonifies, que tu te motives et que tu perdes un peu de ton arrogance.

— Je *suis* motivée, couina Laura d'un ton indigné.

(N'avaient-ils pas entendu son plaidoyer passionné ?)
Et je suis zéro pour cent arrogante.

Heidi se décolla du mur auquel elle était adossée
de façon à pouvoir croiser les bras et toiser Laura.

— Pour quelqu'un ayant si peu d'expérience, si.

— J'ai gagné un concours national, jugea bon de
lui rappeler Laura. J'ai fait trois mois de séances
photos. Il me semble que ça compte comme de l'expérience !

— ... Et voilà l'arrogance dont nous parlons, dit
Ted sèchement. Laura, tu vas me haïr, mais j'ai
quelques vérités à t'annoncer. Ensuite, soit tu t'en
remets, soit tu rentres chez toi. Tu pourras raconter à
tout le monde combien les gens de la mode à Londres
sont des méchants.

Il fit une pause, comme s'il attendait que Laura lui
donne la permission de la réduire en miettes encore
une fois. Pendant une seconde, elle fut sérieusement
tentée de prendre ses jambes à son cou, sachant très
bien que le sermon en question allait lui plomber le
moral. Mais s'ils voulaient qu'elle voue une obéis-
sance totale et absolue au monde de la mode, elle le
ferait. Même si cela impliquait de rester debout dans
une salle de conférence glacée à l'air conditionné,
vêtue en tout et pour tout d'un maillot de bain et
d'une triple couche de chair de poule.

— Allez-y, achevez-moi, dit-elle en espérant qu'il
ne prendrait pas sa réponse au pied de la lettre.

— Tu es une jolie fille, commença Ted. Les mecs

te veulent. Les filles t'envient. Tu as toujours été le poisson le plus mignon dans ta mare. Mais, aujourd'hui, tu nages dans un océan, et être jolie ne suffit pas pour obtenir des contrats. Être jolie ne t'a pas fait gagner *Make me a model*. Il y avait trois filles sur notre liste de favorites, et tu n'en faisais pas partie. Si ça n'avait dépendu que de nous, c'est Nemi qui aurait gagné.

Avant qu'elle ait eu le temps d'encaisser, Ted poursuivit sa tirade aussi désinvolte qu'assassine. Et dire qu'il n'était même pas neuf heures du matin...

— Tu as gagné parce que c'était un vote des téléspectateurs et que le public n'a aucune idée de ce qui fait un mannequin. Les gens t'ont aimée parce que tu étais une petite nana rigolote qui tenait tête aux juges, et que tu n'étais ni trop exotique ni trop provocante. Tu comprends, Laura ? Tu as gagné parce que tu as de la *personnalité*.

Heidi s'en mêla.

— Si tu te présentais avec ne serait-ce qu'un centième de cette personnalité chez les agents, tu décrocherais des contrats. Au lieu de ça, tu te pointes l'air morose et leur racontes que tu as gagné ce stupide concours, comme si ça devait leur en mettre plein les yeux. Pendant les séances, tu n'as aucune idée de comment prendre la pose, le photographe doit te diriger pour chaque photo, et quand j'émets une critique, tout ce que tu trouves à me répondre c'est : « ouais, c'est ça ».

Jamais Laura n'avait eu autant envie de lui balancer un « ouais, c'est ça ».

— Si je suis tellement nulle, je ne comprends même pas pourquoi vous vous embêtez à me donner une dernière chance, protesta Laura d'un ton geignard qu'elle aurait voulu plein de défi.

Toutes ses certitudes venaient d'être réduites en miettes.

— Parce que nous estimons que si nous te poussons, nous pourrons faire de toi un mannequin, répondit Ted. (Mais Laura l'entendit à peine à travers le sifflement qui lui perçait les tympans.) Et il semble que la tendance nous incite à miser sur toi : les rondeurs vont faire leur come-back.

— Est-ce que tu veux ajouter quelque chose ? demanda Heidi d'une voix douce, qui la rendit méconnaissable.

Laura secoua la tête en silence. Elle était tellement pétrifiée qu'elle ne pouvait même pas pleurer. Génial…

— Il faut que j'y aille, marmonna-t-elle, craignant que ses jambes ne se dérobent.

Heidi fit mine de protester, mais un signe de Ted l'arrêta.

— Je t'appelle dans quelques jours, promit-elle.

Laura réussit à hocher la tête. Puis, aussi vite que le lui permettaient ses talons, elle fila hors de la pièce. Elle avait perdu quatre-vingt-dix-neuf pour cent de sa nonchalance.

Mais cet état de prostration ne dura pas longtemps. Il lui fallut à peine cinq minutes pour se transformer en un tsunami de rage. Pas jolie ? Pas motivée ? Plus de personnalité ? Elle avait gagné *Make me a model* et ils en parlaient comme d'une expérience négative. On nageait en plein n'importe quoi ! En fait, ils cherchaient une excuse pour la virer et garder ses cachets en prétendant qu'elle était en rupture de contrat. Ouais, elle lisait très bien dans leur petit jeu !

Tandis qu'elle parcourait les rues de Londres, poussant sans ménagement les passants qui se mettaient en travers de son chemin, elle eut l'envie qui lui venait toujours quand il lui semblait que le monde se liguait contre elle – appeler Tom. Mais elle ne pouvait pas, vu qu'il n'était qu'un sale traître qui s'était remis de leur séparation en moins de trente-six heures. Les messages le prouvaient !

Terminé le petit bébé plaintif qui le pleurait en silence. Voilà la décision qu'elle avait prise après une journée passée à sillonner Londres comme une fugitive. Elle avait marché jusqu'à Notting Hill, ce qui expliquait les ampoules qu'elle découvrit quand elle se jeta sur son lit et se débarrassa de ses chaussures.

Mais ses pieds pouvaient attendre, sa décision, non : elle attrapa son portable dans son sac.

— Tu es sacrément gonflé ! cria-t-elle dès qu'il eut décroché, l'écho de ses hurlements rebondissant contre les murs de sa chambre. C'est toi qui es allé

mélanger ta salive avec cette garce blonde et prétentieuse, alors ne fais pas comme si j'étais responsable.

— J'ai pas dit ça. J'ai juste...

— Contente-toi de la fermer et de m'écouter ! J'ai
dû me cogner un milliard de messages pleins d'absur-
dités et de revirements, alors tu peux bien écouter ce
que j'ai à te dire. Non seulement tu m'as trompée,
mais en plus tu l'as fait doublement en allant, derrière
mon dos, voir mes amies pour les convaincre de me
mentir. Et moi je suis coincée ici toute seule alors
qu'il m'arrive des choses affreuses. Ils sont *abominables*, et maintenant je n'ai plus personne à qui parler.

Elle fit une pause pour faire entrer un peu d'oxygène dans ses poumons. Tom crut que c'était son tour
de parler.

— Écoute, ce n'est pas...

— Je n'ai pas terminé ! hurla Laura, regrettant
qu'ils ne soient pas face à face, car il était terriblement
frustrant de crier dans un téléphone alors qu'elle
aurait eu envie de taper du pied, de se tordre les mains
et, ouais, d'abîmer sérieusement la petite tronche bou-
deuse de Tom. Tu n'es qu'un menteur et je te déteste
et ne veux plus jamais te parler. Jamais ! Jamais !

Elle raccrocha, manquant se fouler l'index en écra-
sant le petit bouton rouge. En attendant, sa petite
crise ne l'avait pas vraiment soulagée. Au contraire,
elle se surprit même à envisager d'aller au club de
gym pour se défouler.

Laura enfonça ses mains dans les poches de son jean et se demanda comment elle allait bien pouvoir passer le reste de la journée, ou même supporter les dix prochaines secondes. Elle avait l'impression qu'on avait remplacé son cœur par une boîte en métal rouillée.

On frappa un coup sec et sa porte s'ouvrit sur Candy, debout dans l'embrasure, un petit sourire entendu sur les lèvres.

— Je sais exactement ce dont tu as besoin, dit-elle en pénétrant dans la chambre, Hadley et Irina sur ses talons. Tu es dispo ou tu comptes rappeler ce garçon pour l'achever ?

Laura pressa ses mains sur ses joues brûlantes.

— Qu'est-ce que vous voulez ?

La fille en colère qui occupait actuellement son corps était visiblement prête à en découdre avec la Terre entière.

— Et pour info, il l'avait mérité pour cause d'infidélité notoire... Mais je répète : qu'est-ce que vous me voulez, toutes les trois ?

Il n'y avait aucune explication à l'apparition soudaine de ses trois coloc, pas plus qu'à leur air excité et satisfait. Enfin, mis à part Irina qui ne laissait jamais transparaître aucune émotion.

— Eh bien, mon psy dit qu'il serait bon que j'apprenne à tenir ma langue, commença Hadley en tripotant le tapis du bout du pied.

— Je traduis : elle est incapable de garder un secret, même quand sa vie en dépend, intervint Candy. Elle

174

nous a tout raconté à propos de ton petit copain, et on a décidé de s'en occuper.

— Et qu'est-ce que vous comptez faire ? Mettre sa tête à prix ? suggéra Laura. Lui faire sauter les rotules suffira.

Irina sourit (enfin, peut-être…).

— Je connais mafia rrrusse.

Candy secoua la tête.

— Tttttt. J'ai l'antidote pour ton mal – et c'est la limo garée en double file en bas, le mini-frigo bourré de bouteilles de champ'… On va t'aider à remonter en selle.

— Je n'ai jamais fait d'équitation !

— Hum, ça s'appelle une mé-ta-phore. Je continue : qu'est-ce qu'on fait quand on tombe de cheval ? On regrimpe direct dessus. Alors tu vas te trouver un joli petit canon, faire amie-ami et l'emmener se balader. Tu verras qu'ajouter « ex » à « petit copain » n'est pas si difficile. Et je sais de quoi je parle…

Chapitre treize

Si Laura avait su que la phrase « je suis mannequin » fonctionnait comme un sésame et ouvrait les
portes d'un monde rempli de jolis garçons, elle aurait
plaqué Tom avant même de venir à Londres. Juré.

En effet, alors que la limousine les conduisait de
boîte en boîte, elle eut l'impression de surfer sur
les flots infinis à la rencontre des représentants les
plus canons de l'espèce masculine. Sourires appré-
ciateurs à l'appui, ils se battaient tous pour lui offrir
un verre ou l'inviter à dîner. Les actions « Laura »
étaient en train de crever le plafond de la Bourse-aux-
filles. Et, effet domino oblige, de plus en plus de
garçons lui faisaient des avances, si bien qu'elle termina perchée sur une banquette au milieu d'une
cour d'adorateurs en jean et baskets de créateurs. Ses
mignons riaient à la moindre de ses plaisanteries
et lui offraient des flyers pour tous les concerts du
moment.

Elle avait en permanence un verre à la main, toujours rempli à ras bord. En effet, chaque fois qu'elle le vidait, une main virile approchait une bouteille à trois cents livres et la resservait avec autant de désinvolture que s'il s'agissait d'eau du robinet. On était à des milliers de kilomètres des fêtes d'anniversaire à Manchester.

Hum. Laura avait beau les refouler, les souvenirs de cette soirée refusaient de disparaître.

— Ne fais pas ça, lui chuchota le garçon assis à côté d'elle.

— Ça quoi ?

— Ne prends pas cet air triste. Tiens, bois un peu de champagne.

Les bulles légères et pétillantes caressèrent le fond de sa gorge et chassèrent le coup de blues. Mais l'alcool n'était pas le seul à lui faire (presque) perdre la tête. Être le point mire de tous ces garçons sublimes lui mettait vraiment du baume au cœur. Pourtant, ce que Laura aimait le plus, c'était sentir tous les regards des filles braqués sur elle. Vêtue d'un simple jean, et de tennis enfilées à la va-vite le matin, elle n'en constituait pas moins une réelle menace...

Laura savourait cette impression tandis qu'elle tournoyait sur la piste de danse microscopique d'une autre boîte de nuit, tout en observant les filles qui regardaient les hommes la fixer. Pas mal pour une nana « pas assez jolie ».

Pour finir, les quatre colocataires atterrirent dans l'endroit le plus sinistre de la ville. Le propriétaire avait dû estimer que lisser grossièrement le béton des murs suffirait amplement, et que le DJ n'aurait qu'à installer ses platines sur quelques caisses orange. Quant aux canapés défoncés, ils vous attaquaient à coups de ressorts si vous osiez vous asseoir. Qu'à cela ne tienne. Le visage étrangement animé, Irina baragouinait avec un garçon aux traits exotiques dans une langue qui ressemblait à de l'espagnol. Hadley avait retrouvé George, et tous deux fixaient avec adoration Reed, le demi-frère de Candy, qui, arrivé accompagné d'une superbe Brésilienne, était pourtant occupé à tapoter sur son Blackberry tandis que Candy inspectait la faune locale par-dessus son épaule.

La musique finit par s'arrêter. Rallumés sans qu'on s'y attende, les projecteurs renvoyèrent Laura à une réalité qui n'avait plus rien de glamour. Elle se colla contre le garçon qui l'avait resservie en champagne ; il lui ouvrit les bras pour qu'elle puisse s'y blottir.

— Dis-leur d'éteindre, dit-elle d'une voix pâteuse. La lumière est trop forte.

— Il est trois heures du matin. Il faut partir avant que ta limo se transforme en citrouille.

— Tu me trouves jolie ? lui demanda-t-elle.

Laura venait de réaliser que le garçon était resté collé à elle toute la soirée : plus les hommes s'étaient rassemblés autour d'elle, plus il s'était accroché.

— Tu es magnifique, répondit-il fermement.

Il n'était pas mal non plus dans son genre : longs cils, yeux bleus endormis et cheveux blonds plus longs que les siens. Serrée contre lui, Laura pouvait sentir les muscles durs de ses bras et de sa poitrine. Et il avait une bouche... Les bouches, c'est chouette. Les bouches, c'est fait pour embrasser.

Si Laura n'avait eu aucun scrupule à noyer son amertume dans le champagne, elle en avait encore moins à se perdre dans les bras d'un étranger. Son courtisan n'avait pas la même consistance que Tom, ni la même odeur, et encore moins le même goût, découvrit-elle quand il se mit à explorer l'intérieur de sa bouche. Son assurance aurait dû alerter la jeune fille, mais, apparemment, tout ce champagne l'avait déconnectée du réel.

Embrasser un inconnu était effrayant... comme de faire un tour de montagnes russes, pas comme de rencontrer un serial killer. Tandis que le type glissait ses bras autour de sa taille et commençait à lui caresser le dos sous son tee-shirt, Laura se demanda si Tom avait ressenti cela – si la différence l'avait émoustillé, si le fait que Cassie ne soit pas comme elle l'avait excité.

Mais elle ne voulait pas y penser. Alors elle tendit de nouveau ses lèvres à l'inconnu, fermant les yeux pour retrouver l'impression qu'elle allait s'évanouir tandis qu'il lui mordait la lèvre inférieure et glissait sa langue dans sa bouche.

— Je n'ai pas envie de rentrer tout de suite, murmura Laura. J'aime trop tes baisers.

Du coin de l'œil, elle vit Candy lui adresser des signes frénétiques.

— Je pourrais venir chez toi, proposa-t-il sur un ton innocent que contredisait l'insistance de son regard.

— Bonne idée. Au programme : s'embrasser... et aussi grignoter. Je meurs de faim.

Manger n'allait pas être simple car il lui semblait que sa bouche était complètement séparée de son corps.

— Ce serait génial si on pouvait y être rien qu'en y pensant très fort, non ?

Laura essaya de faire claquer les talons de ses baskets. Rien. Cela ne devait marcher que dans *Le Magicien d'Oz*.

— Les filles rrrusses tiennent l'alcool, déclara Irina, arrogante, dans son dos. Dans voiturrre maintenant.

Au moins Laura n'était-elle pas aussi saoule qu'Hadley, allongée sur le sol du véhicule.

— J'adore les limousines, annonça celle-ci d'une voix rêveuse quand Laura trébucha sur elle. J'adore leurs vitres teintées. Comme ça, les gens n'arrivent pas à voir à l'intérieur et savent qu'on est célèbres ! Trop célèbres pour être vues ! C'est trop coooool !

Laura s'écroula sur les genoux du garçon. Elle songea à lui demander son prénom, mais Candy lui siffla dans l'oreille.

— Tu es complètement soûle. Tu veux que je t'en débarrasse ? lui demanda-t-elle en faisant un signe de tête vers l'inconnu qui mordillait le cou de Laura. Je ne crois pas que tu sois bonne à grand-chose à part vomir, mais sache que tu peux compter sur moi pour te retenir les cheveux. C'est une de mes spécialités.

Pour finir, heureusement que Laura n'eut pas besoin de son aide, car Candy s'effondra dans l'entrée dès qu'ils arrivèrent à l'appartement. Reed força Hadley, affalée dans le canapé, à boire une grande bouteille d'eau pendant qu'Irina disparaissait dans sa chambre en traînant derrière elle un certain Javier.

Quant à l'invité nocturne de Laura, il ôta sa chemise à peine introduit dans son placard. Les rayons de lune qui entraient par la fenêtre dessinaient les lignes tendues de son torse en blanc nacré. Laura profita de son propre état d'ébriété pour lâcher tout à trac :

— Je ne veux pas coucher avec toi. (Elle ferma la porte de sa chambre et s'y adossa – tenir debout sans l'aide de qui que ce soit était impossible.) Tout serait trop... tu sais... sale...

Parce qu'ils ne feraient pas l'amour tendrement, doucement, ni d'aucune des manières agréables qu'elle s'imaginait quand elle pensait au moment où elle perdrait sa virginité. Il s'agirait plutôt de se mettre à poil et d'avoir une relation purement sexuelle avec un garçon qui n'avait même pas de prénom.

— J'ai des préservatifs, affirma celui-ci, les mains tâtonnant à présent du côté de la boucle de sa ceinture. Il n'est pas obligatoire que ce soit sale.

Laura sentit ses lèvres se retrousser sur un « beeuuuark » qu'elle ne parvint pas à articuler. Elle pressa la touche repeat :

— Je ne veux pas coucher avec toi.

La ceinture du garçon coulissa en cliquetant dans les passants de son jean. Il haussa les épaules.

— OK. On peut faire d'autres trucs.

Ainsi firent-ils d'« autres trucs » qui auraient pu être délicieux si Laura n'avait pas éprouvé un sentiment de culpabilité. Ensuite, le garçon s'étala de tout son long dans le mini-lit de Laura et s'endormit en ronflant. La jeune fille se retrouva coincée contre le mur. Perdue dans la contemplation d'un minuscule trou dans le papier peint, elle médita sur sa nouvelle situation. Décidément, sa vie avait dérapé.

Elle avait dû s'endormir puisqu'un bruissement la réveilla. Son invité nocturne était en train de se rhabiller. Clignant des yeux avec précaution sous la faible lumière du jour pointant à travers les rideaux, Laura se retourna et souleva sa tête douloureuse au-dessus des dix centimètres d'oreiller qu'elle avait réussi à s'approprier.

— Tu t'en vas ?

Elle avait une drôle de voix, comme si elle ne s'en était pas servie depuis longtemps. Le garçon leva les yeux des chaussettes qu'il était en train d'enfiler.

— Ouais, j'ai des trucs à faire.

Laura loucha vers son réveil. Il était sept heures. Personne n'avait rien à faire à sept heures du mat', à part distribuer les journaux. Il devait s'agir de l'embarrassant lendemain sur lequel elle avait lu quelques articles dans les magazines féminins.

— Moi aussi, j'ai des trucs à faire, dit-elle.

Comme par exemple passer la journée au lit en essayant de ne pas mourir. Quelqu'un avait-il remplacé son cerveau par une poignée de punaises ? Prenant conscience qu'elle était presque nue, Laura s'enveloppa dans la couette. Puis elle ferma les yeux pour essayer d'effacer la scène... la nuit dernière... avec le... le...

— Oh, zut ! grogna-t-elle.

— C'était sympa. Tu as été cool.

Laura aurait souhaité qu'il la ferme, qu'il termine de s'habiller et disparaisse. Que cette douleur lancinante cesse de lui battre les tempes encore et encore et encore.

— Merci. Je suppose qu'on se recroisera un jour...

Elle reconnut ce regard fuyant. Tom lui avait lancé exactement le même la dernière fois qu'elle l'avait vu.

— C'était sympa, répéta-t-il comme pour l'en convaincre. Tu es vraiment belle, et j'ai halluciné que tu puisses t'intéresser à moi... Mais, en fait, je suis d'une certaine manière avec quelqu'un.

Laura ne savait pas ce qui était pire : ne plus attirer que des losers incapables d'être fidèles à une fille, ou savoir qu'elle apparaîtrait dans la case « mannequins » au tableau de chasse de cet inconnu.

— Comme tu veux, dit-elle machinalement. Je m'en fiche pas mal. Tu peux faire attention à ne pas faire de bruit en partant ? J'ai terriblement mal à la tête.

Chapitre quatorze

— Je te jure, Candy ! On s'est juste un peu tripotés, c'est tout.

Laura ferma les yeux pour surfer sur une autre vague de nausée. La tête lui tournait.

— De toute façon, je ne veux coucher avec personne. En tout cas, pas avant trente ans et dix ans de mariage. La vache ! Il fait *hyper* chaud, ici.

— Fais-moi confiance : une journée au spa recolle les cœurs brisés, et une séance de sauna est le meilleur remède contre la gueule de bois.

Candy leva une jambe et regarda une goutte de sueur glisser le long de son mollet galbé.

— Écoute, tu as trop bu, tu étais triste, ça arrive…

— Et c'était qui, l'Espagnol qu'a ramené Irina ? demanda Laura qui n'en pouvait plus de parler d'elle – ce devait bien être la première fois de sa vie.

— Un genre d'assistant photographe rencontré à Tokyo. Je crois qu'il est argentin. Il doit avoir la patience de tous les saints du paradis pour la supporter.

Cela dit, je l'ai entendu la traiter de garce ce matin. (Candy sourit malicieusement à ce souvenir.) Eux, ils ont clairement couché, et ça n'a pas l'air de faire flipper Irina.

— Irina est-elle capable de flipper pour quelque chose ? Parce que ça voudrait dire qu'elle peut ressentir une émotion autre que...

— ... la condescendance sarcastique ? Les grincements des ressorts de son lit m'ont réveillée à quatre heures du mat. J'ai même dû me résoudre à cogner au mur quand elle s'est mise à gémir en russe. Pas la peine de préciser que l'expérience m'a légèrement traumatisée...

Laura réussit à se redresser. Les ragots exerçaient déjà leurs vertus thérapeutiques.

— Et que penses-tu d'Hadley et George ?

— Hadley et monsieur Brokeback Mountain ? (Candy fit une pause pour laisser à Laura le temps de saisir la référence.) Seul un mec officiellement gay et payé à plein temps pourrait aimer Hadley. C'est la fille la plus capricieuse que je connaisse.

— Mais pourquoi font-ils semblant de sortir ensemble ? Même moi je suis capable de voir que leur couple est bidon.

— Cette andouille d'Hadley s'imagine que les gens l'adorent et qu'une fausse relation constitue une bonne publicité, grinça Candy, impitoyable. Elle se vend aux médias.

— Tu es trop dure. Had peut être chouette, parfois. Enfin bref. Et toi ? Tu as quelqu'un ?

À ces mots Candy se ferma comme une huître. Lui poser une question personnelle revenait à glisser la tête dans la gueule d'un lion en espérant qu'il ne l'engloutirait pas.

— Non, cracha-t-elle.

Laura croisa les jambes et resserra un peu plus sa serviette autour de sa taille.

— Tout le monde a besoin de se confier de temps en temps... Tu peux compter sur moi, Candy, dit-elle doucement. Je ne répéterai rien à personne. Et, comme tu peux le voir, je n'ai aucun micro planqué sur moi.

Candy pouffa. Ses traits se détendirent, laissant juste une moue désabusée sur ses lèvres, comme si les secrets qu'elle portait pesaient lourd.

— J'ai rencontré un mec juste après le lancement de la diffusion du feuilleton. Il jouait dans un groupe – assez craignos, soit dit en passant. (Candy fronça son nez parfait.) Il était canon et, zut, je croyais être amoureuse. Mais il m'a larguée quand j'ai refusé qu'il participe à l'émission. Après ça, il a essayé de vendre à un torchon à scandales une petite histoire intitulée « Nuits torrides avec Candy Darling ». Et maintenant, je ne sors plus avec personne. Je ne flirte même plus. Je suis une nonne, mais en beaucoup mieux habillée. (Elle adressa un sourire plein de défi à Laura.) Ce qui ne me détruit pas me rend plus forte.

— Et qu'est-ce qui s'est passé avec l'histoire qu'il a essayé de vendre ?

Laura respira. À côté de Candy, les petites histoires de Laura semblaient bien gentillettes.

— Il a changé d'avis après que mon avocat a lâché à ses trousses les chiens des représailles, expliqua Candy avec une satisfaction sinistre. Griffe-moi et j'enverrai quelqu'un t'arracher les yeux.

Bon à savoir, songea Laura. Ne jamais, jamais énerver Candy.

— OK, je m'en souviendrai, souffla-t-elle d'une voix tremblante.

— On devrait y aller. (Candy se leva et chancela, étourdie par la chaleur.) Tu as dû évacuer toutes les toxines.

Après le sauna, on les introduisit dans une pièce aux allures de tente de Bédouins. Là, impossible d'avoir une conversation. Laura fut écorchée vive à l'aide d'un exfoliant au sel de mer et d'une éponge végétale. Durant ce « massage drainant », avant-dernière étape du programme de remise en beauté de l'institut, la jeune fille ne put émettre que de pauvres couinements angoissés.

Heureusement, Candy avait gardé le plus drôle pour la fin. Après deux heures de soins divers et de papouillages variés, l'épiderme de Laura, en feu, luisait et dégageait une forte odeur de jasmin. Ses cheveux restèrent tristement courts, mais ils brillaient à présent comme la crinière d'un cheval de parade. Ses sourcils avaient été redessinés en deux arcs exquis. On lui avait peint les ongles de pieds en ce que Candy appela « rouge garce », et ceux des mains en une ravissante teinte qu'elle-même avait baptisée « rose ballerine ».

— Je t'invite, insista Candy tandis que la réceptionniste préparait leur facture. Remballe tes sous durement gagnés.

Du coin de l'œil, Laura compta au moins quatre chiffres avant la virgule du total et elle obéit sans protester.

— Tu as des plans pour ce soir ? Ça te branche un plat à emporter et un DVD ? proposa Candy en tapant son code.

— Si tu m'épargnes les Jedis et les Hobbits, je te suis !

Laura ne ralluma son portable qu'après être entrée dans le taxi. La simple vue de la petite icône indiquant un message lui donna des sueurs froides. Mais ce n'était qu'Hadley. « Laura, chuchota celle-ci d'un ton pressant après le bip. Il est quatre heures de l'après-midi – on dit seize heures ici, non ? Enfin bref. Il faut que tu rentres tout de suite. Nous sommes en alerte rouge. » Il y eut une longue pause. « Ce qui veut dire urgence suprême. D'acc ? Tcho ! »

Voilà qui était bizarre, même venant d'Hadley. Elle décida de la rappeler pour savoir d'où provenait la vague de panique. Hadley devait encore avoir bouché l'évier.

— *Da ?*

— Irina ? Hadley est là ? C'est Laura. Elle m'a laissé un message vraiment zarb...

Il y eut un silence, interrompu par un claquement de porte. Puis Irina reprit la parole, usant du même chuchotement qu'Hadley.

— *Da*, tu rrrentres maintenant. Alerrrte rrrouge.

Laura roula des yeux vers Candy qui tendait l'oreille ostensiblement.

— Irina, as-tu seulement une idée de ce qu'est une alerte rouge ?

— Ouais, ça s'assoit surrr canapé. Rrramène tes fesses immédiatement.

— Mais...

— Tu es une fille stupide, siffla Irina, dont l'accent slave avait soudain perdu de sa force. Tu rentres et tu laves toi-même ton linge sale.

Le temps de remonter Euston Road, Laura avait déjà massacré tout son vernis rose ballerine.

— Je suis sûre que ce n'est rien, dit Candy d'un ton désinvolte. Ces deux-là ont toujours été les reines du drame. C'est probablement ton coup d'hier qui revient confesser son amour inconditionnel ou avouer qu'il a une MST et qu'il faut que tu ailles voir un médecin.

— Merci de m'aider, Candy !

Candy fit la moue.

— Excuse-moi d'essayer d'alléger l'atmosphère avec un peu d'humour.

— Je crois que je vais de nouveau me sentir mal. (Laura baissa la vitre et inspira de longues goulées d'air bien pollué.) Mon Dieu ! Je parie que c'est Heidi qui vient m'annoncer que, finalement, je suis virée. Je la déteste !

Et la voilà lancée dans une longue tirade sur la méchanceté d'Heidi – dont le chauffeur de taxi devait être le cousin : il refusa absolument d'utiliser son Klaxon ou de dépasser la limite de vitesse autorisée.

Laura cassait toujours les oreilles de Candy quand elles montèrent les marches au pas de charge.

— Il y a des bookeurs qui serrent leurs mannequins dans leurs bras et qui leur demandent comment ils vont ! Moi, j'ai droit à un sourire acide et une bourrade pour monter sur la balance.

— Ouais, c'est une vraie garce, récita Candy d'un ton morose. Maudite fasciste du poids...

— Parfaitement, renchérit Laura en enfonçant sa clé dans la serrure. Mais je ne vais pas me laisser faire. Je vais lui dire exactement ce que je... pense... d'elle...

Candy la poussa en avant.

— Bouge ! Tu ne vas pas rester plantée là !

Mais Laura resta pétrifiée. Car ce n'était pas Heidi qui était assise dans le canapé avec son air renfrogné, mais Tom, l'air aussi piteux que le bouquet de fleurs derrière lequel il se cachait. Quand il la vit, son visage s'illumina comme la tour Eiffel en pleine nuit.

— Hé, Laura ! Surprise, hein ?

Chapitre quinze

Debout, le manteau toujours sur le dos, Laura croisa les bras. Maintenant qu'il était là, dans son salon, avec ce sourire de travers qui lui brisa ce qui lui restait de cœur, Laura comprit soudain qu'elle ne haïssait pas Tom. Loin de là.

— Tu n'aurais pas dû venir, s'étrangla-t-elle.

Elle se détourna pour s'esquiver, mais Irina lui bloqua le passage en lui lançant un regard à faire frissonner un glaçon.

— Tu rrrestes, annonça-t-elle. Tu rrrestes et tu parrrles et tu arrrrêtes de te comporrrter comme un grrros bébé. Nous parrrtons. Hadley !

Hadley passa la tête dans l'embrasure de la porte.

— Je ne trouve pas mon écharpe.

— Tu ne mourras pas sans écharpe, se moqua Candy. On va au Grec à côté. Allez, grouille !

Laura les regarda, impuissante, défiler devant elle à la queue leu leu. Candy s'arrêta pour lui tapoter la joue.

— Ne cogne pas ce garçon trop fort. J'ai l'impression que sa peau réagit facilement.

— Oh, ne t'inquiète pas, il cicatrise très vite, grogna Laura.

Mais elle parlait déjà à une porte close.

Elle alla à la cuisine et mit de l'eau à bouillir. C'était un réflexe : quand la terre semblait s'effondrer sous ses pieds, elle se préparait une tasse de thé. La veille, à la même heure, elle était une victime qui vibrait d'indignation. À présent, elle n'était qu'une imbécile qui avait fait avec monsieur X des choses pires que Tom avec Cassie. Sauf que Tom et Cassie... *Oh, laisse tomber !*

Tom apparut en traînant des pieds au moment où elle versait du lait dans deux mugs.

— Je t'ai fait du thé, dit-elle d'une voix blanche. Irina et Hadley ne sont pas les reines du savoir-vivre.

— Elles ont été cool, dit Tom en s'appuyant au plan de travail tout en soufflant sur sa tasse fumante. Cela dit, il a quand même fallu que je m'explique pendant dix minutes pour qu'elles me laissent entrer.

Laura lui jeta un regard furtif entre ses cils.

— On est mardi. Tu n'as pas cours, demain ?

Tom haussa les épaules.

— Si. Mais je ne pense pas qu'ils me renverront pour avoir séché une journée.

— Tu as faim ? Je crains qu'on n'ait pas grand-chose à manger, mais...

— Laura. Ça a été cinq minutes de baisers, et j'étais complètement bourré, dit soudain Tom. (Il reposa maladroitement sa tasse, éclaboussant le comptoir.) Ça ne voulait rien dire.

Elle savait qu'il mentait. Les baisers veulent toujours dire quelque chose.

— Ça n'a pas d'importance, dit-elle en saisissant une éponge dans l'évier pour essuyer la flaque de thé.

— Bien sûr que si. (Il lui prit l'éponge des mains et la força à lui faire face.) Ça a de l'importance parce que je m'en veux terriblement de t'avoir fait du mal.

Elle ne se rendit compte qu'elle pleurait qu'à l'instant où la bouche du garçon se mit à suivre le chemin humide de ses larmes sur ses joues.

— Ne me regarde pas comme ça, supplia-t-elle en le voyant se décomposer alors qu'elle se sentait la pire des traînées. Tom, s'il te plaît ! Je vais bien.

Gêné, Tom tira sur son pull puis désigna la porte d'un signe de tête.

— Pourrait-on aller s'asseoir et essayer... Non, nous n'allons pas essayer, nous *allons* régler ça.

Une fois installée dans le canapé, Laura replia ses jambes sous elle et écouta Tom s'épancher tout en sirotant son thé tiède. Il avait l'air d'estimer qu'il devait tout avouer à propos de Cassie – ce qui aurait été tout à fait raisonnable vingt-quatre heures plus tôt, quand elle-même n'avait rien à confesser.

Ses aveux confirmaient l'interprétation de Jen et Cath. Tom ne s'était pas rendu compte que Cassie lui faisait des avances, ni même qu'il l'intéressait. Mais un soir, à une fête, elle s'était brusquement assise sur ses genoux et avait collé sa bouche contre la sienne.

Ce fut l'incident numéro un et cela ressemblait fort à un cas banal : signaux contradictoires + fille malintentionnée = embrassage involontaire. Sauf que, ensuite, il y avait eu l'incident numéro deux, impliquant plus ou moins les mêmes ingrédients, avec une dose d'alcool en plus.

— Je lui avais pourtant dit que j'avais une copine, insista Tom qui, les coudes appuyés sur les genoux, fixait une tache de vernis à ongles sur le tapis. Et puis cette fois-là, j'avais un peu bu, je ne t'avais pas parlé depuis une semaine et quand elle a retenté le coup, eh ben, ouais, pendant genre cinq secondes, je lui ai rendu son baiser. Cinq secondes, Laura, cinq petites secondes. Et si je t'en avais parlé, on se serait disputés un peu, et puis finalement on aurait tout oublié. Mais Jen et Cath ont tout vu, et ça a dégénéré en grosse histoire avec coups de téléphone et conciliabules pour étouffer l'affaire. Moi, je suis devenu l'abruti de service qui ne comprenait rien à la complexité de l'esprit féminin et on m'a simplement dit de me taire. C'est tout. Et je suis désolé, mais je ne suis pas prêt à balancer deux ans de relation pour cinq secondes d'égarement, tu comprends ?

Elle comprenait. Exposée de cette manière, l'explication semblait parfaitement acceptable. Elle lui aurait fait une scène, il aurait hurlé un bon coup en retour, et ensuite ils se seraient réconciliés à coups de câlins. Ç'aurait été si simple...

— Il fallait suivre ton instinct, dit Laura. M'appeler pour m'expliquer...

— Tu crois que je pourrais garder des séquelles ? demanda Tom en haussant les sourcils, pensant qu'ils avaient presque terminé, que c'était le moment dans la conversation où ils allaient échanger des vannes sarcastiques avant de tomber dans les bras l'un de l'autre et se promettre un amour éternel.

— Peut-être un œil au beurre noir, dit-elle pour gagner un peu de temps.

Mais elle dut se résoudre à cracher le morceau. Ce serait comme arracher un pansement super vite.

— Ou peut-être que je n'aurais pas... la nuit dernière... J'étais tellement énervée contre toi et je me sentais tellement moche et... D'accord, moi aussi j'étais bourrée...

Tom se raidit.

— De quoi tu parles ?

Laura ferma les yeux.

— J'ai couché avec un mec. Enfin, je n'ai pas eu de rapport sexuel avec lui, mais ça a été plus que cinq secondes d'égarement. Tom, je suis tellement désolée...

Elle tendit la main pour le toucher, mais il se déroba, comme si elle agitait un chalumeau.

— Ne me touche pas ! Qu'est-ce que tu as fait ?

— Je te l'ai dit, dit Laura, impuissante – pas question d'entrer dans les détails. On n'est pas allés jusqu'au bout.

Parce que, bien sûr, le fait qu'ils se soient arrêtés juste avant le « bout » allait sauver la situation. Bien sûr...

— Qu'est-ce que tu as fait ? répéta Tom d'une voix glaciale. Je veux savoir ce que vous avez fait *exactement*.

Laura sentit son visage la brûler tandis que le reste de son corps semblait coincé dans un congélateur – état tout à fait déconcertant, soit dit en passant.

— Il ne vaut mieux pas, tenta-t-elle, piteuse.

Il insista et ne fut satisfait qu'après lui avoir fait décrire chaque seconde de la scène, chaque vêtement ôté, chaque endroit touché, chaque baiser, chaque mot chuchoté...

Tout raconter à Tom donna à Laura l'impression de le tromper à nouveau, sauf que cette fois il se tenait dans un coin sombre de la chambre et regardait Laura et l'inconnu mettre en pratique les conseils du *Guide du parfait amant*.

— Tu peux m'expliquer en quoi il n'y a pas eu de « rapport sexuel » ? lui demanda-t-il quand elle arriva enfin au terme de l'interrogatoire, bafouillant et butant sur les mots qu'il lui faisait répéter jusqu'à ce qu'ils ne veuillent plus rien dire.

— Eh ben, il n'a pas… tu sais… mis son pénis dans mon vagin, cracha-t-elle, furieuse.

Elle essaya de se montrer outragée avant de se rappeler qu'elle n'en avait plus le droit.

— Tu n'es qu'une traînée !

Laura aurait préféré qu'il la gifle. Tom se leva, comme s'il risquait, en restant assis à son côté, d'attraper une maladie contagieuse. Puis il se planta debout devant elle et la fixa, furibond. Laura ne lui connaissait pas ce don pour les regards assassins.

— C'est fini entre nous, annonça-t-il. (Son ton définitif laissait penser que si leur relation avait fait l'objet d'une série télévisée, ç'aurait été le moment du générique de fin.) Tu me dégoûtes, Laura.

Elle ne put que hocher la tête en silence. Au même instant, ils entendirent la clé tourner dans la serrure. Les trois colocataires de Laura entrèrent dans l'appartement en chahutant.

— Alors ? Vous vous êtes embrassés pour vous réconcilier ? roucoula Hadley.

De toute évidence, elle était pompette.

Tom enfonça ses mains dans ses poches et baissa les yeux.

— Je m'en vais. Comment je fais pour aller à Euston ?

Laura sortit de sa torpeur.

— S'il te plaît, Tom. Tu ne pourrais pas rester encore un peu pour qu'on discute de tout ça ? demanda-t-elle avec un calme parfait.

Génial : ses colocataires se trouvaient aux premières loges pour la scène finale intitulée « Comment je me suis fait larguer en beauté ».

— Je ne peux même pas te regarder, là, maintenant. Alors, on reparlera de ton hypocrisie un autre jour...

Il y eut quelques soupirs stupéfiés du côté de la porte. Laura pouvait à présent ajouter à sa liste de crimes la transformation de Tom en parfait misanthrope.

— Je ne suis pas hypocrite. J'ai réagi en fonction des informations que j'avais. (Laura avait bondi sur ses pieds.) Cassie t'a sauté dessus et toi, tu lui rends son baiser ! Car même si ça n'a été que cinq secondes, tu l'as embrassée !

— Mais je ne me suis pas mis à poil !

— Tu l'aurais peut-être fait si Jen et Cath n'avaient pas été dans le coin ! Après tout, qu'est-ce qui me dit que c'est ta conscience qui t'a arrêté ?

— N'essaie pas de me mettre tout sur le dos, Laura ! Tu as toujours préféré jouer les victimes et bouder plutôt que de faire face à tes responsabilités. Tu es tellement minable !

— Très bien, je suis une minable, une traînée et une hypocrite, et j'ai probablement couché avec la moitié de Londres ! hurla-t-elle – ça valait sûrement mieux que de rester avachie sur le canapé pendant que Tom la démolissait. Alors, vas-y ! Casse-toi ! Je m'en tape.

Et pour prouver combien elle s'en fichait, Laura fit mine de quitter la pièce, ce qui aurait été du plus bel effet si Candy ne l'avait pas repoussée dans le salon.

— Il est vingt-trois heures passées, fit-elle remarquer. Tu ne vas pas le laisser déambuler dans Londres en pleine nuit...

— Il y a un bus qui va à la gare en cinq minutes, protesta froidement Laura. Même *lui*, il peut y arriver.

Assise dans le canapé, Irina commença à taper du pied. Elle n'avait pas regardé la télé depuis plusieurs heures et les symptômes du manque se faisaient sentir.

— Toujourrrs drrrames avec toi, déclara-t-elle en agitant un index accusateur vers Laura. Calme-toi, *da* ?

Laura n'eut qu'une envie : se rouler par terre en hurlant.

— Ouais, cette situation m'agresse carrément, ajouta Hadley en plaquant une main sur son front. Je vais me prendre un bain aux huiles essentielles...

— Elle est tellement bourrée qu'elle va sans doute se noyer dans la baignoire, gronda Laura tandis qu'Hadley disparaissait en titubant dans le couloir.

Personne n'échapperait à sa fureur toute-puissante.

— De toute façon, tu as probablement manqué le dernier train, expliqua Candy à Tom. Ce pays est tellement primitif ! Tout ferme hyper tôt. Enfin bref. Tu peux dormir dans la chambre de Laura et elle s'installera dans la mienne... ou sur le canapé si elle continue de se montrer aussi désagréable.

— Je n'ai aucune envie de rester ici, protesta Tom, buté.

Sa colère tomba d'un coup quand il prit conscience qu'il parlait à quelqu'un de tellement célèbre que son prénom suffisait pour l'évoquer. Il n'eut pas le temps de retenir une expression ébahie.

— Oh, ne rêve pas trop, chéri. Candy est bien au-dessus de tes moyens, siffla Laura.

Sur ce, elle quitta la pièce avec des airs de reine outragée, et alla se réfugier dans la chambre de Candy. Celle-ci l'y suivit.

— Toi, quand tu dérapes, tu n'y vas pas de main morte, attaqua la starlette. Je te croyais du côté des victimes...

— C'est le cas, se défendit Laura. (Elle attrapa un coussin sur le lit et le serra dans ses bras.) Seulement, il y avait certains faits dont je n'avais pas été informée...

Candy s'assit et commença à tirer sur ses bottes pour les enlever.

— Désolée, mon chou. Ce coup-ci, c'est toi, la méchante. C'est comme ça. Tu lui as brisé le cœur, et il a gagné le droit de se plaindre. (Candy reprit son souffle.) Mon Dieu, quelle *andouille*. Pourquoi lui as-tu dit ?

Difficile de trouver une bonne réponse.

— Parce qu'il m'a demandé, répondit mollement Laura.

— Eh bien, tu aurais dû mentir. Les garçons sont incapables de supporter la vérité. Ce sont tous des lâches.

Quand Candy entreprit de lui expliquer avec force détails comment elle aurait dû s'y prendre pour que tout soit de la faute de Tom, Laura, excédée, fut presque tentée de retourner affronter le courroux du garçon. Avec la méthode Candy, ils se seraient réconciliés et Laura aurait gagné en prime la médaille d'or des Petites Copines Compréhensives...

— Je parie qu'il t'aurait même offert des cadeaux, eut la bonne idée d'ajouter Candy. Peut-être même des bijoux.

Elles restèrent allongées en silence. Après quelques minutes ponctuées de soupirs, Candy s'endormit et Laura resta seule avec la voix de sa conscience... Waouh !... Quelle bavarde, celle-là ! La jeune fille pouvait presque sentir le désespoir de Tom transpirer à travers les murs. Après s'être convaincue qu'elle avait besoin de son pyjama, elle sortit de la chambre sur la pointe des pieds.

Elle n'avait absolument pas l'intention de frapper : d'abord parce qu'elle ne se sentait tout de même pas d'humeur *si* conciliante, et ensuite parce qu'il risquait de l'envoyer paître.

Laura poussa doucement la porte. Tous les mots qu'elle s'apprêtait à dire sur la façon idiote dont ils s'étaient tous deux comportés s'envolèrent et elle fondit en découvrant Tom effondré par terre, en larmes, une photo arrachée au pêle-mêle à la main. Les garçons ne devraient pas pleurer. Cela défiait toutes les lois de la nature.

— Oh, Tom, soupira-t-elle.

Il se redressa et se frotta immédiatement les yeux.

— Qu'est-ce que tu veux ? demanda-t-il d'un ton bourru.

— Pyjama.

Mais elle s'agenouillait déjà. C'était son tour de lui caresser les cheveux. Il recula immédiatement la tête et lui lança un de ses nouveaux regards qui tuent.

— Je savais bien que tu te sentais hyper mal, et je sais que c'est ma faute, mais je ne pouvais pas...

— Pourquoi ne répondais-tu jamais à mes messages ? lui demanda-t-il sèchement, coupant court à ses tentatives d'excuse. J'ai été tenté de sortir avec Cassie parce que j'avais l'impression de ne plus avoir de petite amie.

Respectant sa règle, « surtout pas de contact », Laura s'assit par terre près de lui.

— Je suis passée par des moments difficiles à raconter, essaya-t-elle d'expliquer. En m'épanchant, je risquais de perdre pied.

Tom grogna. Ce n'était pas exactement le genre de grognement qui vous supplie de continuer, mais il suggérait un léger intérêt.

Il était temps pour elle de mettre à plat certaines vérités.

— Ça a été *vraiment* éprouvant. Je suis ici toute seule, sans ma mère, ni mon père, ni toi. Je pensais que ce serait facile, que les gens se précipiteraient pour m'engager. J'avais tout de même battu les douze mille filles de *Make me a model* !

Tom sortit de son apathie suffisamment longtemps pour émettre un autre grognement.

— Tu oublies tes shootings pour des magazines étrangers. Et ce voyage à New York dans quelques semaines ? Ça n'a pas l'air d'être si dur que ça...

— J'ai menti, chuchota-t-elle. On me trouve trop grosse et arrogante... Mon agent me déteste et tu sais ce qu'ils m'ont dit hier, chez Fierce ?

Tom secoua la tête, ce qui était un sacré progrès par rapport à ses grognements.

— Vas-y, surprends-moi.

— Si je ne me reprends pas d'ici un mois, ils me virent.

Elle ne pleurerait pas. Pas question de s'apitoyer sur son sort à un tel moment. Mais elle sentit des picotements sous ses paupières, signe que ses canaux lacrymaux étaient prêts à lâcher.

— C'est trop dur, résuma-t-elle au cas où Tom n'avait pas suivi. Quand je suis rentrée à la maison, je ne voulais pas que tout le monde se désole pour moi.

Incroyable : la main de Tom reposait sur le genou de Laura qu'il massait en petits cercles apaisants. Son pouce suivait une partie lâche du cartilage (héritage d'une chute le jour où son père avait ôté les petites roues de son vélo).

Mais son ton resta glacial.

— Tu as été tellement gâtée, Laura. Tu n'as jamais eu à travailler pour obtenir quoi que ce soit.

— Bien sûr que si ! protesta-t-elle, indignée. D'ailleurs, j'ai gagné cette stupide compétition de mannequins, non ?

Tom continua le massage qu'il ponctua de quelques reniflements sarcastiques.

— Tu n'as eu qu'à être toi-même, jolie et désinvolte. En plus, toutes les autres filles avaient de graves troubles de la personnalité...

— Mais j'ai dû poser sous l'eau et me faire treuiller avec un harnais qui me sciait l'entrejambe et...

D'accord, comparé au sort des soldats bombardés dans des tranchées, des médecins des urgences... ou simplement de celles qui dans le monde n'avaient pas la chance d'être mannequins, ça ne pesait pas lourd. Il était temps d'essayer une autre tactique.

— Au lycée, j'ai travaillé ! J'avais quatorze de moyenne...

— Tu te l'es coulée douce, l'interrompit Tom. On s'est tous défoncés pour obtenir des dix-sept. Toi, tu as toujours fait le moins d'efforts possible, te contentant d'adresser des moues désolées aux profs quand ça pouvait aider. Tu es jolie, Laura. Tu ne vis pas dans le même monde que nous.

— Je ne vois pas le rapport.

Bien sûr, c'était sympa de se faire siffler dans la rue les jours où elle se sentait moche, mais elle ne vivait pas pour autant à Disneyland.

— J'ai souri à des auditions jusqu'à ce que les muscles de mes joues me brûlent. D'accord, c'était moins éprouvant que de faire la révolution, mais quand même !

Tom continua, intraitable.

— Tu es la seule personne que je connaisse qui puisse dire : « Je n'ai pas eu le temps de tirer de l'argent, mais ça n'a pas d'importance : quelqu'un va bien me payer un verre. » Comme si c'était une façon acceptable de vivre sa vie ! Eh bien, voilà : on est à court de verres gratos.

— Donc, je récapitule : si j'ai bien compris, en plus d'être une garce et une traînée, je suis hypocrite, gâtée et paresseuse. (Elle interrompit sa liste avant de devoir utiliser les doigts de son autre main.) Je me demande bien pourquoi tu es resté avec moi aussi longtemps.

Tom lui adressa alors un sourire carnassier : sa réponse était déjà toute prête.

— Ben... tu es jolie.

— Je ne me sens pas spécialement jolie, là, rétorqua-t-elle.

Tom étendit ses jambes qui frôlèrent celles de Laura.

— Tu veux savoir ce qui me tue le plus ?

Vu que ça pouvait être n'importe lequel des crimes qui remplissaient son casier judiciaire, Laura haussa les épaules.

— Éclaire-moi.

Tom se pencha vers elle et cueillit son menton dans sa main, comme au bon vieux temps.

— C'est que, même quand je suis hyper énervé contre toi, mon cœur s'arrête de battre quand je te vois.

— Ouais, parce que je suis jolie, grinça Laura. Tu ne sortais pas avec moi pour ma personnalité, ni parce que nous adorons tous les deux *Belle and Sebastian*, ni parce que nous nous aimons. Juste parce que ça en jetait de m'avoir pendue à ton bras.

— Ça m'a fait gagner plein de points macho dans ma bande, dit Tom d'une voix nonchalante.

Elle préférait sa colère à son ironie.

— Je suis contente d'avoir pu te rendre service, conclut-elle amèrement. Bon, eh bien, maintenant que les choses sont claires, je peux retourner chez Candy.

Sa sortie aurait été plus digne si elle n'avait pas trébuché sur une chaussure qui traînait au milieu de la pièce. Alors qu'elle titubait, Laura eut le temps de s'indigner à l'idée de finir cette confrontation pénible par terre. Elle vit se rapprocher le sol en gémissant, mais Tom la rattrapa par les coudes et la redressa.

Il restait à Laura quatre pas à faire pour arriver à la porte. Alors pourquoi se laissait-elle aller en arrière contre le torse de Tom ? Parce qu'il lui embrassait la nuque. La pression légère et tendre de ses lèvres sur sa peau la fit frémir jusqu'aux orteils.

— Impossible de ne pas te repérer : tu étais magnifique, ronronna-t-il à son oreille. Carrément inaccessible... Et puis... tu te souviens de ce voyage à Londres et de la visite de la Tate Modern ? Tu es restée en contemplation devant cette toile de Jackson Pollock. Ça m'a fait remettre en question tout ce que je croyais savoir sur toi.

Laura se souvint du moment dont il parlait. Émerveillée, elle avait regardé les taches de peinture se transformer sous ses yeux. Ça avait été aussi magique que de regarder les nuages ou de contempler un feu.

— Tu vois : je peux être profonde, grogna-t-elle tandis qu'ils s'accordaient silencieusement sur le fait qu'il était temps qu'elle se retourne.

Le baiser était inévitable. Il leur avait fallu bien des mots pour se retrouver debout dans la pénombre d'une chambre, tellement serrés l'un contre l'autre que même un fil dentaire n'aurait pu se frayer un passage.

Les jours sensibles, tendus, aux airs de fin du monde n'existaient plus. La réalité, c'étaient les mains de Laura dans les cheveux de Tom, ses bras à lui autour de sa taille à elle – et rien d'autre n'importait.

Quand ils basculèrent sur le sol, Laura eut l'impression de maîtriser soudain une danse compliquée dont elle n'avait jamais appris les pas. Leurs vêtements ne faisaient que les empêcher d'être plus près l'un de l'autre… Se retrouver nus leur sembla parfaitement naturel. Le corps de Laura s'emboîta parfaitement contre celui de Tom, tandis qu'elle se penchait vers ses lèvres. Et lorsqu'elle lui demanda « tu en as ? », il n'y eut aucune gêne entre eux.

Il fouilla dans les poches de son jean et sortit un fin étui de son portefeuille.

— Mon père me les avait donnés il y a six mois « au cas où », admit-il timidement.

— Est-ce que c'est bizarre ? (Elle semblait se poser la question à elle-même.) C'est bizarre.

— Trop bizarre ?

Laura se passa une main dans les cheveux, puis laissa courir sa langue sur ses lèvres attendries par les baisers. Elle s'interrompit en voyant Tom s'assombrir de nouveau.

Plus tard, elle se blottit dans le creux de ses bras en se demandant si ce qui venait de se passer constituait une expérience spéciale, unique avec quelqu'un qu'elle aimait, ou bien si ce n'était qu'un cas typique de rupture.

— Ce n'est pas si simple, Laura, dit Tom, lisant dans ses pensées. Nos problèmes n'ont pas disparu comme par enchantement.

Elle ne pensait pas mériter plus. Elle avait déjà eu de la chance – même si le tapis lui irritait la peau.

Mais aucun des deux ne faisait mine de gagner le lit. La trêve était délicate : une fine structure arachnéenne, si fragile que l'odeur de l'aftershave d'un autre mec dans ses draps risquait de la déchirer.

Laura glissa la main sous son lit et chercha à tâtons l'édredon de plumes qu'elle n'utilisait jamais parce qu'il lui chatouillait le nez. Elle était censée apprendre à faire des efforts, et l'occasion de commencer lui parut propice.

Chapitre seize

Le lendemain au réveil, l'atmosphère était tendue (Laura et Tom étaient anormalement polis et solennels l'un avec l'autre), mais il fallait s'y attendre : ils avaient couché ensemble.

Assis dans le canapé, Tom affichait une expression pensive. À moins qu'il ne fût atterré par le grand show qui se déroulait devant lui. Candy préparait ses bagages pour partir à New York, ce qui consistait à hurler qu'elle détestait faire ses valises avant de s'effondrer dans les bras de Laura en lui réclamant du thé. Hadley parcourait les pages people du *Sunday Times* à la recherche des mentions de son nom qu'elle célébrait chaque fois par un petit cri excité. Quant à Irina, elle se baladait en soutien-gorge et string en mangeant une saucisse luisante de graisse. Un jour comme les autres chez les Fierce Girls...

Cependant, pour Laura, cette matinée marquait un tournant dans sa vie. Tom et elle étaient de nouveau sur le chemin de l'amour. À présent, il lui fallait apprendre à préparer du porridge, parce que tous les articles de diététique qu'elle avait pu lire vantaient les vertus de cette bouillie grumeleuse et insipide.

— Ça a plutôt un sale goût... Tu peux y mélanger un peu de mes myrtilles si tu veux, murmura Hadley quand Laura sortit son bol du micro-ondes. Mais attention, c'est de la super bouffe. T'es au régime ?

Avant, Laura aurait nié en bloc, outrée, mais là, elle se contenta de pincer un bourrelet au-dessus de sa hanche en hochant la tête d'un air inconsolable.

— Soit je maigris, soit je perds mon contrat chez Fierce, expliqua-t-elle après s'être assurée qu'Irina ne pouvait rien entendre.

Hadley lui adressa un sourire compatissant.

— Hé, moi, je n'ai rien mangé de sucré depuis mes dix ans. D'ailleurs, il suffit que je regarde un beignet pour prendre du poids. Tu dois perdre combien ? (Elle jaugea d'un coup d'œil expert le corps de Laura caché sous les plis de son pyjama.) À peu près sept kilos, c'est ça ?

— Eh bien, je suppose...

— Tu devrais aller courir. Toute activité qui accélère les battements du cœur brûle les graisses plus vite. Je te recommande les amandes et les sushis, mais pas en même temps. Si tu veux des tuyaux, tu n'as qu'à crier. La vache, t'as vu ce que Paris Hilton porte sur cette photo ?

L'attention d'Hadley était déjà repartie vers les *News of the World* et Laura en profita pour attraper une poignée de myrtilles qu'elle répandit sur son porridge.

Tom n'avait pas bougé du canapé. Il fixait Hadley, l'air hébété. Au moins ne manifestait-il aucune réaction et ne parlait-il plus de courir prendre le train. Rassurée, Laura enfourna sans grand enthousiasme une cuillerée de sa mixture. Elle dut se retenir de vomir.

— Beurk, ce truc est infect, dit Candy en entrant dans la cuisine.

Elle se mit à fourrager dans le panier à linge sale posé sur la machine à laver.

— Tu sais, si tu veux perdre du poids, arrêter de manger des cochonneries suffit. Oublie les plats à emporter et passe au lait écrémé et aux produits allégés.

— Comment se fait-il que, à part moi, tout le monde s'y connaisse en régime ? se plaignit Laura. Ted et Heidi m'ont dit que je ne pourrai plus jamais manger de chocolat !

— Ouh ! Je n'aimerais pas être à ta place, taquina Candy en exhibant un soutien-gorge rose à pois. Mais ne te rends pas folle non plus, parce que les tailles soulignées et les silhouettes marquées vont envahir les podiums pour la saison* automne-hiver. C'est ce que dit le copain de ma mère, Isaac.

Laura avala une autre cuillerée de porridge. C'était supportable si elle ne respirait pas.

— Je ne parle pas couramment le *fashion*.

Candy roula des yeux.

— Les courbes sont de retour, expliqua-t-elle d'un ton suffisant. Sois réaliste, Laura, tu ne seras jamais super mince. Mais, sous toute cette gelée, tu as une jolie silhouette en sablier. Si tu perds assez de poids pour la nouvelle saison, tu peux envisager de rattraper le coup.

— Tu crois ? demanda Laura, sceptique.

— J'ai quelques look books* dans ma chambre. Je peux te montrer, proposa Candy, les bras chargés de vêtements propres.

Dix minutes plus tard, le gémissement plaintif de Tom, debout dans l'embrasure de la porte, interrompit le débat enflammé et tout à fait passionnant de Laura et Candy : le jean skinny contre le jean bootleg.

— Laura, ça te dirait pas de sortir ?

— Excuse-moi, je t'avais oublié, lâcha-t-elle.

Aurait-elle pu faire preuve de moins de tact ? Tom se renfrogna et Candy fit la grimace. Laura souleva une pile de magazines posée sur ses genoux.

— Zut ! Ce n'est pas ce que je voulais dire... Écoute, tu appartiens à ma vie de Manchester et... (Ses explications ne faisaient que l'enfoncer.) Tu as raison, sortons. Je vais te faire visiter le marché aux puces.

Parcourir Camden High Street main dans la main avec Tom aurait dû être une partie de plaisir. Mais, à la façon dont il la traînait derrière lui, il était évident qu'il n'avait aucune envie de musarder parmi les stands de DVD pirates ou les étalages de tee-shirts rigolos. Laura avait l'impression de participer à une compétition de marche rapide. Après avoir percuté plusieurs personnes dans la foule, Laura se résigna à lui lâcher la main.

— On pourrait aller au zoo de Regent's Park..., suggéra-t-elle mollement.

Tom venait de rejeter une à une toutes ses propositions de balades : les studios de MTV, les Stables Market[1] et les stands de fringues vintage à l'Electric Ballroom[2].

— Il y a des singes.

Tom secoua la tête.

— Trouvons un café. Je meurs de faim. Il n'y avait rien à manger, dans ton appart, ajouta-t-il d'un ton accusateur.

Peut-être sa mauvaise humeur s'envolerait-elle après un bon petit déjeuner à l'anglaise ? Mon Dieu, Laura paierait même l'addition si ça pouvait le faire sourire. Ils atterrirent dans un boui-boui sur Chalk Farm Road, après avoir tenté leur chance dans cinq autres endroits bondés.

---

1. Centre commercial de Londres.
2. Célèbre salle de concerts.

— Petit déjeuner anglais complet, c'est ça ? demanda-t-elle à Tom avant de faire un signe impatient à la serveuse et de lui crier leur commande à travers la pièce pleine de clients. Et annulez un des deux thés : je prendrai un déca, ajouta-t-elle.

Toute cette histoire de régime était plutôt facile, une fois que vous aviez attrapé le coup. Elle se retourna vers Tom avec un sourire satisfait. Celui-ci la fixait avec insistance.

— Quoi ? demanda-t-elle sur la défensive. Pourquoi me regardes-tu comme ça ?

— Tu es différente à Londres, dit-il. Brillante, étincelante...

— Tom, ça fait deux jours que je ne me suis pas lavé les cheveux, et ce sweat va finir par sauter tout seul dans le lave-linge...

— Je ne parle pas de tes cheveux. Je parle de toi. Tu rayonnes.

Après la nuit qu'ils venaient de passer, peut-être sa féminité irradiait-elle ? À moins que ce ne fût son autobronzant...

— J'ai l'impression de découvrir une autre facette de ta personnalité, précisa-t-il. Tu as ces nouvelles copines que je ne connais pas et vous avez des discussions que je ne comprends pas. C'est un vrai choc des cultures, tu sais.

— Mais je n'ai pas changé, insista Laura en souriant à la serveuse qui posait leurs tasses devant eux.

Et, pour être honnête, une fois sur deux, je ne comprends rien non plus à ce que Candy et Hadley racontent. Elles sont tellement sophistiquées... et moi je ne suis qu'une fille de Manchester.

— Il n'y a rien de mal à venir de Manchester, protesta Tom, tous ses poils de Mancunien[1] hérissés d'indignation. Ces filles jacassent à propos de leurs fringues et de leur corps, comme s'ils ne leur appartenaient pas. Elles ne sont qu'une marchandise qu'elles vendent au plus offrant.

— On s'y habitue. (Laura plissa le nez.) En quelque sorte. Quand tu fais des photos, tout le monde s'affaire sous ton nez en parlant de toi comme si tu n'étais pas dans la pièce.

Mais quand elle essaya de lui expliquer en détail que ça ne la dérangeait pas vraiment que cinq personnes tiennent conseil devant elle sur la meilleure façon de camoufler la légère avancée de ses incisives, il resta impassible. Il examina même ses ongles avant d'étouffer un bâillement. Elle connaissait Tom depuis trop longtemps pour ignorer son attitude.

— Bon, très bien, je vois que tout ça t'intéresse au plus haut point..., conclut-elle.

Elle avait cru qu'après avoir couché ensemble tout s'arrangerait entre eux. N'était-ce pas ainsi que c'était censé marcher ?

---

1. Habitant de Manchester.

— Ton humeur, là, ça a à voir avec la nuit dernière ? Qu'est-ce qu'il y a... ?

Il abandonna brutalement sa contemplation silencieuse d'une goutte de ketchup sur le rebord de son assiette et redressa la tête.

— Laura, est-ce que tu m'aimes ?

Au moins, c'était une question facile.

— Bien sûr que oui. Tout ça a-t-il un rapport avec ce que j'ai hurlé au téléphone hier ?

Sans répondre, Tom repoussa sa tasse vide et attrapa sa main qu'il se mit à caresser.

— M'aimes-tu plus que ta carrière de mannequin ?

— *Tom...*

— M'aimes-tu assez pour l'abandonner si je te le demandais ?

D'abord, Laura crut qu'il la testait. Un cruel coup de bluff. Comme dans cette histoire qu'on leur racontait au catéchisme où le roi Salomon menaçait de couper un bébé en morceaux pour découvrir qui en était la mère.

Mais les yeux brillants de Tom la défiaient, de la même façon que s'il s'était forcé à garder la main enfoncée dans une cuve remplie d'asticots carnivores pour lui prouver quelque chose. Et, au cas où elle aurait eu des doutes, il dit tranquillement :

— Si tu m'aimes, rentre avec moi à Manchester.

Elle avait toujours pensé que Tom était le plus amoureux des deux. À présent, elle comprenait qu'elle s'était trompée.

— C'est exactement comme si moi je t'imposais d'oublier Oxford ou de ne plus jamais jouer au football, protesta-t-elle. Si *tu* m'aimais, tu ne me demanderais pas d'abandonner quelque chose qui compte autant pour moi.

— Ça n'a absolument rien à voir, dit Tom d'un ton coupant, l'air buté. Quand je joue au football ou que je prépare mes entretiens pour Oxford, je ne me transforme pas en bombe à émotions.

— Tout ça, c'est parce que j'ai couché avec ce mec, n'est-ce pas ?

Tom garda le silence, mais il plissa les yeux suffisamment longtemps pour que la seconde tasse de café de Laura arrive et qu'elle en boive une première gorgée prudente.

— Il faut que tu me fasses confiance, poursuivit-elle calmement, bien qu'elle se soit sentie tout sauf calme. (Elle dégagea brutalement sa main.) Je sais que j'ai commis une erreur, Tom... Mais si tu n'arrives pas à me pardonner, comment pourrons-nous rester ensemble ?

Il haussa les épaules.

— Bonne question.

— Nous avons pourtant fait l'amour. (Elle siffla le mot par-dessus la table.) Je sais que les circonstances n'étaient pas géniales, mais ça a remis les choses à leur place entre nous, non ?

— Ça n'annule pas ta trahison comme par magie, dit Tom avec brutalité, oubliant comme par enchantement les douceurs qu'il lui avait susurrées à l'oreille pendant leurs ébats. Tu es passée de lui à moi en vingt-quatre heures… Alors, non, je ne vois pas comment je pourrais te faire confiance.

Le rappel à froid de ses excès ne constituait pas un bon argument. Parce qu'on pouvait voir les choses comme ça, mais le panorama était tout à fait différent de l'autre côté de la barrière, là où se situait Laura.

— Tu lui as rendu son baiser, rappela-t-elle. Tu l'as admis. Tu aurais pu t'inquiéter que je l'apprenne, t'assurer qu'elle ne m'approche pas et que je n'en sache rien. Elle tendit la main pour caresser le bras de Tom, pour le *toucher*, puisque apparemment la note suppliante dans sa voix et le fichu désespoir qui devait suinter de tous ses pores ne lui faisaient ni chaud ni froid. Tom l'esquiva avant même qu'elle ait pu l'effleurer. C'est alors qu'elle comprit. « Tu n'as aucunement l'intention d'essayer de dépasser cette crise, n'est-ce pas ? Tu vas te contenter de me soumettre cet ultimatum on ne peut plus stupide en sachant *très bien* que je ne peux l'accepter, de façon que ce soit moi la méchante de l'histoire.

Laura sentit l'indignation gonfler comme un soufflé dans sa poitrine.

— Mais tu *es* la méchante de l'histoire, insista Tom – et vraiment il était temps qu'il change de disque. Tu as couché avec un mec dont tu ne connais même pas le prénom, tu n'es jamais dispo, et tu cours après un rêve stupide, Laura. Tout faire pour entrer dans une robe taille trente-quatre ! ? C'est complètement surréaliste.

— Eh bien, c'est *ma* réalité, protesta vivement Laura.

Elle était prête à lancer toutes ses troupes dans l'ultime bataille pour sauver leur relation. Ces deux derniers mois, elle avait appris que vouloir quelque chose ne suffisait pas. Il fallait se battre pour l'obtenir.

— C'est mon univers, maintenant, et j'essaie de m'y adapter. Ce qui s'est passé entre nous m'a fait comprendre qu'il était temps pour moi de regarder mes défauts en face et de m'améliorer.

Tom soupira. Il regarda par la fenêtre, l'air de dire qu'il donnerait tout pour se trouver dehors sous la pluie au lieu d'être avec elle, au chaud et au sec.

— Tu as changé, Laura. Tu es devenue superficielle. Tout ce qui compte pour toi, c'est ton apparence et ce que les gens pensent de ton look.

Deux mois plus tôt, elle lui aurait donné raison. Aujourd'hui, elle en savait autant en développement personnel qu'en surcharge pondérale.

— Tu sais, même si je faisais ce grand sacrifice que tu réclames et que je te promettais de ne plus jamais prendre la pose devant un appareil photo, on romprait quand même, déclara Laura.

Le dire fut comme une révélation.

De façon étrange, bien qu'il soit assis juste face à elle et que leurs genoux s'effleurent sous la table exiguë, Tom lui semblait plus loin que jamais.

— On romprait parce que tu as couché avec quelqu'un d'autre, que tu n'assumes rien de ce qui t'arrive, et que tu es incapable de te remettre en question...

Tôt ou tard, ça s'arrêterait – ce triste florilège de mots amers qu'elle n'en pouvait plus d'écouter.

— J'assume ma vie !

— Ouais, eh ben, je te croirai quand je verrai ta photo en couverture de *Vogue*. Je te donne un mois, max, avant de rentrer à Manchester. Tu n'auras jamais assez de cran pour t'accrocher.

— Arrête ! supplia-t-elle, les mains écrasées sur ses oreilles. Comment peux-tu te comporter comme ça après la nuit dernière ? Tu es mon premier... mon premier *tout* !

Laura aurait voulu dire quelque chose d'intense, de profond, pour sauver leur relation, mais rien ne vint. Il leur faudrait se contenter de...

— Mon Dieu, quelle situation pourrie...

— Tout à fait d'accord, approuva Tom en attrapant sa veste qui pendait au dossier de sa chaise. Je suppose qu'on en reste là ?

Laura hocha la tête. Pas question de pleurer – l'idée qu'il puisse rentrer à Manchester pour raconter aux gens (à *Cassie* !) qu'il l'avait laissée en larmes devant les restes de son petit déjeuner était tout à fait insupportable.

— Bon, je ne crois pas qu'on se reverra, poursuivit-il en appuyant bien sur cette douloureuse évidence. Tu devrais rappeler Jen et Cath. Elles sont vraiment blessées.

Et sur ces mots, il disparut. Ou plutôt il se précipita dans la rue, directement sous les roues du bus numéro 24 qui, par malheur, fit une embardée et l'évita.

Chapitre dix-sept

Calme plat. Expression décrivant à la perfection l'absence d'événement qui caractérisa la semaine suivante.

Le flot des go and see s'était tari comme une rivière en pleine canicule. Laura n'eut rien d'autre à faire que d'aller au gymnase (!) ou de rester à l'appartement à ruminer en alternance (il faut varier les plaisirs) sur Tom et sa période d'essai. Concernant cette dernière, elle avait l'impression de vivre en sursis avant sa mise à mort.

Quant à Tom... Elle détestait la nature de leur rupture, propre et nette. Elle ne pouvait pas l'appeler. Ni lui écrire. Encore moins lui envoyer une compil de chansons soigneusement choisies dans l'espoir d'abattre le mur de pierre qu'il avait construit autour de son cœur. Il ne restait à Laura qu'à méditer sur son échec amoureux. Ou son échec dans sa carrière de mannequin. D'un côté comme de l'autre, les vents lui étaient contraires.

Mais il y avait bien une chose dont Laura était sûre : il était ab-so-lu-ment hors de question qu'elle rentre bredouille à Manchester. Tom l'avait peut-être plaquée, ça ne lui donnait pas le droit de porter un jugement sur ses choix. Elle allait devenir mannequin, quitte à se nourrir exclusivement de feuilles de salade. Coûte que coûte, elle acquerrait ce mystérieux je-ne-sais-quoi qui lui faisait apparemment défaut. Elle pouvait déjà partir du principe que broyer du noir en pyjama toute la journée ne ferait certainement pas avancer le schmilblick.

La bonne nouvelle, c'était que son appétit avait disparu avec Tom. Et puis elle avait l'appartement pour elle toute seule. Candy prolongeait son séjour à New York, Irina avait fichu le camp à Munich et Hadley tournait une série télé avec George – pas mal pour une fille dont l'unique talent consistait à se saouler tous les soirs.

Calme plat, donc. Le mercredi matin, Laura fut réveillée par un crétin qui sonna à la porte à sept heures et demie. Comme il ne semblait pas vouloir décoller son doigt de la sonnette, elle descendit les marches d'un pas lourd, prête à hurler contre l'importun. En ouvrant la porte, elle se retrouva nez à nez avec Pei-Yi, le professeur de yoga de Candy.

— Elle n'est pas encore rentrée de New York, grogna Laura en se contentant d'ouvrir un œil. Personne ne t'a prévenu ?

Pei-Yi était bien trop zen pour ne serait-ce que froncer les sourcils. Il se contenta de hausser les épaules dans un mouvement aussi fluide que l'eau coulant sur la pierre.

— Elle m'a payé jusqu'à la fin du mois, dit-il, songeur. Ça t'intéresse, une leçon de yoga ?

Non. Elle voulait retourner au lit et dormir jusqu'à l'heure de *This Morning*[1], mais Pei-Yi, sans attendre sa réponse, la poussa doucement dans l'escalier. Il y avait clairement des ondes apaisantes dans sa manière de faire – c'est d'ailleurs la seule façon d'expliquer comment, cinq minutes plus tard, Laura, le dos bien droit, se retrouva en quête de ses chakras dont Pei-Yi lui révéla l'existence.

Laura avait toujours considéré le yoga comme un passe-temps pour les femmes au foyer. Sa mère en faisait, nom d'un chien… Pourtant, au bout de deux heures, elle transpirait généreusement et des muscles inconnus jusqu'alors tremblaient sous l'effort.

— On se revoit demain, annonça Pei-Yi d'un ton catégorique en roulant son matelas. Tu devrais sans doute te désintoxiquer pendant les trois prochains jours. J'ai senti un tas d'énergies négatives bloquer tes chakras. Bois beaucoup d'eau ou de thé vert, et nourris-toi uniquement de fruits crus et de légumes.

---

1. Émission de variétés, quotidienne et matinale, diffusée sur ITV depuis 1988.

Pas d'agrumes. Et je te conseille de faire beaucoup d'exercices pour te vider la tête.

— D'accord, approuva gaiement Laura.

Dès qu'il aurait refermé la porte, elle foncerait retrouver la douceur réconfortante de sa couette.

Pei-Yi lui adressa un sourire serein.

— Je saurai si tu me mens. Je le verrai dans le blanc de tes yeux.

Un peu flippant. Mais pas autant que ce qu'elle découvrit en fouillant l'appartement pour retrouver son haut Miss Sixty porté disparu. La chambre d'Irina était interdite au public. Le port du casque ne mettait personne à l'abri d'un missile russe : Irina était susceptible d'éliminer quiconque oserait pénétrer dans le sanctuaire. Pas étonnant : au milieu des tailleurs gris miteux qui jonchaient le sol, il y avait plus de fringues de créateurs que chez Selfridges[1]. Laura se tortilla dans quelques robes, toutes en taille trente-six. Pas besoin d'être médium pour savoir qu'elle ne pourrait jamais en remonter la fermeture Éclair.

Au moment où elle allait s'apitoyer sur son sort, son attention fut détournée par la décoration de la pièce. Des photos de top model arrachées dans des magazines recouvraient les murs. Jusqu'ici, rien de bien original. Sauf qu'en haut de chaque cliché était épinglé un Polaroid d'Irina prenant la même pose.

— La petite maligne...

---

1. Grand magasin ultra chic de Londres.

Laura s'était trompée en prenant Irina pour une excentrique. En fait, la Russe bossait comme une folle. Voilà qui expliquait pourquoi elle restait scotchée des heures devant Fashion Channel.

Songeuse, Laura quitta la pièce en emportant une robe Lanvin. Elle se sentait à deux doigts d'une découverte de la plus haute importance. Elle ne savait pas encore très bien de quoi il retournait, mais elle put y réfléchir en courant vers Sainsbury's[1] où elle acheta son poids en fruits et légumes.

Un peu plus tard dans l'après-midi, Laura comprit aussi pourquoi Hadley passait des heures dans la salle de bains : sa colocataire ne devait pas se contenter de barboter dans les huiles essentielles. L'éclairage y était excellent et le miroir gigantesque : l'endroit idéal pour s'entraîner à poser.

Entre deux boissons mixées fraise-céleri-pomme-gingembre (pas si mauvais une fois la première gorgée passée) et un peu de Fashion Channel, Laura eut tout un tas de révélations hallucinantes. Par exemple, si elle baissait la tête selon un angle de trente degrés, son cou se ridait de façon peu attrayante. Si elle se tournait légèrement sur la gauche, elle semblait plus mince qu'en pivotant sur la droite. Et elle ne devait plus jamais, *jamais* poser les mains sur ses hanches : ça lui donnait l'air d'une paysanne. Laura venait d'intégrer un camp d'entraînement de mannequin

---

1. Chaîne d'hypermarchés.

(sans *s*). La vache ! Elle roula même le tapis du salon pour pouvoir apprendre à marcher en talons.

Mais à quoi bon, de toute façon ? À l'exception d'un coup de fil pour s'assurer que Laura ne s'était pas jetée d'un pont, Heidi maintenait le silence radio.

— Je crois qu'elle ne veut plus me parler, annonça Laura à Cath au téléphone.

Après un furieux raz-de-marée d'e-mails du genre « Mais tu m'as dit… », « Non, *toi*, tu m'as dit… », elles s'étaient mises d'accord pour arrêter de se comporter comme des imbéciles et tirer un trait sur les récents malentendus. Laura avait également promis à Cath de lui présenter Orlando Bloom dès qu'elle le pourrait.

— À moins que ce ne soit moi qui ne veuille plus lui parler, je n'arrive plus à savoir.

— Tu devrais lui téléphoner. Elle doit te croire en train d'enfoncer des épingles dans une poupée vaudoue.

— J'y ai pensé, soupira Laura.

— On dirait que tu travailles dur, osa Cath.

La prudence était toujours à l'ordre du jour. Si elles changeaient de sujet pour parler, disons, de filles qui mentaient à leurs copines au sujet de leur brillante carrière de mannequin, cela finissait généralement en prise de bec.

— Tu as l'air de t'être décidée à mener à bien ton projet.

— En fait, il se trouve que je suis coincée à l'appart avec rien d'autre à faire que me gaver de sucreries.

J'ai préféré essayer d'utiliser ce temps de façon constructive. Mais, oh, mon Dieu, Cath ! Même si j'allais à un go and see et que j'étalais tous mes nouveaux trucs, je ne décrocherais pas forcément le job. Si ça se trouve, je me trompe complètement.

— Mais... je croyais que tu savais tout sur la mode..., protesta Cath.

Laura sentit une pointe de sarcasme dans la remarque de son amie.

— Eh bien, finalement, peut-être me suis-je montrée trop optimiste, concéda-t-elle au bout d'un moment. Et peut-être ne suis-je pas aussi irrésistible que ça. Sauf que maintenant je crois pouvoir tromper l'ennemi.

L'humilité était comme un nouveau manteau d'hiver qu'elle essayait, histoire de voir s'il était à sa taille.

Le jour où elle put remonter la fermeture Éclair de son jean skinny le plus moulant sans l'aide d'un porte-manteau, Laura appela Heidi.

— Enfin ! l'accueillit Heidi. J'ai un boulot pour toi.

Ces sept mots suffirent à Laura pour retrouver son attitude positive.

— Vraiment ? C'est génial !

— Ça ne t'ennuie pas de travailler gratuitement ?

Et huit mots pour la perdre de nouveau...

— Tu veux dire que je ne vais pas être payée ? Mais je rentre dans mon jean le plus minuscule !

— Un ami de mon mec est assistant photographe et il a besoin d'un mannequin pour faire des essais. Ça te fera des photos pour ton book et de l'expérience en plus. (Sous-entendu : *ce dont tu as terriblement besoin.*) C'est toi qui vois.

Donner à Heidi la satisfaction d'annoncer à Ted qu'elle était toujours la même loseuse récalcitrante et sans talent n'était pas une option.

— D'accord, je prends, s'entendit-elle répondre.

La séance de test ne ressembla à rien de ce que Laura avait pu faire jusqu'à présent. Elle retrouva Jared, l'apprenti photographe, Chloé, l'apprentie styliste, et Ben, chargé de transporter l'équipement, à la station Chalk Farm. De là, ils marchèrent jusqu'à Primrose Hill où Jared voulait « prendre des photos en mouvement – tu pourrais courir ou quelque chose dans le genre ».

Laura se changea dans des toilettes publiques, se maquilla et se coiffa toute seule. Quand elle revint se planter devant Jared, une petite foule de gosses s'était rassemblée pour regarder.

— Bon, qu'est-ce que tu veux que je fasse ? demanda-t-elle, les bras ballants.

Jared eut l'air perplexe.

— Eh ben, je sais pas. Des trucs de mannequin, je suppose.

Quand elle prit la pose numéro trois, qu'elle avait passé la journée de la veille à perfectionner, les gamins commencèrent à se moquer d'elle.

— Elle s'la pète grave ! scandèrent-ils.

Bon, c'était toujours mieux que « Pour qui elle se prend, la baleine ? »

— Pourrais-tu avoir l'air un peu moins guindée ? suggéra Jared. Un peu plus naturelle, innocente. J'adore les photos d'Elaine Constantine et j'aimerais bien ce genre d'énergie.

Elaine Constantine. Laura connaissait ce nom. Elle réfléchit. Eurêka ! Elaine Constantine avait pris les photos de ces filles intrépides à vélo qui ornaient le mur de sa chambre à Manchester.

— D'accord, je sais exactement ce que tu veux, dit Laura, le sourire jusqu'aux oreilles.

Et elle se mit à courir en hurlant et en agitant les poings vers les morveux.

— FICHEZ-MOI LE CAMP ! cria-t-elle tandis qu'ils s'égaillaient comme des moineaux.

Jared la mitraillait.

— Ouais, c'est parfait, cria-t-il. Continue comme ça.

Cette séance fut la plus intense à laquelle elle ait participé. Elle fit la roue, le poirier, le cochon pendu à un arbre et, pour le grand final, elle persuada un couple de gays de lui prêter leurs deux dalmatiens. Ils la traînèrent dans tout le parc à la poursuite d'autres chiens.

— Tu as été fantastique, s'enthousiasma Jared quand ils s'assirent un peu plus tard à une terrasse pour boire des Coca light glacés.

Pei-Yi lui avait interdit la caféine, mais elle plaidait les circonstances atténuantes.

— Ça te dit une autre séance-test* le week-end prochain ?

Séance-test signifiait : pas d'argent. Et aucune chance d'impressionner un éditeur de mode qui passerait par là. Mais elle s'était amusée comme jamais cet après-midi. Et puis elle avait beaucoup appris, Jared ayant pris le temps de lui expliquer certains trucs, et ce dans un langage clair.

— Bien sûr, souffla-t-elle. Je vais te donner mon numéro.

— J'ai une copine qui cherche un mannequin pour un test demain, intervint Chloé. Elle te paiera soixante-dix livres et te donnera des tirages.

— Et ma copine est designer, ajouta Ben. Elle a besoin d'un mannequin avec qui travailler pour ajuster ses coupes. Tu fais presque du trente-six, non ?

C'était quoi le contraire de calme plat ? Tempête ? Surmenage ?

Après cet après-midi à Primrose Hill, son numéro circula entre tous les aspirants photographes, stylistes, créateurs et coiffeurs de Londres. Et Laura ne s'en plaignait pas. Bon, d'accord, peut-être un peu au début, mais à présent elle était bien trop occupée pour se lamenter sur son sort. Sa période perds-du-poidsou-tire-toi était passée, et elle était à présent bien occupée.

C'est vrai, elle n'était pas payée. Mais elle avait récupéré des super clichés pour son book (et quelques-uns vraiment affreux pris par des étudiants en photo qui auraient bien de la chance s'ils étaient acceptés en troisième classe[1]), quelques vêtements et, cerise sur le gâteau : elle travailla pour un coiffeur qui, en échange, rendit à sa chevelure toute sa splendeur d'antan grâce au miracle des extensions.

Personne ne semblait plus se préoccuper du fait qu'elle ne pouvait toujours pas enfiler du trente-six. Pei-Yi lui avait formellement interdit de monter sur un pèse-personne (Laura obéissait, certaine que ses pouvoirs télépathiques l'informeraient immédiatement si elle outrepassait ses ordres) sous prétexte qu'elle construisait des muscles qui pesaient plus lourd que le gras. Mais quelque chose avait changé : son corps était devenu *tonique*. Alléluia ! À part un écart un samedi soir (toute seule à l'appart, elle avait noyé son chagrin dans un pot de Ben & Jerry's au chocolat), elle était devenue un modèle de vie saine. Avec son porridge matinal (elle avait découvert la combinaison gagnante avec fraises et éclats d'amande), neuf portions de fruits et légumes par jour et quelques filets

_____

1. Dans les universités anglaises, les étudiants d'une même année sont répartis en quatre classes selon leur niveau, la première rassemblant les meilleurs.

de poulet grillé, elle n'avait même plus l'impression d'être au régime. Manger correctement était devenu une habitude. Elle avait également abandonné la salle de sport, préférant courir autour de Regent's Park avec The Go ! Team dans son iPod. Mais elle était toujours loin de pouvoir entrer dans la robe Lanvin...

Quelques jobs payés commençaient-ils à tomber au compte-goutte, grâce à son nouveau réseau d'amis. Quelques photos pleine page pour un magazine d'ados et des clichés beauté pour une revue japonaise underground ne souffraient évidemment pas la comparaison avec la couverture de *Vogue* Australie d'Irina, mais c'était un début.

Et puis tous ces jobs lui donnaient l'occasion de jauger la concurrence sans trop de pression. Les filles d'Europe de l'Est se montraient extrêmement professionnelles : de vrais robots. Il arrivait que quelques narines se dilatent et que quelques cheveux soient tirés si on les contrariait pendant qu'elles se préparaient. Mais, sur le plateau, Laura se sentait comme une mule face à des pur-sang.

Toutes les autres filles étaient minces, longues et élancées, avec des jambes interminables qui semblaient leur remonter jusque sous les bras. Même la fille de seize ans, inexpérimentée, qui l'accompagnait pour cette séance photos. Malgré la présence de sa mère, apparemment toujours collée à ses basques, elle tremblait comme une feuille devant l'objectif.

À l'occasion d'un feuilleton « pulls », Laura et elle devaient jouer les meilleures amies du monde, même si on n'avait pas vraiment pris la peine de les présenter.

— Oublie l'appareil photo, lui souffla Laura.

— Je l'ai sous le nez, protesta la fille. Et ce truc en laine me démange, c'est horrible.

Laura pouvait sentir l'impatience du photographe qui marmonnait entre ses dents. Elle tripota pensivement la frange de son écharpe avant de l'ôter en vitesse.

— Tiens, attrape ! s'exclama-t-elle en lançant une extrémité de l'écharpe vers la fille.

Avant que celle-ci n'ait eu le temps de la saisir, Laura l'attira de nouveau à elle d'un coup sec. La fille se détendit peu à peu et accepta de jouer avec elle.

Le photographe les mitrailla jusqu'à ce qu'elles s'effondrent sur le sol du studio.

— Tu peux remercier Laura, gronda-t-il.

Mais la novice avait déjà filé retrouver sa mère et la boîte de beignets qu'elle tenait à la main. Laura s'étira en se tortillant. Cette laine démangeait vraiment terriblement.

— Tu es chez Fierce, c'est ça ? lui demanda le photographe en lui tendant une bouteille d'eau. Une des filles d'Heidi ?

En général, c'était à ce moment qu'elle se faisait mousser. Au lieu de ça, elle se contenta de hocher la tête.

— Ouais, et je suis disponible pour tout : séances photos, spectacles et bar-mitsva, énuméra-t-elle d'une voix volontairement traînante.

— Je tâcherai de m'en souvenir. Tu as des traits symétriques, ajouta-t-il avant d'aller passer un savon à son assistant à propos d'éraflures découvertes sur le colorama*.

Laura avait hâte de se débarrasser de son pull. Sa partenaire était en train d'ingurgiter des beignets à une telle vitesse qu'ils touchaient à peine ses lèvres. Pendant une seconde, Laura les détesta, elle, sa maigreur et son métabolisme. Encore une seconde et la haine passa. Du porridge tous les jours au petit déjeuner, ça n'était pas si mal.

Dix minutes plus tard, elle était prête. Il ne lui restait plus qu'à passer aux toilettes avant d'aller retrouver quelques-uns de ses nouveaux amis photographes dans un bar.

Assise sur la cuvette, Laura contemplait son nombril. La chair qui l'entourait avait clairement fondu. La porte de la cabine à côté de la sienne se referma, la tirant de sa rêverie. Elle remonta la fermeture Éclair de son mini-jean et s'immobilisa : pas de doute, sa voisine vomissait. Serait-il totalement déplacé et indiscret de lui demander si elle se sentait bien ? Avant que Laura n'en ait eu l'occasion, une autre personne arriva et cogna à la porte d'à côté.

— Tu as bientôt fini ? demanda une femme. N'en oublie pas, hein !

— Deux secondes, m'man, j'ai presque terminé.

Tétanisée, Laura reconnut la voix.

— C'est vraiment dommage que tu bloques devant l'objectif, continua la femme. Parce que tu es beaucoup plus mince et jolie que cette fille. On travaillera ça une fois à la maison.

En guise de commentaire, on entendit d'autres bruits de régurgitation.

Laura se laissa glisser le long du mur et s'assit par terre, les paumes enfoncées sur ses yeux. Elle pouvait à peine respirer. Si elle avait pu, elle aurait tiré cette fille jusqu'à elle par-dessous la cloison et appelé Allô Enfance Maltraitée.

Dès que Gentille Maman et sa poupée furent parties, Laura attrapa fébrilement son portable.

— Laura, il faut que tu arrêtes de pleurer : je ne comprends pas un mot de ce que tu racontes, soupira Heidi en lui tendant un mouchoir. Je vais te chercher à boire.

Laura se moucha et se rencogna un peu plus dans le canapé rose bonbon. L'heure de fermeture de l'agence était passée depuis longtemps. Elle n'avait pu attraper sa bookeuse que parce que celle-ci attendait un appel de Los Angeles.

— Tiens. (Heidi lui tendit une bouteille d'eau et s'assit en la regardant avec attention.) Bon, raconte-moi ce qui ne va pas.

Laura parvint enfin à contrôler ses sanglots et put bafouiller son rapport sur la séance de vomi et le sinistre sponsor maternel.

— Je ne savais pas quoi faire. J'ai pensé que tu pourrais m'aider, conclut-elle, hésitante.

Heidi se pencha en avant et la prit dans ses bras avec une telle spontanéité que Laura en fut presque plus pétrifiée que par la scène des toilettes.

— Ça devrait être facile de retrouver pour quelle agence elle travaille. Ensuite, j'aurai une petite discussion avec son bookeur, en espérant que ça serve à quelque chose.

— Il devrait l'envoyer se faire aider, renifla Laura – à ce stade, le mouchoir en papier ressemblait à de la bouillie. Et sa mère mériterait qu'on l'enferme. Je suppose que c'est pour ça que Ted s'est énervé quand j'ai fait cette blague sur la boulimie.

— Le monde de la mode n'est pas joli joli, concéda Heidi en se redressant et en croisant les jambes.

Ce soir-là, elle semblait moins distante que d'habitude.

— J'ai démissionné de mon dernier poste quand, deux semaines avant un important shooting, l'agence a envoyé deux filles taille trente-six chez un médecin se faire prescrire des laxatifs.

— C'est terrible ! s'exclama Laura.

Décidément, avec ses courbatures et ses smoothies, elle était plutôt bien lotie.

— Donc, tu vas parler à son bookeur ? Tu penses qu'il réagira bien ?

— Je demanderai peut-être à Ted de s'en charger. Il est beaucoup plus convaincant que moi.

Laura prit une minute pour saisir le sens de cette remarque.

— Bon, je saute du coq à l'âne. Viens me voir la semaine prochaine, dit Heidi tandis que Laura descendait la moitié de la bouteille d'eau en une gorgée. Il serait temps de mettre à jour ton portfolio.

Tout à coup, Laura eut un million de questions à poser. Pensez-vous toujours me virer ? Suis-je encore sur les listes de Fierce ? Pourquoi ne m'avez-vous jamais convoquée en presque deux mois ? Elle se retint et prit un ton conciliant :

— D'accord. J'ai des répétitions pour un show étudiant, mais je suis libre à partir de mercredi.

Pei-Yi l'avait rendue totalement zen avec son yoga. De retour de New York, Candy s'était montrée ravie que Laura se joigne à ses leçons du matin. Elle avait même refusé de la laisser payer. « Grâce à toi, je l'ai un peu moins sur le dos, avait-elle expliqué. De plus, ma vieille, ta salutation au soleil laisse encore à désirer. »

Laura étira ses jambes avant de se rendre compte qu'Heidi venait de lui parler.

— Excuse-moi, j'ai décroché.

— Je te demandais de quel show étudiant tu parlais.

— Oh, c'est un défilé organisé au Central Saint Martins College par un couple en dernière année. Candy les connaît de je ne sais où...

Laura farfouilla dans son sac à la recherche du bout de papier chiffonné sur lequel elle avait gribouillé les détails.

— S'agirait-il du défilé Jack & Jane ?

— Hum, ouais. Comment sais-tu ça ? demanda Laura avec curiosité. Tu ne vois pas d'objection que j'y participe ? Je n'ai aucune expérience du podium, mais j'ai travaillé ma démarche. Les talons de dix centimètres ne me font plus peur.

— Mon Dieu, est-ce bien la même Laura que j'ai devant moi ?... Bien sûr que tu peux y participer. Il y a plein de jolies rumeurs qui circulent à leur sujet. On les compare à Antoni & Alison. Tu m'épates. Cela dit, j'ai aussi entendu tout un tas de compliments sur toi...

Les remarques d'Heidi étaient si inattendues que Laura ne sut comment réagir.

— Genre quoi ?

— Ça peut attendre la semaine prochaine, décida Heidi avec un sourire énigmatique. Bon, j'aimerais arriver chez moi avant le début de *Lost*. Tu prends le métro avec moi ?

Laura montra ses tennis du doigt.

— Je parcours toutes les distances de moins de huit kilomètres à pied. Mes ampoules le prouvent.

241

— Je n'en reviens pas, Laura. On dirait que tu t'es fait enlever et rééduquer par des Martiens.

Heidi se leva et lui lança un regard pénétrant – malheureusement toujours aussi insondable.

— Je te conseille de mettre de la glace sur ton visage en arrivant chez toi, sinon tu vas être toute bouffie demain.

Une chose était sûre : faire semblant d'être magnifique demandait beaucoup plus de travail que se contenter d'être jolie.

Chapitre dix-huit

L'atmosphère dans les coulisses frôlait l'hystérie. Laura observait la folie ambiante du haut d'un tabouret bancal sur lequel elle était perchée en petite culotte, les seins – toujours aussi plantureux – plaqués sous un bandeau. Elle continua de s'appliquer délicatement de l'eye-liner en écoutant Jane hurler à pleins poumons :

— Dix minutes, tout le monde ! Je veux voir tous les mannequins prêts à enfiler leur tenue dans soixante secondes max, sinon je commence la distribution de baffes.

Son mari, Jack, fumait cigarette sur cigarette dans un coin, totalement inefficace.

En se concentrant sur le tracé d'une ligne verte sur ses paupières, Laura parvint à oublier le trac qui l'envahissait. Une simple couche de gloss sur ses lèvres et hop ! – elle était prête. Elle glissa du tabouret et se précipita vers Jane.

— Habille-moi.

Jane claqua des doigts à l'intention d'une de ses copines recrutées en renfort. À elles deux, elles emprisonnèrent Laura dans une robe rouge ajustée. Quand la jeune fille leva une main pour lisser le corsage, Jane l'arrêta d'une tape.

— Ne touche pas le tissu, gronda-t-elle en l'arrangeant elle-même avant de faire bouffer les volants à l'arrière de la jupe. Et rappelle-toi : sois gaie et effrontée. Vas-y ! C'est ton tour.

Jane coinça sa main sous le bras de Laura et la tira jusqu'aux rideaux frémissants. Puis elle la poussa au travers, sans même lui laisser le temps de réaliser ce qu'elle allait affronter. Et voilà : elle *était* sur ce satané podium... D'une blancheur immaculée, il semblait s'étendre à l'infini au milieu d'une mer de spectateurs où crépitaient les flashs des appareils photo. En avançant la jambe, Laura sentit une énergie folle parcourir son corps, comme si quelqu'un venait de lui vider une seringue d'adrénaline en plein cœur, façon *Pulp Fiction*.

Le satin rouge de la robe bruissait contre ses cuisses quand Laura prit de la vitesse. La peau parcourue de picotements, elle essayait de se rappeler ce qu'elle avait appris en regardant Daria Werbowy sur Fashion Channel. *Ne marche pas trop vite. Garde la tête haute. Balance les bras.* Elle avait déjà atteint le bout de la passerelle* où elle prit la pose. Bien que le mouvement n'eût jamais bien rendu devant le miroir de la

244

salle de bains, Laura ajouta un tortillement insouciant des hanches à la virevolte de son demi-tour.

Elle n'eut pas le temps de se demander si elle l'avait réussi car le mannequin suivant avait déjà fait son entrée sur le podium. Elle repartit donc en ondulant vers les rideaux. Par-dessus le morceau des Franz Ferdinand, *Do You Want To ?*, elle entendit clairement des applaudissements, et peut-être même quelques sifflements approbateurs. C'était fou l'effet que pouvaient avoir quelques robes sur les gens.

Une fois à l'abri derrière la tenture, Laura chercha désespérément du regard quelqu'un qui l'aide à ôter sa robe.

— Laura ! Qu'est-ce que c'était que ce balancement de fessier ? brailla Jane en se précipitant vers elle.

— Je suis désolée, ça m'a semblé…

— J'ai adoré ! s'exclama Jane. Lève les bras que je te sorte de là. C'était parfait. Je change ta prochaine tenue. Je veux que tu portes la robe de mariée avec la mini-crinoline. Tu es la seule qui ait la silhouette pour la remplir. Tu passes donc en dernier. Et je veux que tu improvises quelque chose d'encore plus scandaleux quand tu feras ton demi-tour, d'accord ?

— D'accord, mais, euh, tu pourrais être un peu plus précise ?

Non, Jane ne pouvait pas. Ayant aperçu un mannequin aux prises avec une fermeture Éclair coincée, elle avait déjà filé à son secours.

Si, jusque-là, Laura s'était sentie nerveuse, elle était à présent absolument terrifiée. Que ce soit pour un show étudiant ou un défilé Louis Vuitton, la dernière tenue d'un défilé (toujours une robe de mariée) représentait un enjeu considérable. De plus, voilà qu'on exigeait d'elle du spectaculaire quand elle en était encore à se réjouir d'avoir réussi à tenir debout sur le podium.

Laura essaya de se recentrer en ouvrant son chakra Manipura, mais, tandis qu'on la sanglait dans un corset, elle dut se contenter de respirer en louchant sur ses seins qui lui remontaient presque jusqu'au menton.

— Trente secondes, cria quelqu'un alors qu'elle enfilait la jupe de bombasin noir et raide.

Là d'où elle venait, les robes de mariée n'étaient ni noires ni pigeonnantes.

Laura prit place dans la file de mannequins et se creusa les méninges en quête d'un autre mouvement aguicheur. La fille devant elle passa les rideaux, et elle n'avait toujours rien trouvé.

On lui fourra un bouquet de roses fanées dans les mains. Quand Laura reprit ses esprits, elle s'avançait déjà sur la passerelle. Au moment du demi-tour, elle ajouta un brin d'insolence à son balancement de hanches et réussit un clin d'œil aux objectifs. Mais cela ne suffisait pas. Elle s'était monté la tête : ce n'était pas parce qu'elle avait perdu un peu de son gras de bébé, posé pour des photos potables et découvert l'humilité qu'elle pouvait devenir top model.

Oh, la ferme, Laura ! Arrête de pleurnicher et fais quelque chose de scandaleux, là-maintenant-tout de suite. Sa petite voix intérieure ressemblait fort à celle de Candy, ces jours-ci – d'ailleurs, que ferait Candy ? Hum, que ne ferait *pas* Candy ?

Alors que les rideaux se rapprochaient, Laura s'arrêta et, sans se laisser le temps de se dégonfler, elle jeta son bouquet fané dans l'assemblée. De ses mains libres, elle souleva sa jupe et, se penchant en avant, présenta au monde entier sa petite culotte jour de la semaine.

Il y eut un silence. Puis un brouhaha de tous les diables se fit entendre. Laura ne put définir s'il exprimait de l'enthousiasme ou de la réprobation. Franchement, elle n'avait pas l'intention de s'éterniser pour le découvrir. Son instinct lui hurlait de prendre ses jambes à son cou, mais elle se força à terminer de parcourir avec calme le podium, l'air de rien, comme si exhiber le mot « mercredi » étalé sur ses fesses lui arrivait régulièrement.

Elle poussa les tentures et marcha droit vers les bras de Jane.

— Je-t'a-dore, couina celle-ci. Vraiment. D'ailleurs je vais divorcer de Jack pour qu'on puisse se pacser.

— J'ai peur que ça ne marche pas entre nous, répondit Laura, hésitante. Ça t'a plu ? Je n'étais pas sûre, et puis je me suis décidée à tenter le coup.

— Écoute les applaudissements ! Si on n'est pas dans les journaux demain, c'est qu'il n'y a pas de justice en ce bas monde, annonça Jack derrière Laura.

Une énième cigarette coincée entre les lèvres, il saisit une main de Laura tandis que Jane attrapait l'autre.

— Prête à aller saluer ?

Le lendemain matin, Laura fut réveillée par les sonneries et autres vibrations de son portable. Il bipait toutes les deux minutes, et elle dut se résoudre à sortir de son lit pour aller l'éteindre.

La nuit avait été longue. Les événements de la veille lui revenaient par bribes, comme dans un brouillard. Elle se souvenait d'avoir retrouvé Hadley et Candy, qui l'avaient accueillie en hurlant, à la soirée d'après-défilé organisée dans un club d'ouvriers à Shoreditch. Elle crut se rappeler un karaoké avec des drag queens – ou s'agissait-il d'un rêve particulièrement réaliste ? Et elle avait clairement le souvenir d'un duel de danse avec Chloé, son amie styliste, qu'elle avait battue à plate couture sur « Hollaback Girl ». La nuit s'était terminée sur une petite leçon de vie : ne jamais prendre le bus de nuit avec Hadley, parce qu'elle finissait par vomir, pleurer et hurler à pleins poumons : « Je déteste les transports en commun ! »

Ouais, décidément, Laura avait bien besoin d'un petit rab' de couette avec Carotte, son lapin en peluche.

Bang. Boum. Craaac.

— Tu vas jamais le croire ! hurla Candy qui jaillit dans la chambre de Laura et se mit à faire des bonds sur son lit. Regarde !

— Dégaaaaaaage, suggéra Laura d'une voix endormie.

Mais Candy lui arracha la couette et fourra quelque chose sous son nez. Les yeux de Laura tardèrent à faire la mise au point sur le journal. Elle finit par voir la photo d'un petit derrière ferme, surmontée d'un titre : « Cul sec ! »

— Tu fais la une du *Sun*, et le *Daily Mail* a publié un long article sur le retour des filles pulpeuses, s'exclama Candy. Oh ! le *Guardian* parle des petites culottes jour de la semaine.

Laura se redressa en poussant un soupir horrifié.

— Ma mère va me tuer !

Elle était encore au téléphone à plaider sa cause – « Au moins je ne portais pas de string ! Il faut voir le bon côté des choses » – quand Ted et Heidi arrivèrent. Avec leurs sourires jusqu'aux oreilles, Laura faillit ne pas les reconnaître.

— Franchement, Laura, qu'est-ce qui t'a pris ? insistait sa mère. Exhiber tes sous-vêtements ! Qu'est-ce que les gens vont penser ?

— Je sais, je sais, marmonna Laura.

Elle accueillit Ted et Heidi en agitant mollement la main, regrettant qu'ils la surprennent en tee-shirt informe et pantalon de yoga.

— Mais ne t'inquiète pas : demain, tout le monde aura oublié.

— Facile à dire pour toi. Moi, je ne sais pas comment je vais pouvoir me remontrer à mon groupe de lecture. Quant à ton père, il est *mortifié*. Il n'arrive même pas à regarder ses corn-flakes en face et...

— M'man, il faut que je te laisse, l'interrompit Laura, frénétique.

Ted et Heidi considéraient avec un dégoût évident les piles de magazines et les canettes de Coca light vides qui jonchaient le sol de sa chambre.

— Je suis vraiment désolée. Tu pourras continuer de me gronder plus tard, promis.

— Mais je n'ai pas...

Elle n'était pas fière de raccrocher ainsi au nez de sa mère, mais certains problèmes urgeaient.

— Salut, commença-t-elle en tirant nerveusement sur son tee-shirt. Ça faisait un bail.

— Tu as des pommettes, déclara Ted en guise de salutations.

Il l'attrapa par l'épaule et la fit pivoter face à la fenêtre pour mieux la dévisager.

— Elle m'avait semblé plus mince l'autre jour à l'agence, mais son visage était bouffi par les larmes et elle portait un manteau, nota Heidi. (Elle s'assit en tenant précautionneusement une chaussette esseulée entre son pouce et son index.) Cet appartement est un dépotoir.

— Mmmm, il est clair qu'elle a minci. Probablement parce que sa tête et ses chevilles ont dégonflé. C'est parfait. (Ted fit un geste vers les journaux étalés sur la table basse où les avait abandonnés Laura.) Et ça, chérie, c'est le jackpot.

Laura regardait Ted d'un air éberlué.

— Hein ?

— Va chercher tes dernières photos. On va s'assoir et discuter un peu. (Heidi brandissait son Blackberry comme une hache de guerre.) Oh, je ne ferai aucun commentaire sur tes extensions...

Laura s'arrêta à mi-course et tripota les pointes de ses cheveux artificiels.

— C'était gratuit, dit-elle, sur la défensive, avant de se gratter. Mais ça démange.

Ted et Heidi échangèrent un regard.

— Salle de bains ? demanda Heidi.

— Tout droit par là, seconde porte à gauche, marmonna vaguement Laura. Hé ! Qu'est-ce qui...

Elle fut propulsée sans ménagement vers la salle de bains, où elle se retrouva face au miroir, coincée entre ses deux agents.

— Qu'est-ce que tu vois ? demanda Heidi au reflet de Laura.

La jeune fille osa à peine lever les yeux.

— Il y a une tache de confiture sur mon tee-shirt, il faut que je me lave les cheveux et, euh, mes sourcils auraient besoin d'une petite séance d'épilation.

Ted émit un grognement outré.

Il rassembla ses cheveux en une queue de cheval lâche, si bien que Laura n'eut plus d'autre choix que d'examiner son visage encore fripé par le sommeil. Bien sûr, elle avait passé plus de temps que nécessaire devant cette glace, mais seulement pour concocter de nouvelles poses.

Laura contempla ses traits. Puis elle cligna des yeux. Ce fut comme de regarder une de ces images magiques en trois dimensions : avec lenteur, se détachant de son visage, apparurent une paire de pommettes élégantes, des yeux qui n'avaient jamais semblé aussi grands et un menton pointé en avant qui donnait l'impression que ses lèvres faisaient en permanence la moue. Et même si elle n'avait jamais été Miss Acné, à présent sa peau rayonnait littéralement – en dépit des marques d'oreiller. Ted lâcha ses cheveux et la vision disparut.

— Tu sais ce que je vois ? demanda Ted à Heidi. Mon fonds de retraite.

Laura les regarda.

— J'arrive à remonter la fermeture Éclair d'une taille trente-six, mais uniquement en retenant ma respiration. Toutes les autres filles sont plus minces que moi.

Elle fit un pas en avant et souleva son tee-shirt de façon à leur montrer son ventre. Il n'était pas plat. Il ne le serait jamais. Mais il terminait en une inclinaison douce et non plus en pente raide. Étonnée, elle toucha sa taille et se tourna pour se contempler de dos. Elle avait encore de bonnes fesses, mais fermes et toniques, qui ne tremblèrent pas quand elle osa agiter les hanches.

— Gisele Bündchen, annonça Ted d'une voix ferme.

Heidi secoua la tête.

— Plutôt Cindy Crawford au début de sa carrière de top model. Monte sur la balance.

— Mais Pei-Yi dit...

— Balance. Tout de suite, insista Heidi en dégainant un mètre de la poche de sa veste.

Laura alla chercher le pèse-personne dans le placard sous le lavabo.

— Laissez-moi juste vérifier qu'elle est bien sur zéro, dit-elle pour gagner du temps.

Mais Ted la souleva et la posa dessus.

— Ne cherche pas à gagner du temps, chérie.

— Tu vas te récolter une hernie, glapit-elle.

Laura ferma les yeux quand l'aiguille entama sa progression fulgurante.

—– Voilà qui est mieux, dit Heidi avec une satisfaction sévère, positionnant déjà le mètre autour des seins de Laura. Quatre-vingt-six centimètres, c'est OK.

Quand Heidi atteignit sa taille, Laura eut l'horrible impression de subir une fouille au corps.

— Soixante-trois et demi ! Ce doit être une erreur, attends. (Elle se tourna vers Ted, le regard teinté de respect.) Elle fait du soixante-trois centimètres et demi de tour de taille et quatre-vingt-dix de tour de hanches !

Laura avait plissé les yeux.

— Je sens que nous sommes à l'aube d'une nouvelle ère, déclama Ted. Les courbes sont vraiment de retour, et j'en ai la preuve devant moi.

Laura rouvrit les yeux pour vérifier qu'Heidi et Ted n'étaient pas en train de se moquer d'elle.

— Je vous avais bien dit que je ne rentrais pas encore parfaitement dans du trente-six. Peut-être que je pourrais courir vingt minutes de plus par jour.

— Quoi que tu fasses, continue, conseilla Heidi. J'espère que tu n'avais rien de prévu d'ici la fin de la semaine, parce que les trois jours qui viennent sont bookés. Va te préparer... Et enfile quelque chose d'ajusté, nous sommes attendus à Mayfair à dix heures !

Chapitre dix-neuf

Laura n'allait plus à des go and see mais à des rendez-vous et des réunions où quelqu'un l'attendait et se comportait comme si sa simple présence constituait une source intarissable de ravissement.

— Je suis amoureuse de son rapport taille/hanche ! s'exclama une rédactrice de mode tandis que Laura enfilait une robe Roland Mouret très près du corps. Je suis tellement fatiguée de toutes ces brindilles.

— Elle a un air d'Angelina Jolie, en plus cool, plus jeune, déclara le directeur du bureau new-yorkais de Fierce. Nous aurons besoin d'une version numérique de son book pour le faire circuler plus rapidement.

— Son assent est tellement ezotique, oui ?

Un designer italien s'était approché de Laura pour la serrer contre sa poitrine. Elle s'efforça de ne pas le repousser.

— Dis quelque chose, chérrrie, ce que tu veux !

Mais les rendez-vous – ou les réunions, appelez-les comme vous voulez – ne débouchaient pas forcément sur des contrats. C'est ce que Laura fit remarquer à Ted quand ils eurent pris place à l'arrière d'un énième taxi. Toute la semaine, elle avait été chaperonnée soit par lui, soit par Heidi. Celle-ci s'était comme par miracle détendue, mais Laura préférait de loin la compagnie de Ted – notamment parce qu'il rapportait quantité de ragots croustillantissimes sur les mannequins et autres célébrités de Fierce, tandis que, éberluée, Laura couinait : « Vraiment ? Non ! Avec une fille de Poméranie ? Tu plaisantes ! »

Un vendredi matin, dans un autre taxi en route vers One Aldwych pour prendre un « café rapide » avec… (elle n'arrivait pas à se souvenir de qui, mais il s'agissait de gens très importants puisqu'elle avait reçu l'ordre de se pomponner à mort), Laura revint à la charge.

— Comprends-moi bien, Ted. J'ai passé une excellente semaine. Toi et Heidi avez vraiment été adorables, mais je connais la chanson. Lundi matin, je peux parfaitement me retrouver à devoir me changer dans des toilettes publiques pour un aspirant photographe qui ne sait même pas faire une mise au point.

Laura s'enfonça dans la banquette et regarda par la fenêtre les lumières des néons de Soho se réfléchir dans les flaques.

— Je ne veux pas me monter la tête simplement parce qu'on m'a accordé quelques rendez-vous.

Elle semblait tellement *mûre*. À quel moment avait-elle grandi ? Ted sourit avec prudence. Laura avait toujours autant de mal à le cerner. Il aurait ses chances au championnat du monde de poker.

— Si tu pouvais faire des photos pour n'importe quel magazine du pays, lesquels choisirais-tu ? demanda-t-il avant de se pencher vers le chauffeur pour le prier d'éviter Cambridge Circus.

Laura n'eut pas besoin de réfléchir longtemps.

— En rêve, *Vogue*, sans hésiter. Et dans la réalité : *Polka Dot*.

— Pouvez-vous tourner à gauche et ensuite traverser Seven Dials ?

Ted croisa les bras et lui adressa un petit sourire satisfait.

— Je ne m'étais jamais imaginé dans le rôle de la fée Marraine, mais cette fois, c'est fait !

— Qu'est-ce qui est *fait* ?

— Je comptais attendre que nous en ayons terminé avec cette petite réunion, mais je n'en peux plus de tenir ma langue. Tu vas faire une beauty story de dix pages pour *Polka Dot* la semaine prochaine, et *Vogue* t'a réquisitionnée pour présenter la nouvelle collection de quelques jeunes créateurs. Tu as été choisie à l'unanimité par leur staff.

— Tu ne serais pas encore en train de me raconter des salades ? demanda Laura, fâchée.

Ted lissa le revers de son costume Yohji Yamamoto.

— Croix de bois, croix de fer ! Mais je te préviens : si tu oublies d'être charmante et délicieuse pendant cette rencontre, je t'étrangle avec ma cravate. C'est clair, ma douce ?

Par miracle, Laura réussit à contenir son excitation et son impatience. Suivant les consignes de Ted, elle se montra « charmante et délicieuse ». Elle trouva d'ailleurs plutôt amusant de boire du thé vert et du milk-shake au soda en discutant de la prochaine saison du Manchester United avec deux Italiens très excités. Zilli et Costello étaient les fondateurs d'une grande marque de haute couture, The House of Augustine... et deux fans de l'AC Milan. Pour la première fois de sa vie, Laura se félicita d'avoir regardé avec Tom des retransmissions de matchs de D1 : elle découvrit qu'elle était capable de parler de façon assez convaincante des transferts de joueurs, et même de faire des pronostics sur le vainqueur de l'Euro 2008 ! Mais elle ne comprenait toujours rien à ce rendez-vous. Qu'est-ce que Ted pouvait chuchoter à l'oreille de Zilli pour que ce dernier la dévore ainsi des yeux... ?

Une fois libérée des Italiens, elle n'eut le temps ni de cuisiner Ted ni d'exploser de joie à propos de *Polka Dot* et de *Vogue – Vogue !* Son bookeur devait filer rejoindre son petit copain pour déjeuner. Quant à elle, elle avait un train à attraper.

Après l'épisode de la petite culotte, la meilleure façon d'apaiser sa mère consistait à lui rendre visite. Pour mettre toutes les chances de son côté, Laura lui avait acheté une grande bouteille de son parfum préféré.

Manchester était vraiment bizarre, se dit la jeune fille en regardant par la fenêtre du bus qui l'emmenait de la gare à chez elle. Petit, crasseux et humide. C'était un monde de boutiques tristounettes, de bus pas rouges et d'enfants rentrant de l'école. Elle ne parvenait pas à se rappeler la dernière fois qu'elle avait vu un collégien en uniforme.

Un peu plus tard, quand elle passa le coin de sa rue en traînant sa valise, elle eut l'étrange impression qu'ici le temps avait été mis sous cloche – ou du moins que, pendant qu'elle arpentait les rues de Londres, avec toujours cinq minutes de retard pour son cours de yoga, une séance photos ou un verre avec une nouvelle connaissance, elle avait vécu dans une autre dimension. Laura poussa la grille du jardin. En la refermant, elle vit Mme Veeraswamy, une voisine qui habitait deux maisons plus loin, traverser la chaussée en tirant péniblement son Caddie. Du déjà-vu à Didsbury...

N'ayant pu mettre la main sur ses clés, égarées dans sa chambre à Camden, Laura sonna. À travers les vitres embuées, elle vit son père traverser tranquillement l'entrée. Quand il eut ouvert la porte, il resta un moment pétrifié, puis reprit ses esprits.

— On se connaît ? demanda-t-il, taquin, tandis que Mme Parker jaillissait hors de la cuisine. Vous n'avez pas été notre fille, un jour ?

— Pour l'amour du ciel, Frank, laisse entrer cette peste. J'ai des gifles à distribuer.

Heureusement, elle se contenta de la plus longue des étreintes et d'une tape sur la croupe.

— Tu n'as pas intérêt à perdre plus de poids, sinon je n'aurai plus aucune satisfaction à fesser ce scandaleux derrière, grogna sa mère.

Laura feignit l'indignation avant de fléchir un bras tonique.

— Je suis toute « yogacisée », maintenant. Tu devrais voir ma salutation au soleil : elle est carrément mieux que la tienne. (Ce fut au tour de sa mère de s'offusquer.) Je plaisante. Bon, je vais mettre tout de suite ma valise dans la cuisine : elle est pleine de linge sale.

— Laisse ! Ton père va le faire. Je vais lancer la machine et ensuite on pourra prendre une tasse de thé. Oh, Laura, tu nous as tellement manqué ! Va t'asseoir, repose-toi, ma chérie.

Hélas, l'impression d'être la reine en visite ne dura que cinq minutes. Quand elle fut réprimandée pour avoir mis sa tasse sur la table sans utiliser de sous-verre, Laura sut qu'elle était rentrée à la maison. De toute façon, elle n'arrivait pas vraiment à se détendre, sachant que La Discussion approchait. Laura apprécia que sa mère se retienne pendant le dîner et attende le moment où elles chargeaient ensemble le lave-vaisselle pour vider son sac.

— Tu as changé, osa Mme Parker en rinçant un plat à rôti sous le robinet. Pas seulement physiquement. Dans ton attitude aussi.

— Mais d'une bonne façon, m'man, la rassura Laura. J'ai l'impression d'avoir beaucoup mûri ces dernières semaines. Et j'en avais besoin !

— Tu étais très bien comme tu étais, insista sa mère d'un ton ferme. Tu n'as que dix-sept ans, Laura. Personne ne peut exiger que tu te comportes en adulte.

Laura inspira profondément.

— J'étais une vraie peste. Il fallait toujours que tout se passe comme je l'avais décidé, et quand ça n'était pas le cas, je ne le supportais pas. Et maintenant, si – en quelque sorte.

Sa mère se raidit.

— Es-tu en train de suggérer que ton père et moi t'avons trop gâtée ?

— Pas du tout. Mais j'ai des parents adorables qui m'ont eue tard, et nous savons bien toutes les deux qu'il m'est arrivé d'en profiter plus souvent qu'à mon tour. (Sa mère se détendit légèrement devant cette évidence.) En plus, je me la suis toujours coulée douce en croyant qu'être jolie m'ouvrait toutes les portes. Il était temps que je redescende sur terre.

— Alors, si je comprends bien, tu comptes vraiment te lancer dans cette carrière ? Tu ne rentreras pas à la maison et tu arrêtes le lycée ?

Sa mère fixait le tiroir à couverts. Sur son visage, Laura reconnut l'expression qu'elle arborait quand elle regardait un documentaire sur des bébés malades et qu'elle s'empêchait de pleurer.

— M'man. (Laura tira sur sa manche pour la forcer à se retourner et la serra dans ses bras.) Ce boulot me plaît. Je ne parle pas du porridge ni des heures d'attente dans des studios pleins de courants d'air... Mais quand je suis devant l'objectif ou que je participe à un défilé, je me sens vivante, entière. Tu comprends ?

— Eh bien, non... Enfin... (Sa mère ébouriffa ses extensions.) J'éprouve la même chose quand je jardine, déclara-t-elle avec un sourire modeste. Ah, là, là... Jamais je n'aurais pensé que tu ressentirais le besoin de nous quitter avant tes dix-huit ans.

— Ouais, je suis devenue mannequin pour fuir mes parents et leur régime totalitaire, plaisanta Laura. Ne dis pas de bêtises. Alors ? Tu es d'accord avec tout ça ?

— Qu'est-ce que ça changerait si je ne l'étais pas ? demanda doucement sa mère.

Laura ne trouva aucune réponse satisfaisante.

Cath le lui avait déjà dit au téléphone. De toute façon, Laura l'aurait découvert en consultant la page MySpace de Tom – simple curiosité, si, si ! Elle tomba sur une photo de lui et Cassie tout collés-serrés, avec ce commentaire écœurant : « *Bon anniversaire de 2 mois au petit copain le + chouette du monde. Je t'M, chou. Tcho.* »

— Je me doutais bien qu'il ne s'agissait pas seulement de bisous alcoolisés, déclara Laura à Cath et Jen le samedi soir.

Assises à une table du Loaf[1], elles buvaient leurs cocktails en essayant de ne pas avoir l'air trop à l'affût de joueurs égarés du Manchester United. Heidi, devenue la plus douce, la plus adorable des bookeuses du monde, avait réussi à mettre Laura sur la liste des invités.

— Il n'a même pas eu la décence de rester quelque temps le cœur brisé. Je suppose qu'il a foncé directement dans les bras de cette sorcière en rentrant à Manchester.

Jen fit la grimace.

— Ça n'a effectivement pas traîné. Et figure-toi que Chandra sort avec James. Elle ne nous parle même plus.

— Dur, dit Laura en passant ses bras autour des épaules de ses amies. On dirait que ça n'a pas été tout rose, par ici. Vous tenez le coup ? Je parie qu'il y a eu plein de soirées langues de vipère habilement déguisées en séances de révisions.

— Tu vois, je t'avais dit qu'elle s'était fait greffer une nouvelle personnalité, annonça Cath à Jen d'un ton espiègle. Elle n'arrête pas de me demander comment je vais, et j'ai même l'impression que mes réponses l'intéressent.

---

1. Bar boîte branché de Manchester.

Laura mordit illico à l'hameçon.

— Mais c'est vrai ! s'exclama-t-elle d'un ton coupant tandis que Cath et Jen riaient encore plus fort. (Ce n'était pourtant pas *si* drôle !) J'ai changé, je me suis améliorée : va falloir faire avec.

— On t'aimait aussi avant. Mais, parfois, tu te la racontais un peu, intervint Jen. D'ailleurs, c'est bizarre : tu es beaucoup plus jolie maintenant, mais tu as moins la grosse tête. Enfin bref, tout va bien, et c'est ta tournée, le top model. Je prendrai la même chose.

Laura se leva en faisant mine de râler pour qu'elles sachent bien qu'elle n'était quand même pas devenue parfaite. Elle dut jouer des coudes pour se frayer un chemin à travers une foule de filles bronzées-permanentées, toutes accrochées à la pochette Prada du moment. En arrivant au bar... elle se retrouva nez à nez avec Tom et Cassie !

Pendant une seconde, Laura crut se tromper. D'abord, parce que, quand elle les avait imaginés ensemble, des furoncles purulents recouvraient leurs visages. Les découvrant ainsi, en chair et en os, collés par la hanche comme des siamois, Laura sursauta.

Personne ne dit rien. Et pour cause. Laura s'efforçait de contenir son envie soudaine de hurler : « Je vais poser pour *Vogue*, espèce de loser ! » Quant à Cassie, elle ne pouvait pas parler : sa bouche était tendue à craquer en un sourire suffisant que Laura eut très envie de lui enfoncer dans les gencives à coups de poing. Heureusement qu'elle portait une robe de chez Marni, « empruntée » à Hadley en son absence : Laura sentit à la façon dont Cassie haussa les sourcils une fraction de seconde que la blonde avait compris que *et* Laura *et* sa robe appartenaient à un monde auquel elle ne pouvait accéder. Peut-être est-ce pour cela que la garce planta un baiser sur la joue de Tom. Quitte à marquer son territoire, Laura aurait trouvé plus amusant qu'elle lui fasse pipi sur la jambe.

— Laura, marmonna Tom qui préféra garder les yeux baissés, le lâche. Ça va ?

— Merveilleusement. Et vous ? Comment ça se passe à l'*école* ?

Elle appuya avec condescendance sur ce dernier mot. Tom l'avait peut-être plaquée, mais c'était lui qui devait lever la main pour demander l'autorisation d'aller aux toilettes, du lundi au vendredi de neuf heures à seize heures.

— Et toi ? Avec tes inconnus ? demanda Cassie d'une voix mielleuse.

D'accord. N'y avait-il pas une loi tacite qui vous interdisait de dévoiler les secrets les plus sordides de votre ex à la traînée avec laquelle vous l'aviez remplacée ? Laura se creusa les méninges en quête d'une repartie cinglante. Elle fut sauvée du bide total par une tape sur son épaule. (Merci, mon Dieu.) Elle se retourna, un sourire reconnaissant à Jen ou Cath déjà sur les lèvres, mais elle rencontra le regard sombre et profond d'un… canon.

— Désolé de vous interrompre, dit le beau ténébreux d'un ton tranquille qui suggérait qu'il n'était pas si désolé que ça. C'est assez gênant, mais j'ai parié avec mes amis que tu étais mannequin. Tu as gagné cette émission, non ?

Dans la catégorie « Tentatives d'approche complètement nazes », celle-ci méritait la palme. Pourtant, Laura s'y accrocha comme à un gilet de sauvetage en pleine tempête.

— Tu ne nous interromps absolument pas, répondit-elle d'un ton enjoué en tournant le dos à Tom et Cassie. J'ai en effet gagné cette émission, et en plus je viens d'apprendre que j'allais poser pour *Vogue*. Je peux donc officiellement me considérer comme mannequin.

— Eh bien, alors, je suppose que tu dois me laisser t'offrir un verre pour fêter ça.

Ce type n'était pas son genre. De toute façon, Laura n'avait plus de « genre », parce qu'elle en avait fini avec les garçons. Ils ne valaient pas un cœur brisé. Même les bombes à la peau mate et aux costumes Dior. Mais celui-ci lui offrait l'occasion idéale de disparaître en beauté.

— Cool, s'exclama-t-elle joyeusement. Je suis assise là-bas avec mes amies. Et si tu commandais une bouteille de champagne et venais nous rejoindre avec tes copains ?

Oh, ouais, elle assurait sans problème ! Le type hocha la tête en silence. Laura sentait que si elle lui avait demandé d'ôter sa veste et de l'étendre par terre parce qu'elle trouvait le sol un peu collant, il l'aurait fait.

Elle le laissa l'attraper par le coude comme si, princesse précieuse et fragile, elle était incapable de marcher sans aide. Puis, ô délice, elle s'autorisa à adresser un petit signe de la main à Cassie et Tom avant de s'éloigner avec grâce.

— Ce fut un plaisir de vous voir, lança-t-elle par-dessus son épaule. À plus.

Chapitre vingt

Deux jours plus tard, Laura vit tous ses rêves se réaliser pendant la séance photos pour *Polka Dot*. Et pas seulement parce qu'on posa un diadème dans ses cheveux qui venaient d'être coupés à la garçonne, ni parce qu'elle dut faire des cabrioles avec une sélection hallucinante de mannequins hommes.

La beauty story mettait en scène une simple fête – sauf que *Polka Dot* ne faisait pas dans la simplicité.

— Ça va être cent pour cent rétro, très bal des étudiantes des années cinquante, expliqua Janka, la rédactrice beauté super glamour. On va commencer avec toi en train de te préparer, pince à cils, spray pour les cheveux, bla-bla-bla. Ensuite tu es à la fête, et tu danses, tu flirtes à fond, et soudain... désastre ! Elle joignit les mains dans un geste dramatique. Ton petit copain débarque avec une autre fille ! Tu pleures, le mascara coule sur tes joues... tu es dévas-tée ! Ça va être tout simplement fa-bu-leux.

Toute ressemblance avec des personnages existant ou ayant existé serait fortuite et indépendante de la volonté du mannequin, songea Laura, ironique, en essayant d'ignorer les picotements avertisseurs dans la zone Commande des larmes de son cerveau. Elle n'aurait pas besoin de chercher bien loin pour trouver l'inspiration. Mais elle sourit et essaya d'avoir l'air emballée par cette idée.

Le dur travail de Laura devant le miroir de sa salle de bains porta enfin ses fruits. Elle n'attendit pas qu'on la dirige et ne resta pas non plus coincée comme ça lui arrivait avant. Poser lui venait aussi naturellement que respirer. Elle était à fond dans son rôle, une reine du bal de fin d'année, aussi l'idée l'effleura de changer son nom en Betty-Louise et d'aller s'installer au Kansas.

Mais sept heures, vingt-cinq pellicules, un essai de couverture et six CD de musique de filles plus tard, Laura commença à faiblir. Ses pieds la meurtrissaient, les épingles qui retenaient sa coiffure lui labouraient le cuir chevelu... Seuls les cris d'encouragement à la fin de chaque prise lui faisaient tenir le coup.

— Après, on arrête, promit Janka tandis que Laura se glissait en se tortillant dans sa dernière tenue. Laisse-moi juste... Ne bouge pas la tête. Voilà ! (Elle se recula pour admirer le diadème en diamants perché sur la coiffure bouffante de Laura.) Maintenant, il ne me reste plus qu'à aller chercher le bâton de larmes.

Elle disparut en quête de son kit de styliste. Laura réalisa soudain qu'elle n'avait pas pensé à Tom une seule fois depuis qu'elle avait posé le pied sur le plateau. Elle comprenait enfin l'expression « se perdre dans le travail ». Dingue !

— Alors vous voulez que je pleure, c'est ça ? demanda-t-elle au photographe et à Kat qui était arrivée une demi-heure plus tôt.

— Pas seulement que tu pleures, expliqua Kat. On veut que tu hurles à faire sauter tes yeux de leurs orbites. Il faut qu'on ait mal rien qu'en te regardant. Les lectrices de *Polka Dot* doivent ressentir ton désespoir. Oh, et fais quelque chose avec le diadème... On doit avoir l'impression que tu t'es arraché les cheveux. Vas-y, décoiffe-toi.

Laura plongea ses doigts dans ses cheveux et essaya de faire monter une tristesse profonde. Rien.

Janka apparut en brandissant le bâton de larmes. Laura avait fait une fois l'expérience de ce minuscule instrument de torture pendant *Make me a model*, et elle ne se réjouissait pas à l'idée de la renouveler.

Crispée d'appréhension, elle laissa quand même Janka lui passer le crayon sous les yeux. Elle retint son souffle une seconde avant de s'étrangler : les picotements commençaient, aussi intenses que si on lui avait jeté du piment en poudre au visage.

— Hum. Il va falloir que tu ouvres les yeux pour la photo, eut l'amabilité de lui rappeler le photographe pendant que Janka tartinait avec art ses joues de mascara et d'eye-liner.

— Donne-moi une seconde, gémit Laura en serrant les paupières.

Elle se retourna pour faire face à l'objectif et écarquilla les yeux. Elle tint le temps de trois photos avant de devoir les fermer de nouveau.

— OK, donne-moi encore une seconde.

Il lui fallait s'appliquer. Serrer, plisser, ouvrir. Serrer, plisser, ouvrir. Plutôt qu'à un garçon, Laura pensait au merveilleux moment où elle entendrait « c'est dans la boîte », et où elle pourrait courir s'inonder le visage d'eau froide.

— Peux-tu me donner un peu plus d'émotion, mon chou ? Je vois de la souffrance, mais pas de souffrance *intérieure*, insista le photographe tandis qu'elle battait des cils. Je sais que c'est désagréable, mais j'ai besoin de quelque chose d'un peu spécial.

— Oh, hé ! J'ai une chanson fantastique qui parle d'une soirée de *sweet sixteen* ! Je vais te la passer, gazouilla Kay qui avait vraiment l'entrain d'un lapin Duracell. Attends ! Tu vas voir : ça va te donner le ton juste.

Toute la journée, Laura s'était laissé casser les oreilles par des pop stars des années cinquante, qui évoquaient en roucoulant leurs coups de foudre pour des maîtres nageurs et des intellos à lunettes. Plutôt que l'inspiration, elle craignait que la chanson ne lui donne mal au crâne. Elle ajusta son diadème pendant que Kat tripotait la chaîne stéréo, et soupira intérieurement quand le morceau commença sur une variante de « Joyeux Anniversaire ». Elle en était toujours à serrer-plisser-ouvrir les yeux quand la chanteuse commença à se lamenter sur le fait que tous ses amis s'étaient réunis mais que l'unique personne qu'elle attendait n'était pas venue.

« *I may look stupid to everyone but in my heart I knew you'd never come*[1]... »

Ouais, elle pouvait faire un rapprochement... Laura arrêta de jouer avec ses paupières et se concentra sur les paroles.

« *I open presents and I try to smile but my heart is breaking all the while. We had a quarrel just the night before and now you're not my baby anymore. Oh, what's so sweet about sweet sixteen ? What's so sweet about sweet sixteen ? I can do without it, what's so sweet about it, when I can't share it with you*[2] ? »

Debout, un océan de larmes dégoulinant sur ses joues, le visage frémissant d'une tristesse à peine contenue, Laura avait complètement oublié les effets

---

1. « Ça semble peut-être stupide, mais au fond de mon cœur je savais que tu ne viendrais jamais... »
2. « J'ouvre mes cadeaux et j'essaie de sourire, mais mon cœur se brise. Nous nous sommes disputés hier soir. À présent je n'ai plus d'espoir. Oh, qu'y a-t-il de si doux quand on a seize ans ? Je peux bien m'en passer... Qu'est-ce que ça a de si doux si je ne peux les partager avec toi ? »

douloureux du bâton de larmes et le photographe qui la mitraillait. Désormais, elle ne cherchait plus le souvenir du chagrin : il la submergeait.

— C'est génial ! Attention quand même à ta lèvre inférieure et à tes narines – tu les dilates légèrement. Donne-moi du mouvement, de l'action !

Laura ne se le fit pas dire deux fois. Elle glissa jusqu'à la pile de paquets et commença à arracher les emballages aux couleurs vives, faisant voler en tous sens des lambeaux de papier multicolores. L'explosion n'eut rien d'esthétique ni de photogénique. Elle répondait plutôt à une force obscure, sauvage – n'aurait-ce pas été fantastique si, au lieu de papier-cadeau, c'eût été les entrailles de Tom qu'elle piétinait de ses adorables chaussures à paillettes ? Et maintenant, le bouquet final : à coups de pied, Laura envoya valser aux quatre coins du studio ce qui restait de paquets et croisa les bras pour les regarder s'écraser par terre comme des missiles balistiques.

— Laura ! Par ici !

La jeune fille se retourna et lança un regard fiévreux à l'objectif. Kat tapa des mains et lâcha un gémissement à la troublante note orgasmique.

— Oh, mon Dieu ! C'est ça ! On l'a !

Le photographe posa son super appareil et trotta vers Laura pour planter un baiser sur son front plissé.

— C'est dans la boîte, s'exclama-t-il en poussant Laura vers le petit groupe qui avait assisté à la séance. Applaudissez cette merveille, elle l'a bien mérité.

Chez *Vogue* : une séance beaucoup plus calme et des fringues... beaucoup plus chères. Laura apprit que travailler dans la haute couture consistait à poser mollement avec les épaules voûtées et les membres bizarrement tordus tout en adressant au photographe un regard nostalgique. Épuisant. Laura avait toujours cru que les mannequins exagéraient. Mais, après avoir gardé ses bras tendus au-dessus de sa tête dans une position parfaitement antinaturelle pendant une demi-heure, elle dut se rendre à l'évidence : elle n'était plus bonne à rien d'autre qu'à prendre un long bain et se coucher tôt.

Bien qu'elle eût préféré sa séance pour *Polka Dot*, ce furent les photos de *Vogue* qui poussèrent les gens de la mode à ôter un instant leurs lunettes de soleil Chloé et à daigner remarquer son existence.

Pour commencer, il n'y eut qu'un frémissement. Son premier voyage à l'étranger à Ibiza pour une série de beauty shots*. Sa première séance pour *ELLE*. Son premier contrat sans passer par un go and see. Puis ce fut un tourbillon, et Laura quitta le groupe des Nouvelles Têtes pour rejoindre celui des Grandes.

L'appartement ne fut plus qu'un vague souvenir. Un endroit où elle retournait le temps de lancer une lessive, mais pas assez pour pouvoir vider la machine. Toujours, un coup de Klaxon l'interrompait, indiquant qu'une autre voiture l'attendait en bas pour l'emmener. Elle finit par s'acheter de nouvelles fringues dès qu'elle arrivait à destination. Selon une rapide estimation, elle devait avoir onze jeans Long and Lean Gap.

La seule question existentielle qu'il lui arrivait de se poser était « où ai-je rangé mon fichu passeport ». La boucle se répétait : aéroport, chambre d'hôtel, studio, atelier de designer, restaurant huppé, aéroport. Elle apprit à suivre les instructions des photographes en français, espagnol, allemand, italien et portugais. Quand elle fut engagée pour son premier feuilleton haute couture pour *Vogue* Italie, après que Ted eut rejeté toutes les autres propositions qu'il n'estimait pas assez la hauteur, Fierce lui fit parvenir dès le lendemain son propre Blackberry – signe qu'elle avait réussi. À moins qu'elle ne l'ait dû à la couverture du *Sunday Times Magazine* et à ces mots, en première page de l'article : « Bye, les rachitiques, hello, la bombe. Voici Laura, la fille de Manchester qui, à dix-sept ans, a remis la femme fatale à la mode. »

Et la voilà sur huit pages, arborant une robe haute couture après l'autre, les cheveux coiffés en boucles sophistiquées pour rendre hommage aux stars des films en noir et blanc.

Sa mère avait acheté tous les exemplaires qu'elle avait pu trouver pour les envoyer à la famille et aux connaissances vivant à l'étranger. Cath et Jen vinrent passer un week-end à Londres durant lequel elles n'arrêtèrent pas de l'appeler La Bombe – quand elles ne harcelaient pas Candy pour qu'elle les fasse entrer au concert des Franz Ferdinand.

Laura s'était également fait un troupeau d'amies, dont elle ne connaissait ni les noms ni les adresses. Elles communiquaient *via* leurs Blackberry et s'écrivaient des messages sur MySpace de façon à pouvoir coordonner leurs emplois du temps et se retrouver pour un petit déjeuner à Bangkok ou un verre à Dubaï. Les nouvelles copines de Laura – Paula du Brésil, Danielle de l'Arkansas, Darla de Madrid – avaient autant le mal du pays qu'elle et partageaient ses préoccupations : comment parvenir à voyager en première ; quels photographes étaient homos ; lesquels te proposeraient de venir regarder les planches contact dans leur chambre d'hôtel après une séance photos ; de quoi avaient l'air les McDo à Tokyo comparés à ceux de Moscou...

Au printemps, Laura eut enfin un peu de temps libre après une saison automne-hiver triomphante à Paris, Milan, New York et Londres, où toutes les grandes maisons célébraient le « retour des courbes ». Merci, Candy.

Elle se réjouissait à la perspective de passer trois jours à faire des lessives et d'entamer peut-être ses économies (son compte en banque était plein à craquer depuis quelques mois). Candy tournait une pub à L.A. Heureusement, elles avaient pu se voir à Milan. Irina passait encore moins de temps que Laura à l'appartement, ce qui ne laissait qu'Hadley – qui lui tomba dans les bras en pleurant de reconnaissance.

— Tu n'imagines pas comme je me suis sentie seule ! brailla-t-elle en découvrant Laura blottie dans le canapé devant la série *Laguna Beach* sur MTV. En plus, George est fâché contre moi et pire : ils veulent me faire tourner une pub de papier toilette australien. Allons noyer notre désespoir dans l'alcool !

— Had, je suis morte, couina Laura.

Mais Hadley lui attrapa les pieds et la tira au bas du canapé.

Sortir avec Hadley, c'était comme regarder le clip « Tu t'es vu quand t'as bu ? » quatre heures d'affilée. Laura carbura à l'eau gazeuse toute la soirée de façon à être capable de tenir le sac à main d'Hadley, de faire diversion quand elle commençait à danser avec le petit copain d'une autre, et de la convaincre de redescendre des tables avant d'en tomber.

Et puis il y eut le grand final, qui consista bien sûr à lui tenir les cheveux et à lui caresser le dos pendant qu'elle vomissait dans une poubelle d'Oxford Street.

— Tu es ingérable, dit Laura d'un ton sévère après avoir réussi à convaincre un chauffeur de taxi de les emmener. Pourquoi bois-tu autant ?

L'expression de petite fille perdue qu'affichait Hadley n'allait pas très bien avec les relents de vodka qu'elle dégageait.

— Assez grande pour boire, dans ce pays, et tu n'es pas ma mère, répondit-elle d'une voix pâteuse mais pleine de défi. Je fais ce que je veux.

— Y compris te détruire le foie, grogna Laura.

Mais Hadley s'endormit ou fit semblant. Laura dut la hisser sur deux volées de marches. En haut, elle se retrouva nez à nez avec Irina, mains sur les hanches, aussi menaçante que le plus noir des nuages noirs observés depuis l'invention de la météo.

— Campagne Augustine. Tu es surrr le coup, *da* ? demanda-t-elle, oubliant le « Hé, Laura, trop sympa de te voir ».

Laura la considéra d'un air perplexe.

— Hein ? Comprends pas... Dis donc, tu ne pourrais pas attraper le bras d'Hadley ? Elle pèse une tonne...

— Pas vrai ! protesta Hadley d'une voix minuscule avant de pousser un grognement et de tituber jusqu'à la salle de bains.

— C'est moi qui serrrai Sirrrène, déclara Irina. Moi et Zilli, on est comme ça.

Son index et son majeur croisés s'arrêtèrent si près du visage de Laura que celle-ci recula d'un pas. Elle savait Irina tout à fait capable de la décorer de deux yeux au beurre noir. Des bruits couraient sur des disparitions soudaines de passeports ou des crises d'eczéma dues à des crèmes hydratantes trafiquées. Ces petits incidents étaient toujours arrivés à des filles travaillant avec Irina. Laura envisagea de dormir, à l'avenir, le couteau à pain caché sous son oreiller ou de demander à Fierce de lui payer un garde du corps.

— Eh bien, si Zilli et toi, vous êtes comme *ça*, je suis sûre que tu n'as rien à craindre, cria Laura pour couvrir les bruits qui montaient de la salle de bains. Et comme je n'ai aucune idée de ce dont tu parles... je m'en fiche complètement ! Tu es branchée sur une campagne importante, c'est ça ?

— Comme si pas au courrrant, ricana Irina. Ça se jouait entrrre moi et fille tombée pendant le défilé Verrrsace. Elle est out pourrr plusieurrrs semaines.

L'histoire avait circulé dans Milan. Tout le monde adorait Karis : elle était si enthousiaste et si texane. « Je suis droguée à la vie », déclarait-elle radieuse chaque fois qu'on lui demandait pourquoi elle était toujours d'aussi bonne humeur. Cela dit, son optimisme était un peu retombé quand elle s'était retrouvée allongée, à l'agonie, sur une civière pendant que des paparazzis la mitraillaient allègrement. On racontait que son talon s'était cassé. Dire qu'elle devait présenter la robe de mariée à la fin du défilé... Quelle chance qu'Irina ait été là pour la remplacer !

— Bon... OK... bref ! Je ne sais toujours pas de quoi tu parles, mais comme tu as l'air de tenir particulièrement à ce projet, je te souhaite bonne chance.

Appelez-moi Teresa, Mère Teresa, songea Laura. Mais Irina n'avait pas l'air d'apprécier ses tentatives pour faire la paix.

— Tu n'es pas si jolie que ça. Pfff ! Si tes seins et tes grosses fesses n'étaient pas à la mode, tu te serais fait virer depuis longtemps. Tout le monde le sait.

Comme d'habitude, dans les moments de stress ou d'émotions, son accent russe s'évanouissait. Irina pointa le menton et se tourna de sorte que Laura n'eut plus d'autre choix que d'admirer son profil sauvage, ses traits exotiques et ses pommettes saillantes.

— Ça, ça ne passera jamais de mode. Tu ne tiens pas la rrrroute, espèce de grrros tas.

Après cette formule lapidaire, Irina quitta la pièce d'un pas majestueux.

Chapitre vingt et un

Le lendemain matin, Irina lui lançait toujours des regards noirs en grommelant en russe. Laura prit soin de ne pas rester dans ses jambes et renifla prudemment le lait avant d'en verser dans son thé. Elle comprenait le jeu de la concurrence, mais Irina y appliquait des règles très inquiétantes.

Le téléphone sonna : Ted attendait Laura chez Fierce. Rien d'alarmant qu'il la réquisitionnât un jour de repos.

Quand Laura frappa à la porte ouverte de son bureau, Ted lui fit signe d'entrer tout en continuant de baragouiner en italien dans son micro. Elle eut à peine le temps de s'installer sur une chaise super design qu'il avait raccroché.

— Sparkle souhaite renouveler ton contrat, mais ils veulent l'exclusivité sur trois ans, ce qui est tout simplement inacceptable, déclara-t-il tout de go en fronçant les sourcils.

Laura trouvait pourtant cela tout à fait acceptable.

— Mais c'est une bonne chose, non ?

— Oh, mon chou, j'oubliais ta fraîcheur et ton innocence, gloussa Ted en agitant malicieusement un doigt vers elle. Oui, c'est une bonne chose, mais nous pouvons faire beaucoup mieux. J'ai d'ailleurs des nouvelles très excitantes à t'annoncer – ça tombe bien que tu sois assise. (Il fit une pause, soignant son effet.) The House of Augustine veut te tester comme nouvelle égérie.

Voilà qui expliquait pourquoi Irina laissant entendre qu'elle lui tirerait une balle dans les rotules à la première occasion. Laura ne put s'empêcher de sourire.

— Cela ne devrait pas créer de conflit avec Sparkle, poursuivit Ted. Ils font dans la grande distrib et Augustine est une marque premium.

— Ted, tu pourrais traduire, s'il te plaît ?

— Si Kate Moss peut faire Rimmel *et* Chanel, il n'y a aucune raison pour que tu ne puisses pas apparaître dans des revues pour ados *et* des magazines de mode, mon chou. Augustine lance son premier parfum, Sirène, et s'ils ne te choisissent pas pour la campagne, c'est que le monde ne tourne vraiment pas rond. Laura, il s'agit de quantités d'argent *obscènes*...

Parler d'argent était vulgaire, Laura le savait. Mais elle ne put s'empêcher de demander dans un chuchotement gourmand :

— Obscène comment ? Tendance film X ou interdit aux moins de douze ans ?

— Oh, film X ! mon chou, répondit Ted d'un ton espiègle. Tu pourrais prendre ta retraite à vingt ans et avoir quand même de quoi t'offrir un yacht.

— Eh bien, Heidi me conseillait de penser à investir dans l'immobilier. (Laura ne put s'empêcher d'applaudir à ces alléchantes perspectives.) Et je pourrais m'acheter une paire de chaussures par jour, et une voiture pour mon père, et ma mère a toujours rêvé de faire une croisière, et...

— Ne vendons pas la peau de l'ours, si tu vois ce que je veux dire, mon chou. Il y a une autre fille sur le coup.

— Irina ? Ouais, je sais. Elle l'a... évoqué hier soir.

Peu importait qu'Irina soit une psychopathe. Laura connaissait la règle numéro un du métier : ne jamais critiquer un autre mannequin. Même s'il s'agissait du diable en personne.

— Bien sûr, puisque vous êtes toutes deux chez Fierce, je ne peux favoriser personne officiellement, dit Ted avec prudence. Par contre, officieusement...

— Je vois...

Mais Laura ne voyait pas du tout. Tous ses efforts comptaient-ils encore pour du beurre ? Ted sourit.

— Oh, non, je ne crois pas, ma douce. Va voir Heidi et dis-lui de t'emmener boire un Frappucino.

Depuis qu'Heidi n'était plus sa bookeuse, la situation s'était améliorée de façon déconcertante. C'est-à-dire qu'elles *avaient* une vraie relation à présent.

Durant un séjour de Laura à Buenos Aires, Heidi lui avait même envoyé par FedEx une boîte de thé Sainsbury's Red Label. Quand elle sortit du bureau de Ted, Laura la trouva qui l'attendait en se dandinant.

— Il t'a sorti le discours « officiel » ? lui demanda-t-elle.

Laura hocha tristement la tête.

— Ouais, et à ce propos...

— Pas *ici*, chuchota Heidi, comme si les bureaux de Fierce étaient truffés de micros. Sortons. De toute façon, j'ai besoin d'une dose de caféine, tu n'as pas idée.

Continuant sur le mode du film d'espionnage que semblait affectionner Heidi, elles évitèrent l'habituel Starbucks d'à côté et marchèrent jusqu'au Caffè Nero à l'angle de la rue voisine. Heidi ne cessa de jeter des coups d'œil par-dessus son épaule, jusqu'à ce qu'elles soient enfin assises dans un canapé.

— Bon, n'oublie pas : cette petite conversation n'a pas eu lieu, annonça Heidi. Je t'explique. Ted sait de source sûre que la campagne de Sirène va s'inspirer des sex-symbols de Hollywood des années quarante. Il va falloir te préparer.

— Tu veux que j'aille à Hollywood ?

— Ouais, c'est ça, dans tes rêves..., gronda Heidi.

Maintenant que Laura ne la haïssait plus, elle commençait à apprécier les sarcasmes d'Heidi.

— Depuis que tu as des pommettes, Ted et moi trouvons que tu ressembles beaucoup à Ava Gardner.

— Ava Gardner ? C'est qui ça ?...

— Ouais, bon, elle n'a jamais fait d'apparition dans *Newport Beach*, vu qu'elle est morte. (Heidi tira un livre de son fourre-tout Miu Miu et le fit claquer sur la table.) Jette un œil à ça.

Laura s'en saisit et considéra la femme sur la couverture. Avec sa tête penchée en arrière, sa crinière brillante qui tombait en cascade dans son dos, ses yeux mi-clos, son sourire ravageur, elle avait cette beauté unique des acteurs de vieux films.

— Je lui ressemble ? demanda-t-elle, sceptique, en tenant le livre contre son visage. Vraiment ? Je ne vois pas...

— Comme deux gouttes d'eau, dit Heidi en penchant la tête pour mieux les comparer. Quelque chose dans les yeux, quand tu ne souris pas. Mon Dieu, en fait la ressemblance est assez incroyable. Une fois chez moi, on pourra regarder des DVD.

— Chez toi ?

Laura eut la désagréable sensation de s'être transformée en perroquet. Allant de surprise en surprise, elle ne pouvait que répéter, effarée, tout ce qu'Heidi disait.

— Tu ne travailles pas cet après-midi ?

Heidi se tortilla, mal à l'aise.

— Ted et moi estimons qu'il vaudrait mieux que tu évites l'appartement pendant un moment. (Elle baissa la voix.) Au cas où Irina aurait de drôles d'idées...

— Du genre m'attaquer avec une machette ou un fusil à canon scié ? suggéra Laura d'un ton ironique.

Pourquoi faites-vous ça, Ted et toi ? Fierce touchera la commission* de toute façon. Et je ne suis que la remplaçante : si Karis ne s'était pas blessée, je ne serais jamais entrée dans la course.

— Actuellement, ta fourchette d'opportunités est réduite. Quant à Irina, l'agence ne l'estime pas prête pour un gros contrat.

— Parce que, au lieu d'une fourchette, c'est un râteau d'opportunités qu'elle a à disposition ? (Laura avait vraiment envie de partir en courant.) Ce n'est pas juste !

— Oublie cette histoire de fourchette et de râteau. Irina est incontrôlable en ce moment. Qu'elle devienne la fille Sirène est bien la dernière chose que nous souhaitions. Il est plus que temps qu'elle apprenne l'humilité. Et si tu souffles un mot de ce que je viens de te dire à quiconque, y compris à Ted, je te jure que je te tue.

— Mais elle peut emporter le contrat, insista Laura. (Qu'est-ce qui lui avait pris de boire cet énorme café ? Il lui lestait l'estomac comme du plomb.) Et si je n'obtenais pas le job ? S'ils me détestaient ? Peut-être que les vêtements ne m'iront pas. Ou bien une poussée de boutons me défigurera pendant la nuit. Tu ne peux pas tout faire reposer sur moi...

— Ne fais pas ta chochotte, l'interrompit Heidi en lui enfonçant son index dans le ventre (ouïe, le café !). Contente-toi d'être tout ce que n'est pas Irina.

— Comme quoi ? Amicale ?

— Et ne te déconcentre pas. Pense à Ava Gardner. Pense à être sexy, mais pas allumeuse. Et, si tu t'installes chez moi, ne t'imagine surtout pas que tu vas pouvoir m'emprunter des fringues. Allez, Laura, tu peux y arriver.

Chapitre vingt-deux

Après *La Comtesse aux pieds nus*, *Les Neiges du Kilimandjaro*, *Le soleil se lève aussi* et *Le Dernier Rivage*, Laura senti qu'elle souffrait d'une overdose d'Ava Gardner. La nuit précédant les essais pour Sirène, elle s'endormit en entendant l'actrice lui chuchoter à l'oreille de sa voix rauque : « Parfois, la vie se comporte comme si elle avait vu trop de mauvais films, quand tout se passe un peu trop bien – le début, le milieu, le dénouement – de l'ouverture en fondu au générique de fin. »

Heureusement, on ne l'avait convoquée qu'à onze heures du matin. Snowy, le photographe, un aristo de la vieille école qui mitraillait des débutantes depuis les années cinquante, refusait de travailler avant l'heure du déjeuner. Laura l'avait déjà rencontré à l'occasion d'une autre séance durant laquelle il lui avait soufflé sur le ton de la confidence : « Le visage des dames met des *heures* à être présentable. Je refuse d'être confronté à des marques d'oreiller, c'est trop affligeant. »

Quand elle se présenta, il trônait, plein d'élégance, sur une chaise de cinéaste au milieu d'une boîte de nuit vieillotte de Mayfair, choisie pour ses ferrures Arts déco.

— Je me souviens de toi, ravissante chose, s'exclama-t-il d'un ton extravagant.

La jeune fille se pencha avec précaution pour embrasser Snowy sur la joue. Ouais, il avait l'air d'un vieux monsieur délicieux. Mais il était capable de faire fondre en larmes la plus féroce des mannequins si elle osait ne pas suivre ses indications.

— « *Courage, mon ange*[1] », lui souffla-t-il à l'oreille. (Puis il se redressa et tapa le sol de sa canne.) Va te faire maquiller, nous avons un emploi du temps très serré. Ils t'ont mis au courant de l'essai caméra, n'est-ce pas ? Vraiment, je trouve ridicule de vouloir tout caser en une journée…

Non, personne n'avait pensé à avertir Laura. Par chance, elle avait acquis un peu d'expérience des caméras lors de *Make me a model*. Elle avait appris que les top models n'étaient pas censés glousser en récitant leur réplique. Ni parler avec l'accent de Manchester. À peine se fut-elle livrée aux maquilleuses qu'on lui fourra un script dans les mains.

---

1. En français dans le texte original.

— Mémorise ça, lui grogna quelqu'un. On n'a pas de téléprompteur[1].

Respire, se dit Laura. Tu es calme. Tu es zen. Tu ne vas pas vomir ton petit déjeuner.

Son petit discours d'auto-encouragement lui fit du bien. Tandis que les deux stylistes lui mettaient des rouleaux dans les cheveux, elle parcourut, effarée, le texte de trente-six mots. Hallucinant. Pourquoi fallait-il toujours que les gens débitent des niaiseries prétentieuses dans les publicités de parfum ? Mais, après tout, ce n'était pas son problème. Son boulot consistait à faire croire que cela lui venait du fond du cœur...

Le sang-froid de Laura sembla déteindre sur tout le monde. Quand Ted arriva, il découvrit que, dans une ambiance détendue, les tenues avaient été préparées, le café bu et que Laura, assise immobile, attendait une dernière couche de rouge à lèvres écarlate.

— Tu sembles très sereine, ma douce, souffla Ted. Très comtesse aux pieds nus...

Laura agita avec humour ses orteils en essayant de ne pas penser aux escarpins qui l'attendaient près des portants de vêtements. Leurs festons de pierres scintillaient comme s'ils lui faisaient des clins d'œil.

— J'essaie de canaliser mon Ava intérieure, chuchota-t-elle.

— Je te laisse, alors, répondit Ted sur le même ton.

___
1. Appareil permettant de lire un texte face à la caméra.

Il balaya le studio d'un regard circulaire.

— Irina n'est pas encore arrivée ? Ça lui fait plus d'une heure de retard !

Mais la mule moscovite restait introuvable. Laura espérait qu'elle avait expérimenté la combustion spontanée pendant la nuit, et qu'il ne restait d'elle qu'un petit tas de cendres et de braises.

Laura prenait ses marques sur le plateau (essayant de contenir la panique qui l'avait envahie à la vue du grand escalier circulaire qu'elle était censée descendre gracieusement pour deux photos) quand Irina fit son entrée, fraîche et glamour, un foulard noir dans les cheveux et une cigarette plantée entre les lèvres.

— Vous êtes en retard de deux heures, mademoiselle Kerchenko, l'accueillit Snowy en faisant résonner sa canne sur le sol. C'est inexcusable.

Laura attendit l'inévitable réplique explosive, mais Irina baissa la tête.

— Je suis désolée, minauda-t-elle. J'étais tellement nerrrveuse.

Puis elle se pencha pour déposer un baiser sur le crâne chauve de Snowy.

— Dis-moi que tu me parrrdonnes. J'aurrrais le cœurrr brrrisé si tu me détestes.

Snowy n'avalera jamais ça, songea Laura. Mais le photographe rougit et, dans un grand geste théâtral, fit semblant de lui battre les phalanges avec sa canne.

— Quelle chipie tu fais... Il m'est pourtant impossible de me fâcher contre toi, ronronna-t-il. Va te faire maquiller – même si j'ignore comment ils comptent améliorer la perfection.

En haut de son escalier, Laura sentit calme et sang-froid quitter le navire. Sans eux, elle n'était plus qu'une gamine effrayée dont les rotules jouaient des castagnettes. Elle chancela.

— Oh, zut !

— Tu es toujours là-haut, toi ? gémit Snowy. Descends ! Tu sais bien que nous avons un million de choses à faire !

Irina s'était étalée sur trois tabourets et tout le comptoir. Ses yeux lancèrent des éclairs quand elle vit Laura se précipiter vers la tringle où pendaient les vêtements qui lui étaient destinés.

— Fille stupide ! hurla soudain Irina en envoyant valser d'une gifle le pinceau d'une maquilleuse. Je déteste ! Enlève !

Son cri aurait pu être confondu avec le bruit des ongles qu'on fait crisser sur un tableau noir. Parcourue de frissons, Laura attendit que la styliste sorte sa tenue de la housse protectrice. Ce n'était pas une robe. C'était *The* Robe – si élégante et sophistiquée que l'idée seule de pouvoir La porter vous coupe le souffle.

— Haute couture, souligna la styliste en caressant avec précaution la dentelle et le satin noirs tandis que Laura défaisait la ceinture de son peignoir. Elle coûte huit mille livres. Inutile de préciser que, tant que tu la portes, tu n'as pas intérêt à ne serait-ce que *regarder* de la nourriture. (La fille laissa échapper un soupir rêveur.) Dentelle réalisée à la main, ourlet lesté par une chaîne en or de dix-huit carats... je serais prête à tuer pour une robe pareille.

Laura oublia ses nerfs, Irina en train de râler derrière elle, la séance photos, tout... sauf la Robe. Hypnotisée, elle regarda les habilleuses l'élever avec cérémonie au-dessus de sa tête et sentit le tissu tomber en cascades, en froufroutant le long de son corps. Si elle n'entrait pas dans cette tenue, elle se jetterait dans la Tamise. Quand la styliste eut remonté, avec la plus grande précaution, la fermeture Éclair cachée sur le côté, Laura s'autorisa à expirer un peu de l'air qu'elle retenait dans ses poumons. Prudente, elle leva les yeux... et s'étrangla. Le miroir lui renvoyait l'image d'une jeune femme d'une autre époque aux yeux de biche et à la bouche aussi parfaite que l'arc de Cupidon. *The* Robe lui allait à la perfection, l'embrassant, la caressant... la transformant en une vamp dont les seins émergeaient de l'austère dentelle noire telles deux boules de glace blanche et duveteuse. La fille qu'elle avait sous les yeux devait avoir une voix rauque impossible et allait sûrement dire quelque chose du genre : « Attachez vos ceintures, les garçons... la nuit va être agitée. »

Laura redescendit vite sur terre quand une styliste glissa les mains dans son corsage pour lui arranger les seins...

— Cette rrrobe est pourrr moi ! Enlève-la !

Irina avait sauté de son tabouret et fonçait droit sur Laura. Celle-ci connaissait à merveille les méthodes de la Russe, qui consistaient à agrémenter ses caprices de hurlements et de menaces jusqu'à ce que l'entourage cède. Mais Laura était bien décidée à lui tenir tête – après s'être assurée que la styliste restait bien entre elle et cette furie.

— Tu ferais mieux de t'adresser aux responsables d'Augustine. Ils sont là-bas, avec Ted.

— Ta robe est tout aussi jolie, cajola la styliste.

— Je m'en fiche. C'est celle-ci que je veux. (Irina pointa un doigt belliqueux vers Laura.) De toute façon, elle ne te va pas du tout. Tu es hideuse.

A-bso-lu-ment pas. Cette folle ment. Mais alors, pourquoi cette bouffée de chaleur ?... Nooon. Je suis calme. Je suis cool. Je suis un glaçon. Je suis un congélateur rempli de glaçons.

Cela devenait vraiment difficile de se détendre parce que, maintenant, Irina essayait de la frapper. Désirant éviter à la styliste de jouer au bouclier humain, Laura fit un pas prudent en arrière, prenant garde à ne pas s'emmêler les pieds avec la traîne. Elle ne voulait même pas penser à ce qui se passerait si la Robe était endommagée.

Excédée, Laura finit par exploser.

— Ça suffit ! C'est quoi, ton problème ? Non, mais, écoute-toi : je-veux-je-veux ! Ce n'est pas ta robe, alors laisse tomber !

— Tu parrrles pas comme ça à moi ! s'exclama Irina. (Avec ses bigoudis et le faux cil qui pendouillait d'une de ses paupières, elle semblait plus folle que jamais.) Je me fais beaucoup plus booker que toi !

Ça sentait la dispute de cour de récré. Laura se demandait si elle allait devoir jouer la carte « eh ben, mon père, il a un vélo » quand un toussotement insistant les interrompit. Snowy se tenait dans l'embrasure de la porte, appuyé sur sa canne.

— Eh bien, ma chère, gronda-t-il en agitant un doigt taquin en direction d'Irina, qui se mit sur-le-champ à glousser comme une petite fille. Toi et ton tempérament... Tu es vraiment une petite impératrice, n'est-ce pas ?

— C'est que... je veux juste être magnifique pour toi, Snowy, roucoula Irina.

Et Laura voulait juste un sac pour vomir.

— Et notre fleur du Nord ? Est-elle prête ?

Irina était traitée comme une princesse alors qu'elle avait droit à un compliment de jardinier ?

— Il ne me reste qu'à enfiler mes escarpins, dit-elle d'une voix douce.

— Eh bien, ma chère, vous êtes ravissante ! s'exclama Snowy en s'avançant vers elle. Fais-moi une jolie pirouette.

Impossible de pirouetter dans une tenue pareille. Laura tourna donc lentement sur elle-même, consciente que les yeux d'Irina lui lacéraient le dos tels deux poignards.

— Époustouflante, confirma Snowy.

Une fois que Laura eut glissé ses pieds, souriante, dans une paire de chaussures à mille livres d'une étroitesse sans nom – ô délicieux supplice –, le photographe lui offrit son bras pour l'escorter vers le plateau. La jeune fille se sentit comme une débutante en route pour son premier bal.

— J'apprécie un petit drame en coulisses de temps en temps, lui confia Snowy avec un sourire espiègle. Sans cela, ces séances pourraient devenir très très ennuyeuses.

Ils commencèrent par les photos dans la cage d'escalier. Laura dut s'appuyer sur une balustrade dorée, les bras écartés tandis que son corps s'arquait en arrière. Plus que d'incarner la volupté, elle avait l'impression de participer à une campagne d'information sur la scoliose... Ensuite, on la fit se percher sur la rampe dans une pose langoureuse – ses mains crispées le plus discrètement possible sur le bois couleur crème pour éviter le plongeon de la mort.

Je suis calme. Je suis cool. Je suis un glaçon, répétait-elle comme un mantra par-dessus le flot constant des instructions de Snowy. Derrière lui, Zilli et Costello accompagnés de leurs mignons tenaient un conciliabule en chuchotant, agglutinés de telle façon qu'on aurait dit un monstre à cinq têtes. Il fallait absolument que Laura fasse abstraction de tout cela et qu'elle se concentre. Elle songea à Ava Gardner, qui semblait le genre de femme à mener à bien son travail même si un vaisseau spatial s'écrasait sur le toit.

Après une dernière prise pour laquelle elle glissa au bas des marches en suivant la consigne « tu fais ton entrée, chérie – tu es la plus belle fille de la pièce... », Laura se vit accorder une pause de cinq minutes. Elle eut même le droit de boire avec précaution à l'aide d'une paille dans une bouteille d'eau. La maquilleuse en profita pour arranger sa coiffure et chasser de son visage des particules imaginaires à l'aide d'un gros pinceau qui donna à Laura l'envie d'éternuer.

Soudain, les haut-parleurs grésillèrent si fort qu'elle faillit bondir hors de sa robe. Les accords envoûtants des cors plaintifs et la voix râpeuse d'une femme s'élevèrent alors : « *Southern trees bear strange fruit, Blood on the leaves and blood at the root* [1]*... »*

— En piste, Laura ! Je veux un peu de mouvement pour les prochaines prises, appela Snowy.

Laura s'avança vers le X scotché sur le parquet. Ses pieds protestaient à chaque pas et elle dut faire un effort pour ne pas grimacer de douleur. Snowy semblait assez satisfait de ses ondulations... jusqu'à ce qu'Irina déboule sur le plateau dans une robe tellement identique à The Robe que ni Zilli ni Costello

---

1. « Strange Fruit », chanson interprétée notamment par Billie Holiday. « Les arbres du Sud portent des fruits bien étranges, Du sang sur les feuilles et aux racines... »

n'auraient pu distinguer les deux jeunes filles lors d'une confrontation au commissariat de police.

Irina riait à gorge déployée avec les techniciens tout en lançant des petits sourires narquois et triomphants chaque fois que Laura passait dans son champ de vision. Ava Gardner aurait sûrement pu compter sur Frank Sinatra et ses amis mafieux pour régler le problème Irina. Malheureusement, les crooners des années cinquante et leurs copains malfrats n'étaient jamais là quand on en avait besoin.

Au moment de la dernière photo, alors que Laura était artistiquement étendue sur le bar, les bouffonneries d'Irina atteignirent leur paroxysme. Du coin de l'œil, Laura vit la Russe la pointer du doigt en pouffant avant de se lever et de mimer une démarche de canard. Mais pourquoi personne ne virait cette garce du plateau ?

— Allez, donne-moi un peu de vie, grogna Snowy derrière son appareil. Tu es la belle du bal, pas un poisson mort sur une planche à découper.

Le sourire d'Irina devint encore plus éclatant. Cela suffit à Laura pour qu'elle se reprenne.

— Désolée, dit-elle calmement.

Laura repensa à la fameuse nuit avec Tom, quand il l'avait regardée si tendrement en caressant ses cheveux, avant de...

— J'adore ce petit sourire ! s'exclama Snowy, tout excité. Ferme les yeux à moitié et garde-les grands ouverts et tourne-toi vers moi juste un chouïa...

Ils s'étaient embrassés pendant des heures, jusqu'à ce que le soleil commence sa lente ascension et que l'obscurité se brouille autour d'eux. Elle se le rappelait parfaitement. Et même si Tom n'avait pas dit « Je t'aime », Laura savait ce qu'il avait ressenti. Elle sourit à ce souvenir, sans plus voir les éclairs aveuglants des projecteurs, ni les flashes de l'appareil... seulement le visage de Tom.

— C'est dans la poche ! Cinq minutes de pause, tout le monde, et on recommence ! Laura, on se revoit dans deux heures pour l'essai caméra.

Laura se pressa vers la salle d'habillage – en prenant soin de passer bien au large d'Irina. Après avoir ôté ses chaussures, elle faillit attraper son téléphone. Elle ne l'avait pas vu depuis des mois, et pourtant elle avait encore le réflexe d'appeler Tom pour qu'il la fasse redescendre sur terre quand elle s'emballait. Elle imaginait très bien la conversation : « Salut, mon cœur. Je sais. Ça fait des lustres qu'on ne s'est pas parlé parce que j'ai couché avec un inconnu et que tu sors avec un caribou, mais je suis à une séance photos qui pourrait me catapulter top model et j'ai besoin de conseils pour savoir comment affronter ma pire ennemie. » Non... Ça ne risquait pas d'arriver.

Elle mourait d'envie d'aller observer Irina en action, cachée dans un coin sombre de la salle de bal. Mais elle s'exposerait à une crise et Irina se débrouillerait pour l'accuser de l'avoir dérangée *elle*.

Son iPod la sauva. Laura choisit une liste de lecture au hasard et sursauta en se rendant compte qu'elle était tombée sur son mix de *Make me a model*. Enfermée dans l'appartement des Docklands, elle avait écouté ces chansons en boucle et dansé devant son miroir en s'envoyant des baisers... Quelle peste narcissique et pleine d'illusions elle était alors ! Mais si seulement elle pouvait retrouver ne serait-ce qu'une fraction de seconde cette assurance...

Soudain, tout fut clair.

— C'est ça que je veux, souffla-t-elle. Plus que tout. Et j'obtiens toujours – enfin, presque toujours – ce que je veux. Irina, c'est du passé.

Quand Ted vint chercher Laura, elle lui adressa un sourire béat et retourna presque en volant jusqu'au plateau.

Il y avait bien plus d'agitation autour des lumières, cette fois. Un assistant de Snowy n'arrêtait pas de faire cliqueter son posemètre[1] devant le visage de Laura, à tel point qu'elle craignit de loucher jusqu'à la fin de ses jours. Elle arrangea ses jupons sur le velours rose de la banquette où elle était assise et fit des grimaces pour détendre les muscles de son visage. Plantée à côté d'elle, Irina ne prenait même pas la peine de baisser la voix pour raconter à Ted combien elle se trouvait fantastique.

---

1. Petit appareil servant à mesurer la lumière.

— Snowy m'adorrre. Il dit que l'objectif m'adorrre. Je rrréussis tous les clichés du prrremier coup.

Elle a tellement la grosse tête qu'elle finira bien par exploser, songea Laura. Une des assistantes d'Augustine vint lui expliquer ce qu'on attendait d'elle. Il s'agissait pour l'essentiel de s'adresser à la caméra comme à un amoureux éperdu, puis à présenter la bouteille de Sirène au moment de sa dernière réplique.

— Qu'est-ce que ça sent ? demanda-t-elle.

Laura regretta tout de suite sa question.

— Une note dominante de rose pour une sensualité exacerbée, s'exclama la femme, en transe. Équilibrée par la fraîcheur moderne de la pivoine, tandis que la douce âpreté du cassis en fait vibrer la fragrance. C'est charnel et sauvage... mais contenu dans une force tranquille et intérieure. En plus, la bouteille est tout simplement magnifique. J'adore ! Ça fait tellement vintage !

Laura n'avait pas été autorisée à toucher le flacon, sous prétexte qu'elle aurait risqué d'y laisser ses empreintes digitales. Un autre laquais ganté le lui tendrait au bon moment.

— Elle est très jolie en effet, renchérit la jeune fille en forçant sur l'enthousiasme. Donc : rose, pivoine, cassis, charnel...

Elle s'arrêta. Si elle se laissait distraire par les ingrédients du parfum, elle risquait d'oublier son texte.

Peu à peu, l'agitation retomba et les différentes conversations s'éteignirent. Laura faillit tomber à la renverse quand elle entendit les mots : « Sirène. Première. Et... action. » Pendant une seconde, elle fut incapable de penser quoi que ce soit à part qu'elle était censée dire quelque chose et que rien ne venait. Gros blanc. Zut ! C'était quoi, sa première réplique ?

— Pour un moment, s'entendit-elle dire enfin – et les mots revinrent tout seuls. Pour l'éternité. Pour toujours... (Elle s'en sortait hyper bien. Elle avait même réussi à maîtriser son accent et à parler avec une voix chic et sexy.) Pour un jour...

Craac !

— Désolée, pas fait exprrrès.

Irina regardait, perplexe, le verre qui avait explosé à ses pieds, comme si elle ne comprenait toujours pas comment il avait atterri là.

— Serpillière ! hurla Snowy.

Laura dissimula ses mains tremblantes entre les plis de sa robe et essaya de se concentrer. Mais, dans sa tête, les « toujours », les roses, « l'éternité » et le cassis tourbillonnaient. Elle rata complètement la deuxième prise en oubliant son texte.

Pour la troisième, les mots lui revinrent, mais elle fut arrêtée par Snowy qui lui rappela d'un ton glacial qu'elle devait avoir l'air d'être « de Capri, chérie, pas de Cheadle Hulme[1] ».

---

1. Petite ville de la banlieue de Manchester.

Pour la quatrième prise, elle bégaya.

À la cinquième, elle buta sur chaque mot et faillit laisser tomber le flacon quand on le lui tendit. Le mignon ganté les sauva de la catastrophe en le rattrapant au vol.

— Laura, prends une minute pour te ressaisir, lui dit Snowy d'une voix frigorifiante.

Irina sourit comme si elle avait déjà signé le contrat. Elle se comportait de façon atroce et tout le monde faisait comme si de rien n'était. Les gens semblaient accepter tout d'elle, sans broncher. Qu'est-ce que ça voulait dire ? Que si Laura se la jouait diva, elle aussi on lui passerait tout ? Voyons voir.

— Excusez-moi, dit-elle d'une voix mal assurée, le cœur battant la chamade. J'aimerais que tous les gens dont la présence n'est pas nécessaire quittent le plateau, s'il vous plaît.

Personne ne fut plus surpris qu'elle par son intervention. Pas même Irina qui s'était figée, hébétée.

— Ça pourrait très bien être la prise définitive... et il y a trop de monde... ça me distrait... Je veux faire ça bien, être à fond dedans...

— Dégagez le plateau.

Snowy interrompit son explication confuse. Il lui adressa un sourire amusé qu'elle ne put déchiffrer.

— Irina, je pense que cela te concerne au premier chef, bien que miss Parker soit trop polie pour le dire directement. Moi, non. Sors. Immédiatement.

Il retourna se planter derrière la caméra tandis qu'Irina quittait la salle, le dos rond, tel un chat en colère.

— Félicitations, ma chère. Tu commences enfin à te comporter en vraie pro. Tout le monde en place et... sixième.

La sixième prise fut si parfaite qu'elle aurait mérité un emballage cadeau et un joli nœud. On garda la septième au cas où, et il n'y eut pas de huitième vu que Laura ne pouvait plus s'arrêter de sourire.

Une demi-heure plus tard, la jeune fille « désirénisée » rangeait ses dernières affaires. Avant de partir, elle ne put résister à la tentation de se glisser sur le plateau où, cachée derrière une colonne, elle observa Irina au travail. La Russe donna sa réplique dans un anglais modulé à la perfection, comme si elle avait étudié dans la crème des écoles, et jamais son étrange beauté n'avait été plus éclatante. L'image d'Irina qui défilait sur le moniteur était encore plus séduisante que la version en chair et en os. Irina n'avait pas besoin de faire semblant : elle *était*, tout simplement.

Mais elle était aussi la plus grosse garce de la Terre. Qui d'autre aurait plongé l'iPod de Laura dans une tasse remplie de café ?

Chapitre vingt-trois

Laura s'était attendue à recevoir des nouvelles de l'aventure Sirène assez vite après son essai. Mais le monde de la mode suivait son propre rythme, et rien n'arrivait jamais au moment escompté. Cinq minutes signifiaient cinq heures, notamment quand Laura avait le mal du pays, qu'elle attendait, attendait et attendait... que le programme de la semaine suivante tombe, que l'assistant du photographe cesse de jouer avec les lumières... ou qu'on l'appelle pour lui annoncer qu'elle incarnerait Sirène et qu'elle n'était plus la mannequin free-lance numéro 481 532 !

Mais le coup de fil n'arriva pas et la vie reprit son cours normal. Pour Laura, cela consista à regarder son père signer son nouveau contrat pour Sparkle Cosmetics. La main de M. Parker trembla légèrement quand il vit le nombre de zéros qui ornaient le montant du cachet de sa fille.

Avant qu'il reparte vers Manchester, ils célébrèrent l'événement avec une tasse de thé.

— Je veux bien être pendu si je sais ce que je vais pouvoir t'offrir à ton prochain anniversaire, dit-il en plaisantant à moitié. Et ne t'inquiète pas, ma chérie : que tu décroches ou non l'autre travail, ça n'est pas très important. Avec ce contrat, tu es tranquille pour un petit bout de temps – à condition de ne pas te mettre à collectionner les sacs à main.

Laura bondit intérieurement. Bien sûr que c'était important ! Et pas seulement pour l'argent. Emporter la campagne Sirène signifierait qu'elle avait réussi. Cela justifierait tous ses efforts, tous ses sacrifices – les footings autour du lac de Regent's Park, son renoncement au chocolat... Cela confirmerait qu'avoir fait passer sa carrière avant ses sentiments avait valu la peine. Qu'*elle*, Laura, était parvenue à ses fins.

De toute évidence, Irina partageait son point de vue : elle commençait désormais toutes ses phrases par « Quand je serrrai la fille Sirrrène... » (... je quitterrrai cet apparrrtement,... je ne porrrterai jamais deux fois la même chose,... j'aurrrai mon assistante perrrsonnelle – je serai toujours une folle furieuse, complétaient mentalement ses colocataires).

Lorsque Laura venait aux nouvelles, Ted se contentait de secouer la tête en affichant un sourire inexpressif. Heidi n'était d'aucune aide : « Si tu m'en parles encore une fois, je t'arrache la tête. »

Du coup, le départ de Laura pour New York soulagea tout le monde. La jeune fille se doutait que l'idée était de l'occuper et de détourner son attention de son

Blackberry qu'elle consultait toutes les deux minutes en grimaçant. Au programme : des photos pour Sparkle ainsi que pour le catalogue automne-hiver d'une marque de vêtements « très tendance ». Elle passa également du temps avec Candy, qui séjournait à New York au même moment.

Un soir, les deux amies se retrouvèrent chez Baltazar, le célèbre bistro français où les pairs de Kate Moss venaient se restaurer – façon de parler : Laura aurait parié que Kate Moss ne mangeait pas grand-chose. Pour sa part, elle se contenta d'un steak et d'une salade, et passa le dîner à se dévisser le cou dans l'espoir d'apercevoir quelque célébrité.

— Tu pourrais au moins me regarder quand je te parle, soupira Candy. Il n'y a aucune vedette ici ce soir. À part moi, ajouta-t-elle d'un ton suffisant et satisfait.

Laura piqua une feuille de roquette du bout de sa fourchette.

— Excuse-moi, je suis un peu distraite. Je pensais que Ted aurait déjà appelé à l'heure qu'il est. Ça prend combien de temps de comparer deux essais caméra et de décider que je suis la meilleure – ou bien qu'Irina est la meilleure et que moi j'ai été nulle comme personne n'a jamais été nul dans toute l'histoire de la nullité ?

Candy l'écouta avec compassion pendant une nanoseconde avant d'atteindre son seuil de tolérance.

— Si Irina te bat sur ce coup-là, je pars vivre sur la Lune, cracha-t-elle.

Laura s'effondra sur la table.

— Désolée, je sais que ma compagnie n'est pas marrante, mais chaque fois que j'essaie de penser à autre chose, ça m'obsède encore plus.

— Eh bien, essaie encore, trancha Candy en faisant signe au serveur. Tirons-nous d'ici et allons faire un tour au Club Gotham. Ils ne vérifient jamais les cartes d'identité à l'entrée.

Candy et son hyperactivité ne supportaient pas de rester trop longtemps au même endroit. Laura se laissa donc entraîner hors du restaurant et pousser sur la banquette arrière d'un taxi. Un quart d'heure plus tard, elle sirotait, inconsolable, un jus de fruits dans une boîte de nuit qui ressemblait à toutes celles où Candy l'avait emmenée. Un DJ passait des sons qui lui vrillaient les oreilles tandis qu'une horde grouillante de filles anorexiques et très légèrement vêtues prenaient la pose pour un type qui se baladait dans la boîte avec un appareil photo. Quant aux mecs, ils formaient une masse uniforme de barbes de trois jours et casquettes de base-ball, lesquelles, selon Candy qui insistait beaucoup sur ce point, étaient censées être ironiques.

— Personne, à Manchester, ne porterait de casquette de base-ball, avec ou sans ironie, bouda Laura.

En plus de se ronger les sangs à propos de la campagne Sirène, les dysfonctionnements de son radar à mecs mignons la déprimaient. C'était l'un des effets secondaires des ruptures qu'aucune rubrique de courrier du cœur n'évoquait jamais. Non pas qu'elle souhaite se lancer de nouveau sur le marché de l'amour – pas question qu'un autre type écrase sous ses Converse son cœur à peine cicatrisé ! –, mais elle aurait bien frétillé cinq minutes à la vue d'un canon.

Laura soupira de nouveau, ce qu'elle regretta tout de suite en voyant Candy lever les yeux au ciel et serrer les dents.

— Ne me dis pas que tu pleures encore M. Manchester après tout ce temps ! ? Il est l'heure de remonter en selle, ma chère.

— Ouais, ça m'a tellement réussi la dernière fois, lui rappela amèrement Laura.

— Regarde ! Mon pote Crispin est là, continua Candy comme si de rien n'était. Il joue dans ce groupe qui se prend pour les nouveaux Strokes – ce dont ils sont loin. Je lui propose de se joindre à nous ?

Laura jeta un coup d'œil vers un coin fort sombre de la boîte où un mec aux cheveux longs et emmêlés, vêtu d'un costume-cravate, s'admirait discrètement dans les miroirs qui recouvraient les murs.

— Mon Dieu, quel frimeur ! se moqua-t-elle en consultant son Blackberry pour la millième fois. Pourquoi Ted n'appelle-t-il pas ?

— Change de disque ! grogna Candy, qui ne cachait plus son exaspération. Tu deviens ennuyeuse, Laura, et je ne peux me permettre d'être vue avec des gens ennuyeux. C'est mauvais pour mon image de marque.

À la perspective d'une crise de nerfs de son amie, Laura sentit son moral remonter en flèche. Maintenant qu'elle y était habituée, les pétages de plombs de Candy l'amusaient. Elle sourit, se redressa et poussa un petit jappement excité en apercevant une femme qui titubait vers elles, perchée sur des talons de dix centimètres.

— Hum, Cand... Ce ne serait pas ta *mère* ?

Candy suivit le regard de Laura et laissa échapper un gémissement affligé.

— Oh, non ! Qui l'a laissée entrer ?

— Mais c'est ma petite Candy chérie !

Laura se recula juste à temps : Bette Darling se jeta sur leur banquette et entreprit de couvrir de baisers le visage tordu de honte de sa fille.

— Lâche-moi !

Aaaah ! Voilà qui s'annonçait beaucoup plus intéressant que de broyer du noir à propos des garçons ou d'attendre un coup de téléphone.

En chair et en os, Bette Darling était... comme à la télé. Sauf que, dans la réalité, il était impossible de changer de chaîne si on en avait assez. Le bon côté de Bette, c'était que le milieu de la mode n'avait aucun secret pour elle. Dégainant son Sidekick, elle boucla pour Laura, en dix minutes, une journée de rendez-vous avec des gens que même Ted ne pouvait se permettre de contacter.

— Dis à Marc que tu viens de ma part, ordonna-t-elle de sa voix de petite fille. Et rappelle-lui qu'il me doit toujours une robe de sa dernière collection. Vous trouvez que je devrais me faire refaire les seins ?

Laura faillit recracher son jus qui lui remonta dans les narines. Quant à Candy, elle termina de croquer un glaçon avant de répondre, imperturbable.

— Quelques retouches ne te feraient pas de mal. Mais surtout autour des yeux.

Bette ne cilla même pas.

— Garce.

— Traînée.

— Morveuse.

— Groupie.

La scène était aussi horrifiante que fascinante. Laura préféra s'éclipser avant que la confrontation ne dégénère.

Quelques heures plus tard, à l'hôtel, comme une étoile de mer étendue sur son lit, Laura laissa la fatigue l'envahir. Les deux jours de séance photos pour le catalogue d'American Outfitters avaient été intenses et, même si elle ne pouvait plus se rappeler sa vie sans décalage horaire, elle ne s'y était toujours pas habituée. Elle parvint toutefois à se démaquiller et à enfiler son pyjama le plus informe (et le plus confortable). Tendre la main pour attraper le téléphone et demander au réceptionniste qu'on la réveille le lendemain fut en revanche impossible.

On frappa un coup rapide à sa porte. Laura grogna et roula sur elle-même. Si c'était *encore* l'homme d'affaires suédois de la chambre voisine qui venait lui proposer de partager une bouteille de vin, elle l'assommerait avec. Enfin... seulement si cela ne nécessitait pas trop d'effort.

Laura glissa du lit et se dirigea vers la porte qu'elle ouvrit en grand.

— Écoutez, je vous ai déjà dit... Oh, salut, Ted ! Qu'est-ce que tu fais là ?

Son agent se tenait sur le pas de la porte. Il arborait son costume Paul Smith préféré et une bien sombre expression. Elle se souvint. Irina aussi se trouvait à New York, dans un hôtel de l'autre côté de la ville. Il avait dû passer la voir d'abord pour lui annoncer la bonne nouvelle.

— Sirène ? demanda Laura d'une voix à peine tremblante.

— Tu es au courant ?

Ses mots allaient détruire tous ses rêves. Elle le savait. Laura écrasa sa main sur la bouche de Ted pour l'empêcher de déchirer sa vie en minuscules morceaux.

— Fais ça vite, supplia-t-elle.

Décidant qu'il valait mieux laisser Ted respirer, elle ôta sa main et s'écarta pour le laisser entrer.

— Ne me dis pas qu'il y aura d'autres opportunités ou bien que ça a vraiment été de justesse. Contente-toi de cracher le morceau.

— Eh bien, si tu y tiens, darling, dit Ted en posant sa sacoche Louis Vuitton sur la table basse. Et si tu t'asseyais au lieu de danser devant la salle de bains ?

— Je compte foncer y pleurer dès que tu m'auras transmis le « merci, mais non merci », expliqua Laura.

Ted secoua la tête d'un air compréhensif.

— Ça a vraiment été de justesse..., commença-t-il bien qu'elle l'eût supplié de lui faire grâce des platitudes réconfortantes. (Il pouvait être tellement cruel, parfois.) Et il y aura d'autres opportunités...

— *Ted...*

— ... Pour Irina ! Pas pour toi, darling. Tu es l'égérie de Sirène, Laura !!! Félicitations, mon tout nouveau petit top model !

— C'est une blague. C'est une blague, n'est-ce pas ?

Elle aperçut son reflet dans un miroir : son visage était barbouillé de crème démaquillante blanche et son pyjama parsemé de miettes de gâteaux – mon Dieu. Elle avait plutôt l'air de l'égérie de Souillon.

Ted tapota le siège à côté de lui.

— Viens là, minauda-t-il, et Laura se jeta sur le canapé. Ils t'ont a-do-rée. Ils ont adoré que tu t'intéresses au parfum. Ils ont adoré la façon dont tu as géré les problèmes sur le plateau et ils se sont presque fait pipi dessus en voyant la pub. Ils souhaitent refaire les photos à cause de problèmes d'éclairage, mais ils veulent te faire signer pour trois ans d'exclusivité.

— Trois ans ? Et je ne pourrai rien accepter d'autre ? s'enquit Laura en fronçant les sourcils.

— Eh bien, tu ne pourras poser pour aucune autre campagne de parfum, mais ils te paieront grassement en échange de ce privilège.

— Grassement combien ? s'étrangla-t-elle.

Ted tendit le bras pour attraper un bloc de papier à lettres de l'hôtel derrière lui. Il gribouilla quelque chose. Quelque chose qui ressemblait à un million et demi de livres.

— Est-ce assez gras à ton goût ? demanda-t-il d'un ton espiègle. Bon, bien sûr, ce sera réparti sur trois ans et tes notes de frais ainsi que la commission de l'agence doivent être déduites, mais ça reste pas trop mal.

Laura repoussa le bloc qui tomba sur le tapis moelleux avec un bruit sourd.

— Tu te sens bien, darling ? N'hésite pas à dire quelque chose… Ça m'arrangerait, même.

Laura se leva sur des jambes tremblantes.

— Salle de bains, marmonna-t-elle indistinctement.

Une fois à l'abri des regards, la porte bien fermée derrière elle, elle suivit le premier scénario prévu et fondit en larmes.

Chapitre vingt-quatre

Il y avait eu d'autres larmes – de Ted : après avoir calculé le montant de sa propre commission, il s'était mis à pleurer, puis avait éclaté d'un rire hystérique pendant que Laura faisait les cent pas.

— Je n'y crois pas. Je n'y crois paaaas ! Si, j'y crois ! Hé ! Tu as prévenu Irina ? Puis-je l'annoncer à Irina ? Est-ce méchant de ma part ? Je m'en fiche ! Je suis la fille Sirène !

Et puis Ted avait sauté sur son lit où il s'était mis à faire des bonds. Avec ses chaussures.

— Mon Dieu, Laura ! On a réussi ! Viens ici tout de suite.

Elle s'était imaginé ce moment des centaines de fois. Mais jamais elle n'avait pensé le fêter main dans la main avec son bookeur en faisant du trampoline sur un lit dans une chambre à cinq cents dollars la nuit. Les réjouissances furent interrompues par l'homme d'affaires suédois qui appela la sécurité parce que leurs hurlements l'empêchaient de dormir.

— Voilà donc comment j'ai appris la nouvelle, conclut Laura.

Daisy Bloom gloussa poliment avant de se tourner de nouveau vers la caméra.

— Bonjour, et bienvenue pour cette édition spéciale : notre gagnante de l'année dernière, Laura Parker, va nous raconter comment elle est passée de candidate de *Make me a model* à top model. Laura est accompagnée de son agent, Ted Curtis, de chez Fierce Model Management. Il fera partie de notre jury cette année. Ted, quand Laura a remporté *Make me a model*, avez-vous immédiatement vu en elle une star ?

Ted adressa à Laura un sourire malicieux qui n'annonçait rien de bon.

— Quand Laura s'est présentée la première fois chez Fierce, nous avons eu quelques réticences. Je suis sûr qu'elle ne m'en voudra pas de vous confier que son surnom à l'agence était la Diva de Didsbury.

Oh que si, elle lui en voulait ! Elle lui pinça discrètement la cuisse en guise d'avertissement.

— Mais, en fait, nous n'avons aucun mérite. Laura a tout fait. Il y a cinq mois, elle ne décrochait aucun contrat et avait des kilos en trop. Il lui a fallu faire seule des choix importants concernant son avenir. Elle a pris ses distances et s'est mise à travailler avec tous ceux qui lui donneraient des clichés pour son book, elle a pratiqué le yoga jusqu'à ce qu'elle perde une taille et a plus appris sur le monde de la mode

316

en six semaines que certains mannequins en toute une vie.

Ah, voilà qui était mieux. Mais Laura allait quand même devoir avoir une petite conversation avec Ted : le mot commençant par un D ne devait jamais plus être utilisé à côté de son nom.

— Laura n'a pas décroché deux énormes contrats avec des entreprises de cosmétiques uniquement en accumulant les heures de travail. Elle y est arrivée grâce à sa détermination. Moi, la fille que je vais rechercher cette année lors de cette émission ne doit pas se contenter d'être la plus magnifique. Ma favorite présentera aussi le courage et la volonté nécessaires pour tracer sa route dans le milieu difficile de la mode.

La caméra recula pour balayer les visages anxieux des douze finalistes de *Make me a model*, alignées sur deux canapés en face d'eux. Jamais Laura ne s'était sentie aussi intensément scrutée, ni par Heidi ni par aucun directeur de casting*. Douze filles envieuses la disséquaient du regard pour voir si elle était plus jolie, plus mince, plus cool ou plus méritante qu'elles.

— Laura, tu as réussi à percer dans un milieu extrêmement compétitif. Quel est ton secret ?

La jeune fille concentra de nouveau son attention sur Daisy et essaya de ne pas faire la grimace pendant qu'elle réfléchissait.

— Eh bien, quand j'ai remporté le concours, j'ai justement cru que la compétition s'arrêtait là, admit-elle. En fait, elle n'avait pas commencé. C'est quand j'ai essayé de me faire booker face à d'autres filles qui faisaient ce travail depuis longtemps que les vraies difficultés ont surgi. Je me suis vite rendu compte que j'avais beaucoup à apprendre et qu'il me fallait perdre mon arrogance. Peu importe que le métier de mannequin puisse être dur et sans pitié, cela paie d'être polie. J'arrive à l'heure, je dis « s'il vous plaît » et « merci », je me rappelle le nom des gens... Et je joue le jeu en toute circonstance.

Daisy hocha la tête en signe d'approbation.

— Vous voyez, les filles, il ne suffit pas de paraître acharnée, il faut l'être. Bon, avez-vous des questions à poser à Laura ?

— Comment as-tu fait pour t'en sortir alors que tu es bien plus grosse que la plupart des mannequins ? demanda une fille à l'air agressif dont l'estomac s'incurvait vers l'*intérieur*.

Laura nota mentalement de demander à Ted qu'il rabatte le caquet de cette morveuse lors de son passage devant le jury.

— Je fais un petit trente-huit ou un grand trente-six, ce qui est une autre façon de dire que j'ai plus de fesses qu'un mannequin moyen. (Le public rit poliment.) J'ai eu de la chance. Les collections de la saison dernière ne juraient que par les courbes et les tailles fines. Je me suis trouvée au bon endroit au bon moment.

— Laura n'a pas eu seulement de la chance, rectifia Daisy. Les bons mannequins sont capables de suivre

318

les tendances, mais les top models comme Laura les créent.

L'une des filles se mordit la lèvre anxieusement.

— Peut-on manger du chocolat ? Je ne suis vraiment pas sûre de réussir à renoncer aux Twix. Ni aux Snickers. Ni aux KitKat...

Elle s'interrompit et adressa un sourire timide à Laura.

— J'adorerais être le genre de fille qui peut manger son poids en chocolat sans prendre un gramme. Moi, ma faiblesse, ce sont les chips et les frites... J'essaie de m'en passer. Quand je craque, je compense en allant courir longtemps – vraiment longtemps. Il y a des choses auxquelles il faut renoncer.

— À quoi d'autre as-tu dû renoncer, et est-ce que ça a valu la peine ?

Ce fut au tour de Ted de lui pincer la cuisse. Combien de fois avait-il dû la réconforter quand, après une journée de douze heures, épuisée, elle commençait à pleurer sur son épaule ? Il craignait sûrement une réponse décourageante.

Laura observa la fille qui lui avait posé la question. Difficile de détourner le regard de ses cheveux rose flashy et des piercings qui s'alignaient le long de ses sourcils. Mais elle avait surtout un je-ne-sais-quoi qui rendait absolument impossible de décoller les yeux de son visage. Ted était tout aussi hypnotisé. Il se retenait sûrement de dégainer un stylo et de lui proposer de signer sur-le-champ un contrat avec Fierce.

— Je vais être franche, répondit Laura à la fille. J'ai perdu des amis parce qu'ils ne supportaient pas ma nouvelle vie, et j'ai rompu avec mon petit copain. Pas facile de rester dans la course quand tout un tas de trucs négatifs vous arrivent. Mais j'utilise ces émotions pour les séances photos... Si vous voulez être la moitié d'un couple, vous ne pouvez être un bon mannequin. Il ne faut penser qu'à vous.

— Oh, Laura ! Tu finiras par rencontrer un garçon mignon tout plein qui saura guérir ton cœur brisé ! s'exclama Daisy avec un clin d'œil. On peut se sentir seule au sommet, ma fille. Tout le monde a besoin d'amour.

Daisy est bien placée pour le savoir, songea Laura, ironique. Elle en était à son troisième mariage et n'avait pas trente ans.

La jeune fille secoua vigoureusement la tête.

— La seule chose sur laquelle je me concentre, c'est l'objectif. Les relations ne font que se mettre en travers de votre chemin. Vous pouvez très bien être solitaire sans vous sentir seule.

Le public encaissa le triste tableau de Laura Célibat dans un silence de mort. Quant à elle, elle releva le menton et sourit avec un air de défi. Ils pouvaient bien avoir pitié ! C'était elle, pas eux, qui se retrouvait avec un contrat de un million et demi de livres pour lui tenir chaud la nuit.

— Eh bien, voyons voir l'amour de Laura pour l'objectif, se dépêcha d'annoncer Daisy. Nous avons une petite surprise pour vous.

Le rideau derrière les filles glissa et découvrit un écran géant. S'il s'agissait d'une vidéo d'elle dans un karaoké, il allait y avoir un massacre. Mais en voyant le logo Sirène se dessiner, Laura se remit à respirer.

— En exclusivité ce soir, voici le premier spot publicitaire de Laura pour le nouveau parfum de The House of Augustine, Sirène…, annonça Daisy en baissant religieusement la voix.

L'écran devint noir. Puis, Laura apparut. Elle descendait l'escalier majestueux dans un froufrou haute couture de dentelles noires ; sa peau, d'un blanc nacré, resplendissait et ses cheveux bouclaient en un nuage brillant.

La prise suivante, elle était allongée avec langueur sur le canapé de velours rose, de toute évidence en extase et peu préoccupée du fait que ses seins cherchaient à s'échapper de son décolleté. Elle adressa un sourire mystérieux à la caméra, avant de hausser un sourcil complice.

— Pour un moment, souffla-t-elle, la note légèrement nasillarde de son accent de Manchester sonnant pour la première et sans doute la dernière fois de manière exotique. Pour l'éternité. Pour toujours. Pour un jour. Parce que le temps lui-même est retenu captif par son charme.

Il y eut une pause pendant laquelle la caméra caressa avec passion son visage.

— Sirène, le premier parfum de The House of Augustine...

Laura passa délicatement le flacon contre sa joue, puis l'écran fondit de nouveau en noir, le sobre logo argenté de Sirène tournant avec lenteur au milieu.

Il y eut un autre silence – un silence exquis. Laura jeta un coup d'œil à ses parents assis dans le public. Ils avaient l'air stupéfaits. La fierté de Ted éclatait. Candy hurlait des wouhouh ! à pleins poumons. Quant à Daisy Bloom, elle semblait un tout petit peu envieuse.

— Wouah, Laura, souffla-t-elle. Tu as vraiment assuré. Je ne te savais pas si sexy.

Laura haussa les épaules.

— Moi non plus.

Quelques personnes claquèrent des mains, imitées par d'autres, jusqu'à ce que la salle entière explose en rafales d'applaudissements.

Des applaudissements ! Et ils étaient pour elle. Parce qu'elle avait des traits symétriques et que, maquillée et sous le bon éclairage, la jolie fille de Manchester disparaissait pour laisser place à une créature de rêve. Une beauté qui existait un moment avant de s'évanouir.

Et c'était bien ainsi. À condition que, une fois le moment passé, une fois les photos racornies et jaunies, elle demeure la Laura qu'elle avait toujours été. En beaucoup moins arrogante.

Daisy était en train de conclure. Quand le générique de fin défila sur le moniteur, Laura sauta sur ses pieds. Sa mère lui adressait des signes frénétiques. Ted lui murmurait à l'oreille quelque chose à propos d'une séance photos. Mais elle ne voyait plus rien d'autre que ce point sur la scène où toute sa vie avait basculé.

Devant elle, le fantôme de cette autre Laura se mordait la lèvre, le visage tordu par l'angoisse.

— Laura, s'il te plaît, tu as des gens à saluer... Pendant que tu y es, débrouille-toi pour obtenir le numéro de la fille aux cheveux roses, lui chuchota Ted d'un ton pressant.

Laura leva les yeux et, un instant, leurs regards se rencontrèrent, le passé et le présent se confondirent, le futur était à portée de main.

Glossaire de la glam girl

Mais que veulent bien dire tous ces mots dans le monde de la mode ?

Agence

Une entreprise qui « découvre » des mannequins et se charge ensuite de promouvoir leur carrière et de leur trouver du travail en échange d'une commission prélevée sur leurs cachets. Les bonnes agences veillent sur leurs mannequins, les installent dans des appartements et, quand ils sont mineurs, relaient en général l'autorité parentale.

Agent

La personne dans l'agence qui organise la carrière d'un mannequin, qui le présente à des clients, négocie ses contrats et ses cachets. Il a de nombreuses relations dans le monde de la mode.

Beauty shot

L'une des prises de vue les plus délicates, puisqu'il s'agit en général d'un gros plan sur le visage du mannequin, rendant tout défaut bien visible. Tous les mannequins n'ont pas des traits qui s'y prêtent.

Beauty story

Un article romancé, consacré au parcours, à la vie d'un mannequin.

Bookeur

La personne dans l'agence qui s'occupe des affaires courantes d'un mannequin (cela va de lui trouver du travail à lui prêter son épaule pour pleurer).

Call back

Le rendez-vous qui suit un premier casting avec un client. Un call back est en général positif, puisqu'il signifie que le mannequin a passé la première sélection.

Casting

Une entrevue où le mannequin rencontre un client pour des photos ou un défilé. Pendant un casting, on peut lui demander de marcher, de faire des essais photos, ou lui poser quelques questions pour tester sa personnalité.

Catwalk

Voir podium.

Cattle call

Un casting où de nombreux mannequins se présentent un par un devant le directeur de casting, qui ne leur jette qu'un rapide coup d'œil.

Check-in

Les mannequins doivent contacter leur agence tous les jours pour savoir s'il y a des castings, des go and see ou des bookings : c'est le check-in.

Colorama

Un énorme rouleau de papier qui peut être de n'importe quelle couleur ; déroulé, il sert de fond (ou même à couvrir le sol) pour une séance photos. Très précieux, les photographes deviennent fous s'il est abîmé !

Commercial

Ce terme dédaigneux s'applique aux mannequins assez banals qui travaillent pour des catalogues ou la grande distribution.

Commission

Le pourcentage de l'agence sur le cachet d'un mannequin.

Composit

La carte d'identité du mannequin. Y figurent son nom, ses mensurations (y compris sa pointure) et ses trois ou quatre meilleures photos. Le mannequin les garde dans son book pour les distribuer lors des go and see. Les agences les envoient également aux clients, directeurs de casting, éditeurs de mode, etc., pour présenter un nouveau mannequin.

Directeur de casting

La personne chargée de choisir des mannequins pour un travail important, comme une campagne publicitaire ou un clip.

Directionnel

Une manière pompeuse de dire que quelque chose ou quelqu'un est en avance sur la mode ou porte les tendances avant leur apparition.

Division Talent

Le service d'une agence qui s'occupe des célébrités contractées comme mannequins, représente des acteurs ou des chanteurs et, inversement, aide ses mannequins à entrer dans le monde du spectacle.

Droits de diffusion

La prime que touche le mannequin s'il apparaît par exemple dans une campagne publicitaire diffusée durant une longue période dans de nombreux territoires.

Échantillon (taille d')

Beaucoup de vêtements utilisés pour les photos de mode sont des échantillons envoyés par le créateur avant leur diffusion. En général, ils sont à des tailles destinées aux mannequins plutôt qu'à des filles « réelles ». Malheureusement, les tailles d'échantillon sont généralement du trente-six (taille six aux États-Unis), et les mannequins doivent bien sûr pouvoir les enfiler...

Éditorial

Si un mannequin a un bon look éditorial, cela veut dire qu'il peut proposer ses services à la haute couture avant-garde, dans les magazines de mode sérieux et les défilés. La majeure partie des mannequins qui réussissent peuvent faire et de l'éditorial et du commercial.

Fit Model

La plupart des grands couturiers créent leurs vêtements et y apportent de légères modifications sur un
mannequin dont ils considèrent les mensurations
comme idéales : le fit model.

Go and see

Une visite à un client qui cherche des mannequins,
ou seulement pour se faire connaître. En général, un
mannequin se présente avec son composit et son portfolio et, s'il a de la chance, le client le contactera pour
un travail futur.

Haute couture

Ce terme collectif désigne les tenues présentées lors
des défilés ; elles expriment le talent et la créativité
d'un grand couturier, mais ne sont pas très pratiques
à porter tous les jours !

Jolie laide

Cette expression qualifie ces filles aux visages étranges
qui pourraient ne pas être belles... mais qui le sont.

Look book

Tous les créateurs en ont un. C'est un élégant catalogue présentant tous les vêtements de leur collection,

qu'ils envoient à des acheteurs ou des rédacteurs de mode.

Nouvelle Tête

Un jeune mannequin qui vient juste de signer avec une agence – la plupart passent un certain temps dans cette catégorie, travaillant pour divers magazines, jusqu'à acquérir suffisamment d'expérience pour lancer leur carrière.

On stay

Pour un mannequin, désigne une longue période où il travaille pour une autre agence, de façon à gagner plus d'expérience. Tokyo et Milan sont des lieux de « on stay » très populaires.

Option

Il s'agit d'un booking provisoire effectué par un client sur un mannequin, en attente de confirmation. Il n'est pas inhabituel qu'un client mette une première, une deuxième ou une troisième option sur un mannequin, en fonction du type de photos qu'il souhaite réaliser ou des autres engagements du mannequin concerné au même moment.

Passerelle (ou podium, catwalk)

La longue scène que les mannequins arpentent lors des défilés. Mais il n'est pas nécessaire que ce soit une estrade. Il peut s'agir d'un escalier, d'une allée, d'une plate-forme flottante, où les mannequins évoluent – généralement en talons très hauts en ce qui concerne les femmes.

Portfolio

Un album réunissant les meilleures photos d'un mannequin et présentant ses différents looks. Le mannequin apporte son portfolio aux castings et go and see ; l'agence l'envoie également aux clients.

Portrait

Un gros plan de la tête du mannequin et de ses épaules.

Prêt-à-porter

Contrairement aux défilés de haute couture, les collections de prêt-à-porter influencent la mode de la rue.

Saison

Les collections des créateurs se distribuent en deux saisons : automne-hiver et printemps-été.

Scout, talent scout

Les agences emploient des talent scouts pour dénicher de nouveaux mannequins, à Paris, à Londres, et dans les capitales d'Europe de l'Est, où de nombreux nouveaux mannequins ont été découverts.

Séance-test

Beaucoup de gens qui débutent dans l'industrie de la mode (mannequins, photographes, stylistes, etc.) se rassemblent pour faire des séances-tests : tous y gagnent en expérience et obtiennent des photos à mettre dans leur portfolio – même si aucun d'eux n'est payé !

Tearsheets (ou tears)

En plus des photos, les portfolios peuvent contenir des tearsheets, c'est-à-dire les pages directement tirées de magazines où le mannequin apparaît. Elles prouvent son expérience, et plus le magazine est prestigieux, mieux c'est !

Tendance

Dans le langage fashion, ce terme signifie qu'une collection ou un vêtement sont très actuels parce qu'ils s'appuient sur une des importantes tendances de la saison, comme la couleur ou la coupe.

Cet ouvrage a été imprimé en France par

C P I
Bussière

à Saint-Amand-Montrond (Cher)
en juin 2009

Cet ouvrage a été composé par
PCA - 44400 REZÉ

12, avenue d'Italie – 75627 PARIS Cedex 13

— N° d'imp. : 091463/1. —
Dépôt légal : juin 2009.